W0209634

Insel Signatur

Erhart Kästner

»Man reist, um die Welt bewohnbar zu finden«

Lebensbilder und Bewunderungen

Zusammengestellt und herausgegeben
von Helwig Schmidt-Glintzer

Mit einem Essay
von Arnold Stadler

Insel Verlag

Einbandabbildung: Julius Bissier. Casa Rondine, 8. 2. 62.
© VG Bild-Kunst, Bonn 2003

© Insel Verlag Frankfurt am Main und Leipzig 2004
Alle Rechte vorbehalten, insbesondere das der Übersetzung,
des öffentlichen Vortrags sowie der Übertragung
durch Rundfunk und Fernsehen, auch einzelner Teile.
Kein Teil des Werkes darf in irgendeiner Form
(durch Fotografie, Mikrofilm oder andere Verfahren)
ohne schriftliche Genehmigung des Verlages reproduziert
oder unter Verwendung elektronischer Systeme verarbeitet,
vervielfältigt oder verbreitet werden.
Satz: Hümmer GmbH, Waldbüttelbrunn
Druck: Clausen & Bosse, Leck
Printed in Germany
Erste Auflage 2004
3-458-17194-0

1 2 3 4 5 6 – 09 08 07 06 05 04

Behausungen: Reisen und Verweilen

Warum reist man eigentlich?

Man reist, um die Welt bewohnbar zu finden. Denn daß sie nicht mehr bewohnbar sei, ist ein Verdacht, der aufkommt. Nicht mehr bewohnbar die Städte, wo sie wie die Raupen übereinander kriechen, ihre Absonderungen zechen, sich mit Lärm foltern, sich unausstehlich vorkommen. Also bezieht man die Vorstadt; nach einer Weile erfährt man, sie ist erst recht nicht bewohnbar. Aufs Land, wer kann das; Land, es gibt bloß noch Vorstädte. Eine Flucht folgt der anderen; man weiß nur, wovon man weg will. Auch die Reisen in den Weltraum sind Fluchten; wären sie Abenteuer, so müßten sie wunderbar sein, aber wo bleiben die Wunder? Man befördert die hiesigen Banalitäten dorthin, Imperialismus des Weltbanalen, des neuen Welt-Übels. Langsam dämmerts: Es war die Kunst aller Künste, diese Welt zu bewohnen. Eine Kunst, die zeitweilig glückte, und nun auf einmal nicht mehr.

Also reist man, um das Geheimnis der Bewohnbarkeit dieser Erde in Resten zu finden, eine andere Archäologie. Man sucht das Verlorene; irgendwo muß es doch sein. Wie gelang, was nicht mehr gelingen will? Zwar weiß man, wenn man es irgendwo fände, es könnte keinesfalls so wiederholt werden. Es wird niemand so töricht sein, daß er glaube, Verlorenes ließe sich aus Flicken zusammennähen, Geglücktes könne noch einmal auf dieselbe Art glücken. Nachahmen ist das Sicherste, wenn man verfehlen will, was man nachahmt.

Was also sucht man? Man sucht, dahinterzukommen, wie es denn möglich war, die Welt bewohnbar zu finden; dies verdiente den Namen des Wohlstands. Vielleicht daß man doch irgendwie, wenn auch auf andere Weise, zum Ziel käme. Das Ziel wenigstens müßte man kennen. Man reist, man sucht Wohnung.

Auf einem anderen Stern

Unserer Lage fehlte etwas, was vor allem zur Wüste gehört: das Durchziehen der Weiten. Das fehlte, und doch kann man sagen, daß wir erfuhren, was Wüste eigentlich ist: die wir gefesselt waren an ihre Trostlosigkeit. Die wir nicht nur vorübergehend dort waren wie zum Versuch ihrer Menschenverachtung, sondern, wie uns vorkam, auf endlose Zeit. Monate, Jahre hindurch lebten wir auf einem winzigen Stück des unabsehbaren Sands. Die Sinnlosigkeit, deren Urbild die Wüste selbst ist, war mit der Sinnlosigkeit, daß wir darin nur ein winziges überfülltes Viereck besaßen, multipliziert.

Der Sand war bald unser Element. Keine Farben hatte die Welt und die Erde roch nicht. Es wuchs nichts, kein Baum und kein Halm. Nur Sand, Sand und Sand. In weiter Ferne zog ein Kanal vorbei, aus dem wir unser Wasser bekamen –: es war der von Tumilad, wie ich jetzt weiß; er läuft vom Nil quer durch die Arabische Wüste, schon Herodot spricht von ihm. Zuweilen sah man am Horizont ein Segel erscheinungshaft durch den Wüstensand ziehen.

Wir lebten in einem Neutrum von Landschaft, in einem Garnichts. Da war nichts, was besonders erquickend gewesen wäre und nichts, was besonders beleidigend war: außer der Zumutung, dort seine Tage verbringen zu müssen.

Es war ein Dasein im Leeren. Anfangs war das eine heftige Qual. Wenn der Tag begann, war man von Ekel erfüllt. Mit der Zeit aber, freilich nach vielen Monaten erst, vollzog sich ein Wandel. Die Unruhe fiel ab. Die Unruhe erlosch, die einen sonst dazu antreibt, den Ort zu wechseln oder doch sich zu sehnen, daß man da und dort und wieder woanders und in veränderten Verhältnissen sei. Abgesehen vom alles untermalenden Schmerz, der sich auf die Heimat bezog – dem Kummer, der von je das Gefühl war, mit dem man Deutschland bedachte –, abgesehen davon war keine Unrast mehr da. Kein Wunsch mehr, sich zu verändern. Kein

Wunsch, zu erleben. Kein Wunsch, neue Menschen zu sehen.
Dagegen entwickelte sich ein anderer Sinn. Er befähigte einen, zu sein, wo man wollte. Die Einbildung war deutlich wie die Realität. Die Wirklichkeit hätte nichts mehr dazu zu schenken vermocht. Man besaß alles, was in der Ferne und in der Erinnerung war, man besaß es reiner, abgezogener und vom Zufall des Momentanen befreit. Das Dasein in der Wüste war nichts. Aber in dieses Nichts stürzten Bilder hinein.
Man lebte wie auf einem anderen Stern. Wir sahen das Irdische, wie man es von einem Mond aus wahrscheinlich sähe: aus dem Dunkel des Weltraums erhellt, wie im dunkeln Theater die Bühne. Was man auf diese Art sah, war deutlich, aber es war nur noch theatralischer Schein. Theatrum mundi: nicht weniger schrecklich, weil es nicht mehr so wirklich war, aber an Geltung hatte es mächtig verloren. Es war nur noch des Schönen und Schrecklichen verdichteter Schein.

Geburtstag

Um in Rapallo ein wenig für mich sein zu können, wohnte ich zehn Minuten vom Excelsior entfernt in dem Fischerdorf San Michele di Pagano, das aus einer Häuserzeile und einem Hotelchen bestand; es hatte sechs Zimmer, statt der Fenster je eine Glastür mit Gitter; wenn die Tür offen war, sah man nichts als das Meer, meerblau auch die paar Möbel. Es war eines der Gasthäuser, mit denen Italien durchsetzt ist, ein Geschäft, das eine Familie ernährt, die insgesamt mithilft, jeder kann was und tut was, die Mutter herrscht und der Vater stört nicht und du lebst wie der Vogel im Hanf. Hauptmanns, auf dem Spaziergang, wollten doch einmal sehen, wie ich so hause. Das Ergebnis war Trauer; der alte Dichter sah plötzlich, was er natürlich schon wußte, aber nicht mehr zu ändern vermochte, wie gefangen er war in den Ketten des Aufwands, in der Bastille des Ruhms, den Tributen des Anhangs, lebend in grauenvollen Palästen, unter rachsüchtigen Dienerscharen, in einer Gesellschaft, die bei jedem Doppel der Preise multiplik an Zuwidrigkeit zunimmt. Hier, für den Zehnten von allem, er sah es, wohnte die Freiheit.

Im Stande des Wissens. Heimatgefühl

Das sichere Wissen von dem, wozu man gehört und was zu einem gehört, ein Wissen, das kein Schwanken und keinen Zweifel zuläßt, ein Hochgefühl, das auf einen zukommt und das überwältigt, nicht daß wir es bewältigen: das und nichts anderes müßte auf dem Grund des Wortes Wissenschaft sein. Aber was man so gemeinhin Wissenschaft nennt, hat damit wenig zu tun; es ist Kenntnis, die ihre Folge nur wieder im Bereich der Kenntnisse hat und oft genug ists nur ein Wissen des Nichtwissenswerten, das kein Herz auf Gottes weiter Erde bewegt. Es wird als Gespenster- und Schementanz in dem Augenblick demaskiert, in dem *Wissenschaft* wirklich auftritt: wenn wir uns einmal wirklich im Stande des Wissens befinden. Dann ist Zugehören, Vertrautsein, dann ist Wiedererkennen. Dann ist ein Heimatgefühl.
Längst aber dämmert: wo »Wissenschaft« zugreift mit ihren Begriffen, ist immer geheimer Entzug von dem, wonach sie greift. Große Tantalos-Qual, großes Strohwisch-Umarmen. Ist nicht Natur abhanden gekommen, je mehr und mehr wir Naturwissenschaft haben? Sie ist es. Fern, fern ist sie gerückt und was wir statt ihrer begreifen, ist ein Gespenst, ein blutloser Schemen, aber die warme Natur nicht.

Wahrschein

Eine nachträgliche Erfahrung beim Schreiben

1

Ein Leser schreibt mir, er stoße in meinen Büchern auf Unstimmigkeiten in Sätzen über den Tod und die Zeit. Zeit und Tod, schreibt er – beides im Grunde dasselbe – aber das eine Mal sehe es aus, als werde beides für das schlechthin Schlechte gehalten, dann wieder stehe da: bloß mit der Zeit lasse sich hoffen, aus der Zeit zu gelangen, und das bedeute doch: Zeit, unsre einzige Hoffnung.

Eine vieltaschige Frage. Es denkt sich halt manches Mal so und manches Mal wieder anders über die Zeit und den Tod und so etwas. Das ist doch nicht so befremdlich? Viel befremdlicher wäre, man dächte über so Unbegreifliches immerzu eins und dasselbe. Das setzte ja einen sicheren Überblick über unsere Lage voraus, etwa so: als stünden wir zwar bis an den Hals in den Strudeln der Trübnis, mit dem Kopf aber, mit dem guten Kopf, da könnten wir schon in Klarheit und Wahrheit verweilen. Der Kopf, ja der Kopf, immerhin. Der Kopf, der faßt ewige Wahrheit.

Das wäre Unsterblichkeitsdenken. Ewige Wahrheiten? Oje. Wahrheit lehrbar und lernbar? Wahrheit beweisbar? Das wäre ja Wissenschaft; aber gelangt die ans Wahre? Große Verführung, zu glauben, die Wahrheit sei irgendwo da. Haben wir nicht mit Leben bezahlt und in Angst und in Schrecken erfahren, daß das Wahre immer bloß im Gewitter erscheint? Blitz hier und dann wieder woanders? Und immer leuchtet der Garten, der Waldrand einen Augenblick lang im Hellen, unvertraut, ängstlich? Fremd, im grellen Blitzschein so fremd?

Gott ist die Wahrheit; darauf müßte man sich doch einigen können. Auch den Ohren, die von der Wissenschaft ausgedorrt sind, müßte es eingehn: was Wahrheit ist, dieses Unumgängliche, das eben muß Gott sein, mag man ihn so –

oder nicht nennen. Wie aber es dann auch nur einen Augenblick lang für möglich zu halten, es ließe sich Wahrheit besitzen, festmachen, ausdenken und darüber verfügen? Gott ist die Wahrheit: also ist Wahrheit etwas, das eben nicht besessen, nicht festgemacht, nicht aufbewahrt und verwaltet, keineswegs ausgedacht werden kann: das alles eben nicht. Unterworfene Wahrheit: die hätte mindestens aufgehört, wirkliche Wahrheit zu sein. Nie kann man über eine Wahrheit verfügen, denn: über, über eine Wahrheit – man ist nie darüber. Auf Wahrheit kann man nicht fußen. Unmöglich kann Wahrheit unter den Füßen, unterworfen, erobert, besessen sein; das ist keine Wahrheit.

Gott ist die Wahrheit. Also ist Wahrheit nur Einfall und Zufall, nie Anspruch, Recht und Besitz. Also kann Wahrheit, die anspruchsvoll auftritt, in keinem Fall wahr sein, war entweder nie wahr oder hat aufgehört, mit der Wahrheit in einem Bezuge zu stehen. Es gibt keine stolzen Wahrheiten.

Wahrheit verweilt nicht: das könnte höchstens ihr Rest sein, ihre ausgeflogene Puppe. Das Richtige schon, das kann bleiben: aber hat denn das Richtige irgend etwas mit dem Wahren zu tun?

Freilich, das Wahre wird immer mehr mit dem Richtigen durcheinandergebracht, mit dem anderen vom Falschen, mit dem, was bloß stimmt und aufgeht, was sich beweisen läßt und somit wie nichts anderes bezweifeln. Die neuere Wissenschaft ist es, welche das Richtige, das Bewiesene auf den Stuhl des Wahren gesetzt hat; wer aber soll den bewiesenen Gott mit dem wahren Gott verwechseln?

Dies ist der Abzweig, an dem sich die neuere Wissenschaft von der alten *Wissenschaft* abtrennt, vom alten Stande des Wissens. Die faustische Wissenschaft, die zu erobern, auszurechnen und fortzuschreiben im Sinn hat, begierig ist, hinters Geheimnis zu kommen, auch um den Preis, daß sie Geheimes öffentlich macht: die faustische Wissenschaft, quantitativ, maßlos, dem niederen Kultus des Vollständigen und dem eisernen Zwang der Beweise verschrieben: mit ihr zog eine Zeit des Engel- und Musenlosen herauf. Historie: der Urfeind der Schöpfungsgeschichte, wie der natürliche Feind aller neueren Wissenschaft eben die Schöpfungsgeschichte sein muß, denn Wissenschaft und Historie lieben die Gründe und hassen das reine »Es werde«. Schöpfung aus Wunder, Wortwunder, das müssen sie hassen, wie denn ihr eigenes Wort auch kein Wort ist. Gerade aber das liebte die alte Doktrina-Sophia. Das war ja gerade ihr Erdgrund, da war ihr Zuhause. Sie war die Kunst des Hörens und die Meisterschaft des Bedenkens und Anschauns, der Versenkung, der Übung. Das vulgäre Schwelgen im Vielzuvielen war es, das sie verachtete, Resultate waren es, was sie nicht allzusehr schätzte, da sie bemüht war, so wenig wie möglich, das heißt, unter dem Vielzuvielen eben bloß das Wissenswerte zu wissen. Sie, welche die alte Dienerin des Auslegens ist, so wie Platon den Sokrates ausgelegt hat und Paulos den Christos, und Augustinus den Paulos und Christos, und Luther den Augustinus und Paulos und Christos.

Aus alledem muß hervorgehen, daß der Versuch, etwas Wahres über das Wahre zu sagen, ziemlich aussichtslos sein wird. Keine Erlasse. Keine Gesetze, keinerlei Lehrsätze: da mindestens hört das Wahre gleich auf, Wahrhaftig-Wahres zu sein.

Wenn also das Wahre auch immer als Überfall kommt, als Einfall und Zufall, als Bedrängung oder Beglückung und nie, niemals Besitz ist, so darf man immerhin wagen, behutsam die eine oder die andere Gewohnheit zu nennen, die es zu lieben scheint. Immerhin wagen, den Himmelstrich namhaft zu machen, auf dem seine Wiederkehr wie ein Vogelzug eher als auf einer anderen Straße erhofft werden kann.

2

Viel wäre gewonnen, wenn man sich darauf einigen könnte, daß das Wahre *immer an einem bestimmten Orte* erscheint. Es erscheint entweder gar nicht, oder eben *geortet*. Ein Bergweg war es oder ein Bahnsteig, ein Straßenübergang während des Rot, ein Zimmerwinkel, ein Schneefeld, eine Weinstube. Ein jeder mag sich erinnern, was Wahres ihm je in seinem Leben erschien, so wird er genaue Abendluft wieder schmecken oder sich einer Morgenwäsche erinnern, den Fall von Sätzen hören, einen Mund wiedersehen, jedenfalls außer Stand sein, sein Wahres vom Erdreich einer Ortschaft und damit natürlich auch einer Zeitschaft zu lösen.

Klingt das überraschend? Aber neu ist das nicht, mag man es auch in den Hand- und Lehrbüchern der Logik kaum finden. »Am Abend, da es kühle war«, heißt es, und dann werden große Abendstunden genannt: Adams Fall in der Abendstunde offenbar, die Taube mit einem Ölblatt in der Abendstunde zurück, und nun die Klage am Felsgrab abends. Es scheint, daß es dem sonst ungerühmten Textdichter Picander bewußt war – oder war es der große Gedanke Bachs selber, oder ist es über besiegte Verse hinweg die Strahlkraft seiner Musik? –, daß das Wahre verschmolzen mit Stelle und Stunde erscheint. Unterm Feigenbaum, im brennenden Dornbusch, bei der Furt, im Gebirg bei Caesarea Philippi, bei Damaskus, am Ilissosufer und so die unzähligen anderen Male gerühmt: aber nie ohne Ort, ohne Stunde. Wir irren: so und nicht anders ist all die vielen großen und kleineren Male das Eigentliche und Wahre erschienen und so erscheint es: am Ende der anderen Wegrichtung als die wir leider einschlugen. Da wir doch viel zu oft denken, es müsse abgezogen, wissenschaftlich und übertragbar erscheinen, als formelhaftes Ideales, als Lehre, systematisch und haltbar, schön zeitlos, schön ewig, und man könne es so über Raum und Zeit hin befördern (die alsdann ja gleichgültig wären), um es an beliebiger Stelle nach eigenem Ermessen zu öffnen, gnadenlos, ohne zu warten, immer frisch, in jedem Augenblick zu verwenden. Nein, nicht so. Die eigentliche Erscheinung des Wahren begibt sich in *Ortung und Zeitung*. Und noch was: immer in bezug auf eine *Person*. *Den* betraf es, und nun gilt es eigentlich bloß für ihn, diesen einen.

Eine zweite Gewohnheit, die man dem erscheinenden Wahren abmerken könnte: daß es gern beim *befeuerten* Wort ist. Im Satz mit Prägrand und Schärfe erscheint es, im gegossenen Vers, der vertrauenden Rede, im Langausgetragenen, im Zusammengezogenen. Im Wort, das Strahlkraft und Fangkraft, also *Aura* und *Zauber* besitzt: Zauber, es ist schon nicht anders. Das Blatt, auf dem man es wahrnimmt, trägt urvertraut die Zeichen der archetypischen Jugend. Nie aber kommt es im lahmen Satz vor, schon deswegen nicht, weil dieser, vom Wahren durchfahren, eben nicht mehr lahm wäre. Also kann es der müde Satz gar nicht sein, der Wahrheit mit sich bringt, nicht das endlose Kapitel, nicht der vollständige Kursus, nicht die erschöpfende Abhandlung: die erschöpft halt, Wahrheit aber wird kräftigen, nicht erschöpfen. Nicht auch das Buch, auf dessen Seiten die Leichen gehäufter Fremdworte treiben, hinter denen kein Bild erscheint. Dergleichen kann allenfalls eine Richtigkeit haben, auch der Fahrplan und die Logarithmentafel sind richtig, was aber hat schon das Richtige, dieser Doppelgänger und Schwindler des Wahren: was hat schon das Richtige mit dem Wahren zu tun?

So kann es nichts Übertriebenes haben zu sagen, daß Wahrheit *eigentlich bloß in Liebesworten* erscheint. Das Feuer, das die Gegenwart des Wahren anzeigt, ist eben ein liebendes Feuer. Liebend und kräftig, das ist ohnehin eins und dasselbe, und Täuschung ist Schwäche. Das sind nur andere Worte dafür, daß das Wahre eigentlich überhaupt bloß im Rühmen erscheint, sich hingegen bei jeder Art von Verfügung und Urteil verdunkelt. Am liebsten tritt Wahrheit im Rühmen ans Licht. Jetzt aber ein Drittes.

Die Wahrheit ist Gott, und sein Sohn sagt: »Ich bin die Wahrheit.« Uns aber ist die evangelische Wahrheit in vier (und mehr) Varianten, also in mehreren Linien gegeben. Das will bedacht sein. Wie? Die Wahrheit der Wahrheit für uns in vier Varianten? Wahrheit nicht einfach? Vierfach, mehrfache Wahrheit? Wahrheit, im Prisma zerlegt? Das muß aber eine recht andersartige Wahrheit als unsere sogenannte exakte, wissenschaftliche sein. Das *Mehrlinige* liebt sie? Das Abgewandelte, Nichtfestgelegte? Da müßte *die Variante* uns ja urvertraut sein und *das Adrige* unser Zuhause. Nicht das Eindeutige, Festgelegte, Exakte, nicht das bewiesene So-und-nicht-anders. Nicht was auf Experiment und Beweis und auf der Historie aufgebaut ist, nicht das erforschte Gesetz einer durchaus ermessenen Welt. Nicht eine wissenschaftliche Welt. Messen und Zählen und Ursacheforschen müßte uns hochverdächtig und fremd sein. Des Messens, Errechnens satt, müde, und angewidert vom Allzuerforschten, müßten wir alsdann durchaus nicht zu messen versuchen. Dann müßte uns vielmehr das Unberechenbare, das Unermeßliche und das Offene entzükken. *Was Spiel hat. Was springt.* Dort suchten wir alsdann das Wahre.

Erst die neuere Wissenschaft mit ihrem vermeintlichen unumstößlichen Wahren hat das Bloß-Richtige, das Gemessene, Gezählte, Bewiesene zum übergroßen Götzen gemacht. Er verdeckt das erscheinende Wahre. Denn das Richtige ist das eigentlich Tote und Dumme. Es gibt kein gefangenes Wahres.

George Braque entwirft mehrlinige Götter, genau, aber mehrlinig. Da ist etwas Wahres gesehen. Die Variante, das ist das Reich der Musik. Die Saite kommt zum Erklingen, indem sie sich aus der Eindeutigkeit in die Variante, in die mehrfache Schwingung begibt. Die Variante, das ist das Reich der immer neu erzählten Erzählung, der immer anderen Göttergeschichte, welcher das Herz der Völker und Zeiten gehört. Hier ist das Zuhause der Seele.

So betrifft das Wenige, was man über das Wahre aussagen kann, eigentlich mehr, was es nicht ist. Es ist das Nicht-Fangbare. Bloß als Einfall und Zufall und Überfall kommt es; sowie es allgemein wird, ist es nicht mehr als das Wahre. Das Unzulängliche (wozu man nicht langen kann) und das Unhabhafte (dessen Eigentliches im Nichtbesitze besteht) wird an ihm immer aufs neue erfahren. Es überrascht, überfällt, es erscheint, wo es will, und vor allen Dingen, es springt. Es springt wie der Blitz, der den Garten, den Waldrand für Augenblicke erhellt, Regenluft, kühles Gewitter. Blitz, der kaum je an derselben Stelle aufzuckt, immer durch andere Gassen der Luft fährt.
Blitz im Dunkeln, und gleich danach schwindet es wieder. Erscheinungshaft bleibt es, Wahrschein, mehrlinig, adrig, wie der Strahl sich immer anderswo feurig verortend, in den Ort, in die Zeit, die Sekunde geschmolzen, mit ihr auch leider verronnen. Nicht habhafte Wahrheit. Bloß Wahrschein.

3

Bloß Wahrschein? Bloß?
Kung-fu-tse wurde von einem Schüler gefragt, was er als erstes tun würde, wenn ihm der Fürst von Wei die Herrschaft antrüge; Kung erwiderte, wie bekannt: »Die Bedeutung der Worte richtigstellen.« Denn, fuhr er fort, der Edle leide es nicht, daß seine Worte in Unordnung seien: »... das ist es, worauf alles ankommt.«
So wäre *Wahrschein* in alte Rechte zu setzen: Wahrschein ist Aufschein. Wahrschein das Mindere vom Wahren? Viel besser, wenn man sich ganz zu seinem Einfall und Zufall, zum Aufschein des Wahren bekennte. Muß es uns wirklich

bekümmern, wenn Wahres uns bloß als Wahrschein erscheint? Nie Abgezogenes, Unveränderlich-Festes, niemals Besitz ist? Nie Ideales? Nie sogenannte ewige Wahrheiten, nicht die beliebten unverlierbaren Güter der Menschheit?

Der Irrtum feiert seine Triumphe erst dort, wo sich der Begriff einer besitzbaren Wahrheit festsetzte: im Idealismus, in der Ideologie. Faust leidet daran – und er hat wahrhaftig sein ganzes Jahrhundert mit sich wie leidend! schwer leidend! gemacht, »daß wir nichts wissen können«. Er verweilt also im Kreis jenes Teufels, der ihm vormacht, *man müsse eigentlich wissen*. Man müsse erforschen, durchfahren, durchfliegen und alles, alles ergründen. Fausts Zweifel setzt als Unbezweifelbares voraus, daß es ein Glücksgut wäre, alles zwischen Himmel und Erde zu wissen. Die Eroberung des Weltalls. Die Überschreitung der Grenzen. Ewige Wahrheiten, die sich der faustische Mensch, der Idealist der Arbeiter, mit eines besonderen Teufels Hilfe erwarb.

Das ist das faustische Wissenschaftsdenken. Seine Abenddämmerung brach schon herein, wennschon es uns alle vielleicht noch mit sich in Dunkel und Tiefe hinabreißt. Wenn nicht: es wird kommen, daß sich die Menschen eines Tags mit Enttäuschung und Abscheu von dieser Art Wissenwollen abwenden.

Aber der Wahrschein ist es, auf dessen Aufschein wir hoffen. Den Wahrschein wahrnehmen: da kann es nichts Allgemeines, nichts Ungerührtes, nichts Angelerntes und Immerverwendbares geben. Da kann jeder bloß von Erfahrenem sprechen: entweder von gar nichts oder von dem, was ihm am Leib widerfuhr. Es gibt bloß erfahrenes Wahres. Das Ungelebte und Unerfahrene, das Abgebrauchte und Nachgesprochene, Übertragbare kann auf diesem Akker nicht wachsen: das allein ist schon, wofür jeder Preis gezahlt werden dürfte. *Aufzeichnung von Wahrschein ist somit halblaut, behutsam, geständig, eine Art Selbstgespräch, eine Art eigener Lebensbeschreibung. Das heißt aber beinahe schon Dichtung.*

4

So leide ich wenig daran, schrieb ich dem Leser, den Wahrschein so an die Zeit angebunden zu finden. Mit einem tiefen Vergnügen, so schrieb ich, erinnere ich mich daran, wie mir irgendwann irgendwas in tiefem Glanz wahrschien. Die Nachtstunde in einem Zelt in Ägypten, ein Mittagsweg im Gebirg: hundert Augenblicke bewahre ich so, und ein Jeder bewahre sich andere. Im Klosterhof von Esphigmenu habe mir deutlich geschienen, als ob Zeit abziehbar sei und man könne ihr durch Erhaltung, durch Wenig-Erleben entrinnen. Jetzt sei mir das nicht mehr so nahe, und doch erinnere ich mich jenes Wahrscheins wie eines mir zugefallenen Geschenks. Später, etwa ein Jahr lang, habe ich wie unter Überfall unter dem Wahrschein gelebt und gelitten, daß Zeit dasselbe wie Schuld sei. Zeit sei gleich Schuld; es schien mir, als sei ich damit auf einen eingeschlossenen Grundsee wie solche tief unter der Wüste gestoßen: auf etwas so Schweres und Kühles. Indem ich das in großer Trauer erlebte, war ich auch glücklich; ich war auf dies kühlende Klare gestoßen. Dann war das wieder vorbei, entschwand und entzog sich. Schläfts bloß in irgendwelchen Gewölben, kommts eines Tags wieder hervor? Zur Zeit ist es für mich nicht mehr eigentlich wahr, und doch: ich meine nicht, daß ich irrte. Durchaus nicht; der Begriff des Irrtums setzt ja verfehltes Wahres voraus und also haltbare, besitzbare Wahrheit, die man für dies eine Mal halt verfehlte. Das muß man weit forttun.

Wenn man das forttut, so wird es aufgehört haben zu stören, daß Wahres in Herbeikunft und Flucht wie ein Schwalbengrüßen erscheint.

Zwei Briefe an Hermann Mörchen

[Wolfenbüttel,] am 3. Mai 1958

Lieber Herr Mörchen,

Sie sind längst zurück und ich hätte Ihnen längst danken müssen für Ihren spannenden Brief, in dem so viel steht. So viel! und so Gutes! Es ist doch aufschlüssig, wie rein deswegen, weil Sie Ihre Unterhaltung mit Heidegger *erzählen* und weil das Erzählte *geortet* ist, Todtnauberg, alles mehr Wesen bekommt. Halt Mythos.

Die Stelle aus »Überwindung der Metaphysik«, die Sie ihm vorhielten, ist ein starkes Stück. Ich kannte sie nicht. Allerhand, das ist doch pure Eschatologie, die es nicht sein will. Die Arbeiterwelt, die technische Welt als der telefteos perasmos. Reiner Messianismus. Das überführt ihn doch. Aber der Angeklagte bleibt hartnäckig bei seinem Leugnen. Das muß doch seinen Grund haben, einen Grund, den er nicht zugeben *kann*. Einen, dessen Gesagtwerden sich halt verbietet.

Noch schärfer setzen Sie ihm mit Meister Eckehart zu. Ausgerechnet mit dem, mit dem er so viel gemein hat. Daß Eckehart sagt: »GOTT IST NICHT« erschüttert mich und scheint mir in dieser großartigen Unterredung die Achse gewesen zu sein. Denn das kann doch nur heißen: in dem Augenblick, wo ich GOTT (dessen Namen ich überhaupt nicht aussprechen dürfte) ein IST zuspreche (und dann auch noch unvermeidlich ein »gegenwärtig« oder »gnädig« oder »zornig«) lästere ich; das haben ja schon immer Viele empfunden. Deshalb ist es auch klar, daß Heidegger in Gesellschaft von Theologen als der theologischere scheint, denn die reden ja immer und immer von Gott, dessen Namen sie nicht aussprechen dürften, so wie sie ja auch kein Bild von ihm dulden dürften; sie sind die tragischen Figuren im Christlichen: sie müssen verkünden und immerfort von und über Gott reden, ÜBER Gott, ÜBER, ÜBER! – die Sprache ist doch was Großartiges. Also verfügen sie, also lästern sie; ich glaube, man geht nicht zu weit, wenn man sagt: die Behauptung, daß es im Christlichen keine Tragik mehr gebe, stimmt nicht: hierhin hat sie sich verlagert.

Hierbei reden wir immerfort vom Selben, nämlich von dem, was in Ihrer Schilderung folgt und folgen mußte: Ihr Wunsch, ein allgemeineres, nicht aufs Griechische beschränkte Wort für MYTHOS zu finden. Sodann Heideggers Antwort: »einen christlichen Mythos gebe es nicht« (da es ihn offenkundig gibt, kann er nur meinen, mit Luther, daß christlicher Mythos unchristlich sei), endlich sein Vorschlag, dafür CHRISTOLOGISCH zu sagen. Was meinen Sie, wenn man als das Wort, das Sie suchen, SAGE vorschlüge? Man eröffnete sich damit den Quellbereich dieses Wortes, darin einverständig, daß das Wort klüger ist als wir, die wir es reden. Denn über die Schicht der Heiligen, der Marienverehrung, des Liturgischen und Sakramentalen, also die dickere SAGEN- und MYTHENschicht, aus der wir freilich christlich-unchristlich ganz allein zu leben vermögen, denn zu meinen, wir könnten darauf verzichten, wäre hybrid und die Ketzer, die (wie Sie unvergleichlich definieren) diese Schicht in Frage stellen, fallen im besseren Falle dann ja doch immer wieder in sie zurück – oder sanctus Lutherus, wie es im Vorsatz einer unserer Lutherhandschriften heißt, etwa nicht? – oder im schlimmeren Falle ganz ins Gottverlassene hinaus ... über diese Schicht also, über die man sich einigen könnte, geht es mit Hilfe des Wortes SAGE hinaus. Eckehart, wenn er sagt GOTT IST NICHT verweigert offensichtlich die SAGE.

Ließe sich das auf Heideggerisch übersetzen? Können Sie dazu verhelfen? Müßte das nicht etwa so gehen: Die Sprache ist zwar das Haus des Seins, Zugang zum Sein nur durchs Wort. Ist das Wort indessen gesagt, so findet man sich jäh in den SAGEN- oder MYTHEN-bereich geworfen, verworfen. CHRISTOLOGISCH: das Wort von Christos, das GESAGT SAGE wird, wie die Evangelien ja bereits

SAGE von Christos sind: Echoschall, Erzähltes, Mehrliniges, auch Mißverstandenes und Zusammengestücktes: MYTHOS.
Das WORT hat also ein Doppelgesicht: es ist das Ohr zum Sein, aber der Mund der Sage.
Ob Sie davon wenigstens etwas gelten lassen können?
Ich grüße Sie herzlichst und dankbar, Ihr

Erhart Kästner

[Wolfenbüttel,] am 15. Mai 1958 Himmelfahrt

Lieber Herr Mörchen,
ich habe mich neulich sicher ganz unzulänglich ausgedrückt, denn nun passiert mir etwas Ähnliches wie Ihnen damals mit meiner ersten Antwort und ich sehe mich in der stolztraurigen Lage des Unverstandenen.
Mir kam es bei SAGE nicht auf den Wörterbuchsinn dieses Wortes und nicht auf Barbarossa und Herkules an, sondern darauf, daß SAGE sowohl Barbarossa als überhaupt Gesagtes, wie in Aussage, Absage abgehört werden könne, wie bei Schreibe. (Sicher stoßen Sie sich nicht an der Banalität dieses letzteren Wortes, gegen das ich nichts habe, weil es ja auch nichts besseres meint als eben die Schreibe; Mommsen hat eben Stil, Gerhard Ritter Schreibe, Heidegger Sprache, Jaspers Schreibe: der Laden stimmt.)
So wollte ich darauf aufmerksam machen, daß das WORT zuweilen von Wahrschein durchblitzt, zuweilen durchwettert, die SAGE jene Doppelseite hat wie Schöndruck und Widerdruck beim Buch oder Avers und Revers bei der Münze: Ohr zum Sein, Mund der Sage. Es ist das Auch-anders-Ausdrückbare, das Begreifliche darin, aber auch das Leibhafte, die Strahlung, das Unbegreifliche, Nicht-anders-Ausdrückbare, Unverfügbare, das mächtiger ist als der Sager, sich wandelt, sich entzieht, Gestalt und Wirkung hat, eine mythische Größe. SAGE ist Sage.
Was ich meine, ist höchstens im wissenschaftlichen Zeit-

alter neu, sonst selbstverständlich und allen bewußt. Vom Vers her strahlt Sprache aus. Der Vers ist das Eigentliche der Sprache, »Poesie die Muttersprache des Menschengeschlechts«: also die Sprache eigentlich Vers und Gedicht. Sie ist bei sich, wo neben dem Begreiflichen auch das Unbegreifliche, Strahlende, Leibliche ist: Mythos. Sprache ist Sage, Wort ist leibhaftig, wenn man Leib als etwas versteht, das über seine Konturen ausstrahlt, überfließt, ausstrahlt. Was vieldeutig ist, im Grunde immer verschlüsselt, im Grund immer Rätsel. Also auch immer voll Aufschluß, immer voll Rat, denn wo Verschlüsselung, da ist Aufschluß, wo Rätsel ist, da ist Rat: das Wort selber sagt es.
Jetzt aber, wenn Sie das alles für WORT gelten lassen, also auch für SATZ, VERS, so verstehen Sie wohl, was ich meine mit SAGE. Das WORT ist mythisch. Logos ist etwas, was ins Wort allenfalls einscheint, aber DAS WORT ist was anderes. Größte Verwirrung: zum Logos einen direkten Zugang durch die Vokabel zu glauben, die Vokabel, die jenes Leibhaftige in keiner Weise besitzt: Glaube der Bultmänner, Planck, Heisenberg und aller Wissenschaftsdiener. Die wollen freilich nur KÖRPER, nicht LEIB, und kennen kein anderes Wort als VOKABEL! Vieldeutiges Wort? Um Himmels willen, die wollen ja »Entmythologisiertes«: diese Vokabel, die ihnen ihr bösester Feind in den Mund gelegt haben könnte, ist ein unvergleichliches Bekenntnis, eine Schreckensmontage wie von Salvador Dalí. Die wollen das Ausgeschöpfte, die wollen die Erschöpfung des Wortes, des Satzes, die wollen seine Entmannung. Die wollen das Auspräparierte, wissen nichts davon und wollen nichts davon wissen, daß seine Kraft in seinem Verhalten, in seinem Enthalten, in seiner Sammlung, in seinem Stau, in seinem Nicht-Aufgeschlüsselten liegt. Nicht in seiner Erklärung, vielmehr in seiner Verhüllung, nicht in seiner Aussage, vielmehr in seinem Verschweigen: Die Wollen bloß die Vokabel, die eine Richtigkeit hat wie das Kursbuch oder das Bundesbeamtengesetz; daß sie das Wahrheit nennen, ist

eine Anmaßung, denn Wahrheit ist momentan, mehrlinig, verschlossen. Gerade aber das wollen sie plündern. (Heidegger muß das wissen, daß seine Sprache mythische Qualität hat, sonst könnte er ja nicht sagen, man könne das, was er sage, nicht auch anders ausdrücken. Das ist ein Bekenntnis zum Vers.)

Ich fühle, ich sage Ihnen mit allem diesem nichts Neues, nichts, was Sie nicht selber schon wüßten. Bloß den Schritt noch: WORT, eigentliches wirkliches WORT ist SAGE, ist mythisch. Das ist freilich Götterwelt, solche Worte sind Götter. Aber das Evangelium in seiner Vierlinigkeit, Mehrlinigkeit, in seinem Echoschall hat diese leibhaftigen Wesen, diese Erscheinungen, diese Himmelskörper doch eingesetzt, wir doch nicht, wir können sie doch gar nicht leugnen.

Haben Sie Dank für Ihre freundlichen Äußerungen über meine Marginalien zum »Satz vom Grund«. Beim Wiederlesen nach so vielen Monaten (denn dieser Merkur hat Uhu aber keine Flügel an den Fersen; erst hatten sie es dringlichst bestellt, weil sie vor Jahren böse zu Heidegger gewesen sein müssen und sie das reute, dann brauchten sie Monate) bemerkte ich, daß Mehreres zu verkrampft war und hätte etwas darum gegeben, es noch einmal schreiben zu können. Aber so ist das ja immer.

Was Sie sonst von Heidegger zu erzählen wissen, interessiert mich aufs höchste. Die Kluft zu Jaspers finde ich angemessen, die gegen die Löwith, Adorno und was noch weiter remigriert ist, halb richtig, halb tut es mir leid. Ich habe keine Ahnung von dem, was eigentlich 1933 vorfiel, sehe bloß, daß es ihm ein schweres Trauma gesetzt hat, über das er nicht hinfindet und ahne, daß Elfride, von der ich einige zackige Briefe besitze, die eigentlich Schuldige ist. Schrieb ich Ihnen, daß ich einmal mit Heidegger nach Griechenland sollte? Es war vor drei Jahren. Sein heißer Wunsch, nicht etwa meine Idee. Eine lange und hochamüsante Geschichte. Vier, fünf Tage vor der Abreise, hundert

Schiffs-, Flug- und Fahrkarten auf meinem Fensterbrett, sagte er ab, kam einfach nicht über die Hausschwelle.

Quirlwasser

Im fünfzehnten Gedicht des Lau Dse wird das Leben der Weisen beschrieben. Es scheint, daß dem Gedicht die Einsicht zu Grund liegt, daß es auf Weisheiten weniger als auf Weise ankomme.

Die Weisen, so heißt es, seien behutsam wie Jemand, der im Winter einen schollentreibenden Strom überquere. Sodann: sie seien abgeschieden wie Jemand, der sich um die, die ringsum leben, nicht kümmere. Sodann: sie seien immer zum Aufbruch bereit wie Strom-Eis, das aufzugehen im Begriff ist. Sodann: sie seien ursprünglich herzhaft wie Kantholz. Sodann: sie seien aufnehmend wie eine Talschlucht. Sodann: sie seien schwer zu ergründen wie Trübwasser.

Dieses Wort Trübwasser macht Schwierigkeit. tscho lautet das chinesische Zeichen; die Wörterbücher, welche die chinesischen Zeichen in englische und französische und deutsche Münze einwechseln, bieten an: trüb, schlammig, schmutzig. Und zuvor, für schwer zu ergründen, steht hun, das ungefähr dasselbe bedeutet: trüb, modderig, schlammig.

Was soll man damit anfangen? schwerverständlich? dunkel? schwer zu ergründen wie Meister Eckhart, Angelus Silesius, Heraklit, Hamann? Wohl, dennoch befremdlich: die alten Denker Schlammwasser? Ihre Schwer-Ergründlichkeit Faulschlamm?

In den folgenden Versen zieht das Gedicht seinen Knoten. Da scheint es zu sagen (und zu mehr als einem Scheinen wird es bei solchen Gedichten nicht kommen):

> Wer ist im Stand, das Trübe durch Stille zu klären?

oder:

> Wer kann so viel Stille aufbringen, wie nötig wäre, um das Undurchsichtige zu klären?

Also Stille als das Vermögen, welches Trübwasser klar macht. Und weiter heißt es:

> Wer vermag Stille so auszuhalten, daß sie Lebendiges austrägt?

Paul Carus, Deutsch-Amerikaner im vorigen Jahrhundert, Sohn des berühmten romantischen Arztes in Dresden, las das Schriftzeichen für Trübwasser anders. Er, der viele Jahre zusammen mit japanischen Denkern über den Text des Lau Dse sann und der als Erster die Lehren des chinesischen Weisen mit Buddho, Augustinus und sogar Jesu-Worten verglich, übersetzte: Strudel und Wirbel. Also nicht Trübwasser. Er sah sprudelndes, wirbelndes Wasser, das klar ist, aber nicht zu durchschauen. Quirlwasser.
Da stellt sich denn eine andere Szenerie ein. Ein Bergbach. Man kann die Steine im Bachgrund nur undeutlich sehen; sie wanken im darüberschießenden Wasser, vergrößern sich im Konvexen, scheinen kleiner im Hohlen, ändern sich ununterbrochen. Dazu hoher Himmel und Kühle. Und Bergluft.
Wenn Carus recht hat, so wäre die Wohnung des Bilds ein Gebirg-Tal, wie es auf chinesischen Rollenbildern gemalt wird. Ein Wildbach. Wildwasser, Klarwasser. Felsen, Bambus, kurzrasige Bergwiese, ein Holzsteg. Dazu Einübung in Berg-Stille. Denn es wird deutlich, daß Stille aufgebracht werden muß, bis das Bach-Rauschen als Stille gehört wird. Mit Stille kann ja nicht Totenstille gemeint sein; es ist Stille in Spannung. Bach-Rauschen ist, was die Stille erst hörbar macht, wie die Zikaden die Mittag-Stille im Süden.
Noch Anderes gibt dieses Bild her. Immer, wenn Stille gesagt wird, besteht die Gefahr, daß Beharren und Stillstand gemeint wird. Das darf nicht sein. Dem muß der Vers, der

auf das Schwer-Ergründliche folgt, vorbeugen. Gewonnene Stille, so sagt er, ist nichts, wenn nicht das Weiter-Eilen darinnen ist.

Wer vermag Stille so in Spannung zu halten, daß sie Lebendiges austrägt?

Bergwasser, in granitgrauen Gumpen zu vorübergehender Stille gekommen, trägt den Weiterfall in sich. Was im ausgeschliffenen Granit-Becken still ruht, wäre so klar nicht, wäre es nicht im Strudel durchperlt und durchsäuert, durchlüftet.
Wäre sonach nicht an Trüb-Wasser, vielmehr an Wirbel und Wallen und Strudel zu denken, so kann es uns recht sein. Wird das Gedicht in Alpenhöhe gehoben: mir soll es recht sein. Ein Wildbach im Allgäu, in Kärnten, auf Kreta, auf den Peloponnes-Bergen, wo immer es gewesen sein mag, daß man in so ein Wasser gestarrt hat: da weht aus dem alten Gedicht Würzduft der Matten, Kühlhauch der Schneeberge.
Ist man bis zu diesem Punkte gelangt, so könnte man bereit sein, die Dinge tiefer zu legen. Vielleicht kommt es weniger darauf an, was beweisbarer sei: ob Quirlwasser? ob Trübwasser? Vielleicht ist es nicht nötig, sich dafür oder dortfür zu entscheiden; vielleicht ist es besser, das Eine und auch das Andere im Aug zu behalten. Nicht dieses Entweder Oder, ohne das es bei uns selten abgeht, das europäische Laster.
Dann wäre es wichtiger, aus dieser Stelle eine andere Erkenntnis zu schöpfen: Daß ein Gedanke nichts wert sei so lange er keinen Ort hat. Keinen Ort und kein Schicksal. Keinen Körper mit Freuden und Schmerzen. Es gibt keine landlose Wahrheit.
Wahrheit bildlos, körperlos, schicksallos, ortlos: Das reicht nicht zum Rang einer Wahrheit. Ein landloser Gedanke, ein kraftloser. Etwas Welt muß in eine Wahrheit eingebracht werden, sonst ist sie keine; ihr Finder muß irgendwo ge-

lebt, gesehen, geatmet haben; das muß dabei sein. Eine Wahrheit muß das Zeitliche segnen können, wie man früher gesagt hat; sonst bleibt sie weltlos. Die Welt ist so dürr geworden, weil sich so viele hergestellte Gedanken herumtreiben, ortlos und bildlos.

Aus der Zeit

Das Durchdringen. Jeder bewahrt in seinem Gedächtnis eine Reihe von Tagen, an denen er durchzudringen vermochte und den Glanz der sieben Schöpfungstage erblickte. Die Knabenjahre waren reicher daran. Da war ein erster Sonnenaufgang, Tauwiesen, eine erste Hochgebirgsnacht mit brennenden Sternen, der Fall in einen Augusttag beim Baden am Fluß: Tage, in denen das Anschaun gelang. Dann glückte es, die Dinge zu sehn, als rückten sie eben aus gewaltigen Fernen entgegen, wie Funken eines abbrennenden Feuers hersprühn. Dann schreitet man durch die dicht gedrängten Reihen der aufgestellten Dinge hindurch und tritt aus der Zeit.

Zauber der Ferne

Jeder wünscht sich, sein Leben noch einmal ins Reine zu schreiben. Wenn ich mein Leben noch einmal lebte und wegließe, was stumpf war und schal und verfehlt: ich ließe diese Zeiten nicht weg. Ich ließe anderes fort, aber nicht dies empfängliche Ohr, nicht die gereinigten Sinne, nicht dieses Gelöschte.
An solchen Abenden, wenn wir nach der Glühhitze der Tage erwachten, war alles, was aus der vorigen Welt zu uns drang, wie ein Geschenk. Wir hatten schon alles verloren geglaubt. Und nun, in diesem unwirklichen Land, erwuchs es uns neu; wir besaßen es mehr als zuvor. Es war wie vor

Jahrhunderten, als es den großen Zauber der Ferne noch gab, als die seltenen Blumen und Früchte aus Indien und China kamen über Venedig: – später, als alles immer erreichbarer wurde, schwand viel von dem Zauber dahin.

Holzhäuser

Mag sein, daß der Pfeif-Dienst mit den Bränden zusammenhängt, von denen diese Stadt wie kaum eine andere heimgesucht war, durch die Jahrhunderte, sodaß man meinen könnte, das Daimonion dieser Stadt sei das Brennen. Von jeher war sie von Bränden durchfeuert, Flächen-Bränden. Einmal war es ein Pökelfisch-Laden am Goldenen Horn, in dem Feuer ausbrach, und es fraß sich bis zum Marmara-Meer durch die Stadt, breitmäulig. Das war zu Kaiser Leos des Ersten Zeit, im fünften Jahrhundert. Im sechsten, während des Nika-Aufstands: ein Großbrand. Es brannten Staats-Gebäude, Thermen, die alte Hagia Sophia, die Hagia Eirene, die große Bibliothek, Spitäler, Freudenhäuser und Gasthäuser.

Türken-Zeit, Zeit der Holzhäuser; die Sultane schätzten nicht Steinhäuser, in denen die Bürger sich hätten können gegen die Janitscharen zur Wehr setzen. Der böhmische Reisende Dernschwam, also Dörrenschwamm, Trockenschwamm, der ums Jahr 1550 sich als Sechzigjähriger zur beschwerlichen Reise durch Ungarn, den Balkan nach Konstantinopel und weiter nach Anatolien entschloß, zwei volle Jahre, davon ein Jahr in der Hauptstadt, und der alles, was er sah und sich sagen ließ Tag für Tag fleißig aufschrieb, mehr als dreihundert und fünfundachtzig Folio-Blätter, eine Handschrift der Wolfenbütteler Bibliothek, sah zwei Flächen-Brände. Einmal, so schreibt er, kam Feuer aus in der Küche eines Schmalz-Krämers, der nächtens und heimlich ranziges und frisches Schmalz zusammenkochte; tausend Häuser brannten, auch das Gefängnis, in dem ei-

nige hundert Gefangene einsaßen in Schuldhaft oder wegen Völlerei, Hurerei und anderem; die Janitscharen ließen die Männer laufen, die Frauen nahmen sie an sich.
[...]
Diese Holzhäuser, leicht, wenig Möbel, vergaßen das Zelt nie, mit dem dieses Volk aus Innerasien herkam. Auch wenn diese Holzhäuser reich waren, hatten sie das Vorübergehende, Zeitliche, Leichte, das wir als Zug des Bauens wiederum schätzen, an Stelle der sicheren Burgen unserer Großväter, deren Sicherheit nicht mehr wahr ist. Zu drei Vierteln bestanden diese Holzhäuser aus Fenstern, so wie man erst wieder in unseren Tagen baut; Beton und Thermopane geben statische und thermische Freiheit. So waren die Bosporus-Ufer bebaut: geschnitzte Fassaden, Fenstergitter der Frauen-Zimmer, Gondel-Pfähle und Marmor-Stufen, man denkt immerzu an Venedig.
Beton, ein fantastischer Bau-Stoff; Fantasie und Kühnheit, das braucht er. Verweigert man die ihm, wird er stumpfsinnig, fällt in die platteste Plattheit, denn das kränkt ihn. Die Kränkung widerfährt ihm überall dort, wo man nachahmt. Das ist hier wie in den vielen Städten, denen man die Uniform der Neuzeit unbedacht anzieht. So wird das alte Stambul jetzt schnell in eine Beton-Stadt verwandelt; im Hand-Betrieb, im Familien- und Feierabend-Betrieb wird ein Viereck-Element auf das andere gepatzt, schnellfertige Hochhäuser, ohne Wesen.

Moskitonetz

Die Mehrzahl der Menschen nimmt an, leben bedeute, sich vernehmlich zu machen: als gelte es, unaufhörlich den Tod durch Lärm zu vertreiben. Viele wußten sich den ganzen Tag nichts anderes als Singen und Pfeifen, oder sie waren mit Kartenspielen beschäftigt; dann war ein gewisser Takt im Geräusch und die bekannten Worte, die das

Skatgespräch bilden, das mit dem, was Menschen sonst sprechen, wenig Ähnlichkeit hat.
Ich schrieb. Nach der abgefallenen Last des Kriegs schrieb ich weit Zurückliegendes auf, vom ersten Tag an. Während die andern der Hitze, den Fliegen, der Enge und andern ägyptischen Plagen mehr Aufmerksamkeit schenkten, genoß ich den Vorteil, daß ein Schreibender nichts braucht als Stift und Papier, um Zeit und Raum so entrückt zu sein wie es ein Träumender ist. Meine größte Sorge in jenen Tagen war die, daß mir die Minen für meinen Drehbleistift ausgehen könnten; ich überlegte, daß ich gegen dieses und jenes Stück meiner Habe solche Stifte werde eintauschen müssen.
Ich hatte mein Gepäck klein halten müssen und es mit genauer Überlegung gepackt. Da ich wußte, was schlaflose Nächte mit surrenden Mücken bedeuten, führte ich ein Moskitonetz mit. Unter dem lag ich nun tags; es gab mir die Illusion, in einem winzigen eigenen Raume zu sein, und hielt mir die Fliegenwolken vom Leib.

Athos und Griechenland

Napoléon

Ich stand vor einer verwohnten Villa in einem alten Viertel Athens. Das eiserne Hoftor war ohne Schelle, ich klopfte. Ein Spalt ließ mich in den ummauerten Hausgarten sehen; er war ziemlich verwahrlost. Ungefähr zwanzig Katzen trieben ihr Wesen. Alte Möbel standen im Freien, die Polster zerrissen, das Roßhaar hing in Strähnen heraus. Palmen kümmerten, Topfpflanzen welkten dahin. Dennoch, wie es im Süden ist, lag eine Anmut über dem Ganzen, die Anmut einer Goldonischen Theaterkulisse. Das angrenzende Nebenhaus war rosa und hatte im ersten Stock eine Galerie, von der Teppiche hingen. Der Himmel silberblaute darüber.

Ein Mensch im Schlafrock öffnete mir. Der Rock war bloß noch ein Fetzen. Ich brachte eine Empfehlung, wir stellten uns vor. Er war, wenngleich unrasiert, von vollendeten Formen. Sein Französisch war ohne Balkan-Akzent, seine Höflichkeit zeichnete aus. In seinem völlig bleichen Gesicht waren die Lippen blutigrot, weich und gequollen. Es war der alternde Sohn eines griechischen Generals. Er hieß Napoléon mit Vornamen. Er führte mich in den Hof und ins Haus. Überall herrschte beispielloser Verfall; die Katzen und die Vergangenheiten regierten. In einem der ebenerdigen Räume war seine Bibliothek. Die Bücher, eine beträchtliche Menge, waren sämtlich broschiert. Bei sonst verwahrlostem Raum hielt er pedantisch darauf, daß das Alphabet der Aufstellung stimmte und die Bücherrücken eine Gerade ausmachten; das war das Erbteil des Generals. Er suchte mir mehrere Bände hervor, die mich freuen konnten, französische Übersetzungen Rilkes, Georges und Hofmannsthals. Er seinerseits trieb einen Kultus mit Wilde. Dessen Bildnisse hingen mehrfach umher.

Auf dem Tisch lag der Staub. Das Tintenfaß, ein Messinglöwe, war trocken, Gänsefedern starrten vor Schmutz. Es war das verkörperte Gestern, eine ausgesogene Welt. Doch schien er es nicht so zu empfinden. Er las mir Aphorismen vor, die er verfaßt hatte und die mir unsagbar abgestanden vorkamen, kalte Funken, Flockenlesen einer sterbenden Zeit, die einen hohen Wert im Genusse erblickte. Aber wenn das Genießen abgelebt ist, zeigt es nur noch ein Aschengesicht. Da entstand auf der Treppe Gepolter.

Napoléon eilte hinzu. Ein Greis kroch am Geländer von Stufe zu Stufe herab; er trug blaue uniformähnliche Stücke. Sein Körper war verkrümmt und verknorrt, kuglige Augen traten aus dem leichenhaften Antlitz heraus. Er keuchte. Nach überwundener Treppe sank er auf eine Bank. Mit pfeifendem Atem beklagte er sich, daß man ihn vernachlässigte. Es war Papa General.

Der Sohn beruhigte den Vater; er sah nun stumpf vor sich hin. Wir unterhielten uns weiter.

»Und doch, monsieur«, fuhr er fort, »es ist ein herrliches Volk, ich bin stolz, ihm angehören zu dürfen. Völker beweisen sich erst, wenn sie verlieren; das Verlierenkönnen ist die Summe von allem. Mein Volk hat seit zweitausend Jahren verloren, immer verloren: erst sein Genie, dann seine Freiheit; dann aber war immer noch, Jahrhunderte lang, die Stadt da, unsere Mutter, Byzantion, das goldene, heilige Haupt. Dann verlor es auch das; die Kreuzritter, schon die Kreuzritter, mein Herr, nicht erst die Türken haben das meiste zerstört. Heiliges Hellas! sagte die Welt und bestahl es; man grub aus und schleppte fort, was nur ging. Nun besitzt mein Volk nur noch seine Sprache, seinen Glauben und seine glühende Liebe zum Land. Aber das Land ist geschrumpft. Es ist eingelaufen wie ein Stück nasses Leder am Ofen.«

Auf Delos

Ich war nun allein auf der Insel, allein mit den berühmten archaischen Löwen der Löwen-Terrasse, den Tempel- und Villen-Ruinen, den kostbaren Funden, welche die Welt kennt. In der Lage Robinsons war ich, der einen Klumpen Gold fand. Die Tage, nicht kalt, waren klar und durchsichtig; ich stieg viele Male auf den Gipfel des Kynthos, wo Reste von einem Zeus-Heiligtum sind und von wo man weit auf den Ring sieht der Nachbar-Inseln. Das Meer ist im Winter großartig; warum die See purpurn genannt werden konnte, lernt man nur im Winter. Der Schein meiner Propan-Gas-Lampe fiel aus dem Fenster aufs Land, das jetzt wieder so, wie durch viele Jahrhunderte war, als niemand sich darum kümmerte, Alle vorbeifuhren. Nur vielleicht ein paar geschichtete Kalk-Öfen rauchten, in denen die Bauern der Nachbar-Inseln den parischen Marmor der antiken Stand-Bilder zu Kalk verbrannten; Mörtel für ihre Häuser; besserer Marmor war doch weitum nicht zu finden.

Der Steppenbrand der Geschichte war damals halt weitergebrannt; andere Länder, andere Brandstätten; über dieser Land-Scherbe nur ein Flor Asche. So fiel mein Lampenschein auf das Riedgras, wie künftig vielleicht auf Europa.

Nichts geschah eine Reihe von Winter-Tagen, die dort nicht winterlich sind; nichts. Mir leuchten die Tage, die ich nicht gewollt, nicht herbeigewünscht hatte. Leben ohne Neuigkeiten will ja gelernt sein.

Man lebt dort leichter

So sah ich ein Griechenland der blühenden Arnika, der Kamille, der wilden Iris, der Orchideen auf kärglichen Wiesen und der hellgrünen Strandkiefern. Ich sah ein Griechenland der überwachsenen Ausgrabungs-Plätze; ich sah mehr das Überwachsene als die Ergebnisse der Forschung. Ich spürte die Zeit und daß sie dahin war, die Vergangenheit und ihr Ruhen, ihren Schlaf irgendwo in der Tiefe.

Dazu kam, daß ich, wie alle Südfahrer, in die leichtere Lebensluft dieses Lands glitt. Ich fand in Athen einen Typus von Zuwanderern vor, der sich dort seit Jahren festgesetzt hatte; den Maler Klaus Vrieslander will ich an der Stelle von Mehreren nennen. Es waren Auswanderer aus dem großmannssüchtigen, erfolgreichen Deutschland, das noch immer am schlechtesten daran war, wenn es Erfolg hatte. Doch könnte man sie auch Auswanderer nennen aus der europäischen Neuzeit. Sie hatten es satt, um Erfolges willen zu leben; Erfolg war ihnen ein Schimpfwort. Ruhm, Amt und Laufbahn, was immer dem ähnlich sah, war ihnen verdächtig, Ehrungen lächerlich, und was das Vorzeigen irgend eines Besitzes war, das ja den Meisten noch wichtiger ist als Besitzen, so war das keine Versuchung für sie, da sie nichts hatten. Sie machten sich lustig über den Ehrgeiz; sie spotteten über das Lästige, das es mit sich bringt, wenn man Untergebene oder Dienerschaft hat; sie verachteten Alle, die behaupteten, ein Programm zu haben, und was gesellschaftliche Verpflichtungen anging, so brachte sie schon der Ausdruck zum Lachen. Leistung, so meinten sie, sei zu eng mit dem Bemühen verquickt, seinen Namen in recht viele Münder zu bringen; könne man seinem guten Namen das wünschen?

Diese Auswanderer aus der Neuzeit lebten minimal, was den Lebensaufwand, maximal aber, was den Aufschwung der Stunde betraf. Suchte man einen von ihnen zu Haus auf, so sah man, dieses Zuhause bestand aus vier weißen

Wänden, ein paar Quadratmetern gestampften Lehmbodens und keinerlei Möbeln. An Gegenständen war vielleicht ein Hemd auszumachen, das die Nachbarin frischgewaschen zurückgebracht hatte, und ein Malkasten. Doch waren diese Freigelassenen in jeder Minute zur Feier eines Festes bereit, zu dem sie auch immer Wer einlud. Da viel Last aus ihrem Leben entfernt war, waren sie leicht genug, um in jedem Augenblick aufzufliegen. Sie besaßen die Anmut, die ein freiwilliges Nichts-Haben schenken kann.
Unleugbar umgab den Vrieslander und seine Freunde eine aristokratische Aura; eine Unterhaltung, sobald einer von ihnen eintrat, nahm sofort ein höheres Niveau an; dann nahm sich Jeder zusammen. Große Geister waren dann anwesend; wann diese Leute das alles gelesen hatten, blieb ein Rätsel, da sie doch müßig gingen; es erklärte sich dadurch, daß sie dem Unwesentlichen, das den Meisten, wie man richtig sagt, durch den Kopf, also hinein und hinausgeht, den Eintritt verwehrt hatten.
Die Bereitschaft zur Feier war, was sie in Griechenland festhielt, denn die wohnt dort. Sie waren ja, Jeder auf seine Weise, durch eine Anzahl von Ländern gezogen, den Magreb, die Türkei und Ägypten, eh sie in Griechenland hängen blieben. In den Tavernen der Plaka, der Altstadt am Fuß der Akropolis von Athen, wo Musik und Männertanz in Sommernächten nicht aufhört, mit nichts gefeierte Feste, mußten sie sich wohlfühlen. Ihr Leben verschwendend hofften sie dem, was leben heißt, näherzukommen.

Delos im April

Die Lerchen, die Lerchen. Wie war es möglich, sie zu vergessen. Aber so ist das. Erinnerungen, gewiß, und dennoch, wenn Wiedersehen ist, war zuweilen noch etwas im Vorrat, woran man nicht dachte und das erst in diesem Augenblick auftritt. Das ist das Glück der Erscheinung. Sie will überfallen. Sie mag uns bloß in der Schwäche.

Ich kannte den Weg, lief über das filzige Riedgras, am Ende des Höhenzuges der Leuchtturm. Er war von Miró, das war leicht zu sehen, da er ein Glasgesicht, einen rotlackiert steifen Cokeshut und seine weißlackiert runde Dicke besaß, auch, da es zu dunkeln begann, rot und weiß spähte. Rot blickte er dorthin, wo Felsenklippen und Land, weiß dahin, wo offene Fahrt war, denn er gehörte zu der geringeren Klasse, bei welcher sich nichts dreht. Ruhig sah er auf die labyrinthische Durchfahrt.
Da fiel es mir vor die Füße: ich hatte die Lerchen vergessen. Ich hatte alles behalten, die gebrannten Inselgebirge, die altgewordenen Küsten, die Steppe, den Nordwind, die Zinnenfolie des Meers, aber ich hatte die Lerchen vergessen. Obwohl die Sonne schon eine Weile im Meer war, stiegen sie immer noch auf, Antennen des Ödlands, aufgerichtete Haare, elektrisch und golden, Golddraht in Kornschmelz, gelötet und lotrecht, körniges Goldhaar der Insel. So lösten sie spielend den Zweifel, ob Himmel noch sei, ob es das alte Oben noch gebe, wo Düsenjäger jetzt jaulen, nobelgepriesene, nobelverfluchte Gesellschaft. Sie übten die uralte Übung, sich durch Lied am Leben zu halten, durch Loblied. Was immer dümmliche Riesen an fixen Ideen abtragen, sie werden eines Tags einsehen müssen, daß *dies* Beweis ist, nicht was sie für Beweis halten: daß es auffliegt und aufsingt und sein Lied für stärker achtet als vieles.

Die Insellerchen waren verschiedener Begabung oder hatten, was häufiger ist, aus gleicher Begabung Verschiedenes gemacht, indem sie, wie Läufer und Schwimmer, immer dieselbe Strecke und Strofe in besessener Übung versuchten; ihre Strofe war ihre Strecke. Zwanzig Meter vom Haus, meinem Schlaf weg, wohnte die Meisterin aller Tage und Nächte im Schafgras; diese Funklerin pflegte jede Strofe sechs, sieben Mal hintereinander zu singen, ehe sie sich entschloß, die Skizze erst einmal stehen zu lassen; ohnehin würde sie später, am Nachmittag oder Morgen, es noch einmal anschaun und noch mehrere Abschriften machen. Der Gedanke an Abschluß und so etwas wie Herausgabe lag ferner; es hätte das Ende ihrer Entwürfe bedeutet. Wenig wahrscheinlich auch, daß sie bloß so zum Spaß sang; oder glaubt man, daß es ein Spaß sei, sich eine so verstockte Mühe zu machen um etwas, das keinerlei Zweck hat? Sie tats halt, um eine richtige Lerche zu sein. Obwohl sie darüber nicht länger nachgedacht hatte, das wußte sie schon, daß es gleich ist, ob Gott, der sie schuf, oder sie sang.

Der Wächter des Leuchtturms, der auch das Museum bewachte, also Marmorknaben und Lampen, machte sich selten die Mühe, zum Rechten des Leuchtturms zu sehen, denn er wohnte woanders; der Turm war von keinem Wurme bewohnt, die Spindelstiege stieg niemand. Zacharias, so hieß er, versicherte mir, die Mehrzahl der Dinge auf dieser Welt ginge nicht durch Gebrauch kaputt, aber durch Putzen. So schonte er unseren Lichtkameraden. Doch er hatte die Tugend, alles über den Kranich, den Eisvogel, den Austernfischer, den Steinkauz, den Mittelmeerschmätzer und Wanderfalken zu wissen und sagte, am siebenten Oktober seien die Lerchen gekommen, aus Schweden, aus Finnland, und am achten frühmorgens, hundert Minuten vor Sonnenaufgang, seien sie aufgestiegen wie immer, ohne sich Ruhe oder irgend eine Zerstreuung zu gönnen, und so den ganzen Tag über bis hundert Minuten nach untergegangener Sonne. Ich stoppte später die Zeiten, sie stimmten.

Schlafstunden, Wachstunden. Noch ist das Mehrbewußte der Nacht da, zärtliche Offenheiten, die sich bloß um den Preis der Schwäche herstellen, ungerufene Bilder. Gegen Morgen senkt sich gewöhnlich mein Zuversichtspiegel, Hoffnung gurgelt wie Regen das Fallrohr hinab, Zustrom Mut scheint gedrosselt. Farbe ist Hoffnung und Hoffnung ist Farbe; jetzt aber scheint die Welt aller Farbe beraubt,

alles ist ohnefarben geworden wie Hülsen gestorbener Kerfen. Last will zu Überlast werden; was bevorsteht, scheint unüberwindlich.
Noch immer kein Hellerwerden zu merken. Da fällt es dem Lerchenmann ein, einen ersten Vers auf die schwarze Schiefertafel zu setzen, dann viele. Gestirntes aufs Schwarze, seinen ersten Schub in die Schwäche. Auf die Schwäche Stärke gesetzt, Kraft aus der Lauge der Schwäche. Keiner hilft ihm, ein kleiner alleiniger Vogel, so nimmt er die Höhe direkt, nicht schräg, wie es praktischer wäre; unter ihm immer kleiner und kleiner die Insel und immer größer das Zinnmeer, und indem er die Eisenschwärze des Himmels aufreißt, Lied Schneidbrenner, sinken die schwarzen Kalotten zu beiden Seiten herab und versinken. Lichtspäne wie Regen, Funkengarben in Herzen.
Wem zugefunkt? Funksprüche? Sind es dieselben Verse wie gestern? Es geht schnell, sie sind nicht gemacht zum Aufbewahren und Merken. Aber wie dem auch sein mag. Wenig Unterschied, ob Einer den Glanz des Geschaffenen, den seligen, gräßlichen, durch immer neuen Vortrag desselben sehn läßt oder durch Vortrag von Neuem.

Wanderung im Ida-Gebirge

Ich war erst drei Tage auf Kreta, als ich von Chania aus ins Herz der Insel, ins Tal von Asomatos fuhr. Das Kloster Asomatos liegt am Fuße des Ida. Als ich den göttlichen Berg mit seinen zwei Gipfeln sah, beschloß ich, diesen kretischen Stier sofort bei seinen zwei Hörnern zu fassen.
Unser Aufstieg begann bei dem Dorf Furfuras. Wir nahmen uns einen Hirtenjungen als Führer mit; so waren wir zu dritt, oder eigentlich zu fünft, denn der Junge brachte seinen Herdenhund mit, und zuletzt schloß sich auch Assi, der Hundesohn – erst vier Monate alt – an. Es war August, da steigt es sich besser bei Nacht als am glutheißen Tage. Es war

eine Nacht vor dem Vollmond, wir würden also gut sehen können und, da bei Vollmond der Auf- und Untergang des Tages- und des Nachtgestirns übereinstimmt, Licht bis zum Morgen haben. Um elf Uhr zogen wir los.
Der Hirt war klein und behend und stieg schnell, sein weißes Hemd leuchtete immer vor uns in der Nacht. Er trug seinen krummen Hirtenstock, seine Füße steckten in weichen Schaflederschuhen, er lief wie eine Katze. Er war klug und freundlich, von der zuverlässigen Munterkeit seines Landes. Diese Menschen sehen es als eine natürliche Höflichkeit an, dem Fremden ihre gute Laune zu schenken, da sie ja auch sonst nicht viel haben. Sie wissen nicht, daß dies das kostbarste Gastgeschenk der Welt ist.
Der Aufstieg zum Ida wird wegen der milden Form des Berges unterschätzt. Einen Weg gibt es von dieser Seite aus nicht, nur Ziegenpfade, nachts kaum kenntlich. Gleich zu Beginn zählte der Hirt die Quellen auf, die wir treffen würden, und unterschied ihre Güte und Kälte; nach den Quellen bemißt sich dort alles. Er faßte sein Amt so auf, daß er uns alles erzählen müsse, was er über seinen Berg wußte, jede Höhle, in der er geschlafen hatte, jedes Kraut, jedes Tier, jeden Vogel. Seine längere Ruhmrede auf den Psiloritis, wie sie den Ida jetzt nennen, schloß er mit der Beteuerung, daß es hier am besten und schönsten von der ganzen Welt sei – als ob er die ganze Welt kennte; er kannte aber nur seinen Ida. Hier fänden die Schafe das Ihre, hier schmecke das Essen, und auf dem Berg schlafe man besser als zu Haus.
Der runde Mond zog vor uns am Himmel auf, sein Licht fiel voll auf den Berghang. Bäume, Felsen und unsere Wandergestalten warfen Mondschatten. Von da und dorther scholl der Sang der Grillen, der die Stille erst hörbar macht, ein silbernes Lot, das ihre Tiefe ausmißt. Zuweilen kam Hundegebell aus dem Tal oder ein Eseljammergeschrei. Da wir höher kamen, erschien im Norden und Süden das Meer, Ströme von flüssigem Glanze.

Mit einem Mal, gegen ein Uhr, stand dicht vor und über uns eine Gestalt. Es war ein Hirt. Er stand auf einer Felsplatte, reglos auf seinen Stock gestützt, und ließ uns heraufkommen. In den Mondnächten, so belehrte der Junge uns dann, ist es unmöglich, die Schafe im Pferch zu halten; sie laufen dann aus, überziehen weidend den Hang und lassen den Hirten auch nicht schlafen. Weiße Tupfen im stumpfblauen Dämmer der Mondnacht, Klingklang unzähliger Glocken.

Wir konnten zwölf- oder fünfzehnhundert Meter gestiegen sein, der Hang wurde steil, und da die Nacht der Fantasie günstig ist, schien er noch steiler. Dann kam der Quellplatz.

Es war nur ein kleiner Altan unter einem überhängenden Felsen. Aus dem Stein kam ein Strählchen Wasser, man würde es hier bei uns kaum beachten, dort ist es eine Köstlichkeit, von welcher man Stunden vorher spricht. Der kleine Strahl war geschuht mit hölzernen Schindeln. Plaudernd troff es in vier, fünf Tröge, es waren gehöhlte Stämme, im Zickzack hinter- und untereinander gestaffelt, um möglichst viel Tränke zu schaffen. Es war das schönste Wasserspiel, das ich je sah. Wir ließen uns nieder, alles trank still.

Das Mondlicht spielte mit Wellenkreisen und Lichtsäumen, festliche Op-Art. Sternschnuppen, großartig nahe, wie der August sie hervorbringt, fuhren gegenüber über den Himmel; manche ließen, nachdem sie verzischt waren, weißliche Streifen zurück. Mondnebel in Tälern.

Ich werde das fünffache Quellengeläut nicht vergessen.

Noch immer war Schwüle; die griechischen Sommer ermüden, und je länger man dort ist, desto schwerer erträgt man sie. Wir stiegen gehemmt, wie es manchmal im Traum geht. Auch Assi, das Hundejunge, war nunmehr am Ende, winselte ununterbrochen und legte sich mir vor die Füße. Sein kindisches Weinen erfüllte die letzte Zeit unseres Aufstiegs. Als wir sechs Stunden nach dem Aufbruch dem

Gipfel nah waren, ging im Nordosten die Sonne auf. Jetzt erst war klar, wie hoch wir gestiegen waren. Die Insel, die so ausgedehnt ist, daß man in ihren Tälern vergessen kann, daß sie Insel ist, war nur noch ein schmaler Steg, die Enden im Osten und Westen nicht abzusehen, aber nördlich und südlich das Meer, wie Email, Glasfluß, lichtestes Blau, Stein.

Aber im südlichsten Westen war das Meer wie gedunsen, fast schwärzlich, schwoll auf, eine lange, sich im Fernen verjüngende Straße. Ich besann mich. Dann fiel es mir ein: Das war der Schatten des Ida, auf dem ich selbst stand.

Nachfahren der Dorer

In der Provinz Sfakia wohnen die schönsten Menschen von Kreta, ich bilde mir ein, ich bin sicher, es sind direkte Nachfahren der Dorer. Ich denke an den wilden Rotbart, den ich in der Klamm von Samaria traf, breiter Hüne, wasserhellblaue Augen, lachende Zähne, schwarzfransiges Kopftuch – jeder Kreter ein König. Man sagt, daß manche von ihnen Viehdiebe seien, das ist ein Irrtum; sie sind es alle.

Am meisten aber liebte ich die Mutter Wiglis. Sie war von kleiner Gestalt, fast zierlich; im Altersfaltengesicht hatten sich zwei Grübchen gehalten. Sie trug das übliche Schwarz, das sie noch feiner machte, und hundert Male am Tag schlang sie immer von neuem das Tuch um den Kopf, das so gebunden wird, daß es den Mund ganz bedeckt und das Sprechen unmöglich macht. Wenn ich sie ansprach, mußte sie zur Antwort immer erst das Tuch herabziehen, um es gleich danach wieder zuzuschlingen.

Ich habe sie niemals sitzen sehen, sie arbeitete immer. Ich sehe die Siebzigjährige, wie sie zur Wasserrinne am Berg ging mit dem tönernen Krug; sie ließ sich nicht einmal helfen, wenn sie ihn auf den Kopf hob. Währenddessen saßen die faulen Söhne, die dorischen Helden, und ruhten. Dafür durfte die Mutter, wie alle Frauen, auch nicht mit am Tisch essen; auch abends beim Feuer saß sie immer ein wenig seitab.

Fünfzehn Kindern hatte sie das Leben gegeben, und welchen. Gleich ihre Erstgeburt war ihr Preis- und Meisterstück: Theodori der Große, der König der Weißen Berge, berühmt auf ganz Kreta, Held mit zweiundzwanzig Strafjahren, und überall hochgefürchtet und hochgeehrt.

Als ich ihr einmal beim Weggehen dankte für all ihre Mühe, schob sie das Tuch vom Mund weg und sagte: »Wir sind's, die dir danken.« »Ihr mir? Warum?« »Eh, weil du uns liebst und gekommen und bei uns geblieben bist.«

Ich gab ihr einen Kuß auf die rosige Seidenwange, der Guten, der Mutter des großen Herdenversammlers.

Ich hatte Glück, daß in meine samarianischen Tage das Totenfest für den alten Wiglis fiel.

Als ich eines Abends beim Feuer erzählte, ich habe drunten im Kirchlein von Hagia Rumeli ein Altarblatt mit dem Namen Rusos Wiglis gesehen, wer das sei, da schlug die Alte die Hände vor ihr Gesicht, und über die rosa gespannte Haut ihrer Wangen rannen Tränen. In diesen Tagen, erklärten mir andere, sei der Vater zwei Jahre tot, und am Sonntag feiere man; ich müsse bleiben. Der Kreter wird drei, sechs und neun Monate nach seinem Ende, und am ersten und zweiten Jahrestag mit einer Totenfeier bedacht.

Mutter Wiglis schlief nicht mehr. Sie schaffte die Nächte am Herde. Sie hatte so mächtig zu tun, daß sie am Sonntag nicht einmal mitgehen konnte zur Kirche, wo sie doch eigentlich die Hauptperson war. So viele Gäste.

Das Grau des Morgens fiel auf die Felsen der Schlucht, als ich jenseits des Bachbetts Geläut einer Herde vernahm. Als das Geklingel zum zweiten und dritten Male erscholl, begriff ich, daß dies der Kirchenruf war; viele Glocken statt einer, die das Kirchlein nicht hatte. So riefen die Schafe die Schafe: unter diesen ohne Zweifel manch schwarzes.

Die Sonnenfahnen des Morgens hingen herunter ins grüne

Tal. Als ich hinüberkam, war die heilige Handlung schon im Gang. Der kleine Kapellenraum glühte im Lichtgewimmel vieler steckendünn wächserner Kerzlein. Auch ich bekam welche, entzündete sie und klebte sie wie die anderen irgendwohin, an den eisernen Kerzenständer, an die Altarschranke oder einfach mit einem Fingerdruck an die Wand. Der kleine Raum war zur Hälfte besetzt mit Tischen, darauf silberne Teller, die mit einem Gemenge aus gequollenem Weizen, Sesam, Nüssen, Rosinen, siebenerlei Frucht gefüllt waren.

Hinter der Altarschranke waltete der Pappas, gewandet in gelbliches Weiß, hochgemützt. Im grauen Gewirr seines Haares und Bartes, mit roten Bauernbacken, schritt er ab und zu, gebückt, ein wenig mürrisch, mit schmaler Brille; er hätte auch ein Wunderdoktor sein können. Er war acht Stunden weit über die Berge gekommen.

Über seine Schmalbrille hinweg sah er mich, als ich eintrat, an. Indes sang der Diakon die Liturgie. Es war ein Junge aus Hagia Rumeli, und er sang ohne jede Begabung, auch las er nur mühsam.

Alles blieb mehr im Ungefähren. Die Männer traten ein in das Kirchlein, steckten ihr Licht an und gingen dann wieder hinaus, hockten bei den Gräbern und rauchten. Es war wie im Bienenhaus. Die Frauen weinten, als ich ihnen die Hand gab, dazwischen aber fielen sie auch ins Gespräch und unterhielten sich lauter, als der Diakon sang.

Der geriet denn auch einmal völlig aus dem Konzept, sein wackeliger Sang kam ins Stocken, er fuhr mit dem Finger auf dem großen Buche herum, dann sah er fröhlich im Kreis umher und verkündete: »Jetzt kann ich nicht mehr weiter.« Alles lachte. Ärgerlich kam der Pappas, stieß ihn in die Seite und brachte ihn wie ein zorniger Singlehrer wieder auf Trab.

So ging es drei Stunden. Auch ich erlaubte mir zwischendurch einen Morgengang in die Felsen, zu den Oliven hinauf.

Als ich wiederkam, hatte der Priester die Liturgie unterbrochen, er schob eine Strafrede ein gegen den Diebstahl von Vieh und von Honig. Er polterte mächtig und schlug mit der Faust auf das Holz der Altarwand. Es war wohl ein fester Bestandteil eines jeden Gottesdienstes im Lande Sfakia. Die Gemeinde war weder beschämt noch betroffen, alles schien eher erheitert. Dann ging es weiter im Sang. Am Ende aßen alle die Kuchen, den Leib des Verstorbenen, traten zum Priester, küßten ihm die Hände und dankten.
Nun Schluß mit der Trauer. Der Priester sprach: »Elate pai!« und schritt voran über den Holzsteg zum Essen.
Es fand nacheinander in sämtlichen Häusern der Trauer statt. Die Familien gaben ihr Letztes. Die Kalojeraki kamen zuerst; die Versammlung brach ein in das dämmerige Haus. Da es keine Fenster besaß und das Licht bloß durch die Tür fiel, konnte ich anfangs gar nichts erkennen. Dann erblickte ich einen Tisch, fast so lang wie der Raum, Bretter auf Böcken. Er war ganz besetzt mit vierzig oder fünfzig Tellern mit verschiedenen Speisen, die in Reih und Glied standen. Der Armut war aufgekündigt für diesen einzigen Tag.
Der Pappas, der ohne Ornat wie ein Bauer aussah, grausträhnig, in großen, zerrissenen Lammfellschuhen, den kretischen Ziegenwollsack auf dem Rücken, weihte das Mahl. »Bringt doch ein Licht!« schrien einige. Zwei leere Sardinenbüchsen mit Öl und hängendem Wolldocht wurden gebracht. Alle standen. Irgendwer reichte den qualmenden Weihrauch, auch eine Sardinendose mit Drahtstiel, der Priester gab murmelnd den Segen. Dann setzten sich alle. Es gab: Küchlein in Honig und Öl gebacken. Gerste gekocht und in Weinblätter gewickelt und mit Fleisch gedünstet, nach Rosmarin duftend. Reis mit Hühnerfleisch mit starkem Majoranduft. Weiße Bohnen in Öl. Linsen. Schnecken geschmort. Eierkuchen mit Quark gefüllt, der mit dem besten Honig vermengt war, den ich je aß, den Honig der kretischen Berge; ich würde seinen Duft an je-

dem beliebigen Orte der Welt und zu jeder Stunde mit verbundenen Augen erkennen. Dann gab es noch, als etwas Rares auf dieser südlichen Insel, Kartoffeln in schwimmendem Öl. Dann gebratenen Kürbis, Zucchini. Teller voll samarianischem Honig und Teller voll Käse, den ureigenen Gaben des Tals, standen häufig dazwischen.

Ein jeder ergriff eine Gabel. Wer keine fand, schrie danach, und jeder stieß sie dahin und dorthin, wo es ihm gut schien. Ob sauer, ob süß, es war gut.

So ging es durch alle Trauerhäuser hindurch, eins nach dem anderen. Im dritten fand sich gebratenes Ziegenfleisch auf dem Teller; es war aber Fastenzeit, vierzig Tage hindurch. Das Essen war schon eine ganze Weile im Gang, da sah der Priester den Fleischteller. Sogleich begann er zu schelten, er maulte gewaltig in seinen Haarwald hinein. Alle schwiegen.

Hinter ihm stand gerade der Sohn dieses Hauses, ein Junge mit einer Kanne voll Wein, aus der er die Gläser vollschenkte; jeweils ein Glas kam auf vier oder fünf Gäste. »Den pirasi, macht ja nichts«, rief er laut, »die Ziege war weiß.« Alles freute sich, auch der Priester lachte und steckte die Gabel ins Fleisch.

Der Pappas war eilig. Er hob in jedem Hause die Tafel auf, ergriff jedesmal die Sardinendose am Drahtstiel, brachte den Weihrauch wieder zum Schwelen und zog ins nächste Trauerhaus voran. Im jeweils verlassenen Hause fiel der Vogelschwarm schwätzender Weiber am halbleeren Tisch ein.

Es war noch nicht Mittag, als der alte Mann sich schließlich vom letzten gedeckten Tische erhob. Er segnete alle, mir wünschte er glückliche Heimkehr. Der älteste Wiglis-Sohn zählte ihm Scheine auf, der Pappas sah halb mürrisch, halb interessiert auf die Drachmen, zuckte die Achseln, machte »Eh!« und steckte sie in den Sack.

Wanderstock, Bündel am Rücken, unförmig schlappende Schuhe, schon vom Schweiße beperlt unterm wolligen

Grauhaar vom Wein und vom Essen, so brach er auf, acht Stunden über die Berge.
Die Gäste blieben noch, räkelten sich in der Sonne oder gingen nach und nach fort, truppweise, familienweis, über den Holzsteg die Schlucht hinab, die bildschönen Leute von Hagia Rumeli, die blonden Dunkelmänner, die prachtvollen Zwielicht-Dorer, nach Haus.

Auf dem Berg Athos

So gehe ich immerfort über die Klosterhöfe des Athos, uralte Steinplatten, klick-klack. Vielstöckige Bauten, immerfort Zugebautes, immenses Gehäufel, weniger gebaut als genistet. Baugruppen, deren jede ihre Unvergeßlichkeit hat und fast jede mit dem Prägemal des Verstiegenen, Verrückten.
Im Gästeflügel, kalkweißer Korridor, ging ich auf ein Blindfenster zu, von momentaner Neugier ergriffen, ein Außenfenster konnte das nicht sein, wie also? Ich öffnete, auf die Gefahr hin, zu verstoßen, da ich doch Gast war, beugte mich, nahm wahr, daß es ein weiterer Innenraum war, auf welchen das Fenster hinaus- und hinabging, tauchte ein in das braune Gold einer Kirche, in die ich von oben hineinsah, aus der Wölbung, sie war klein, oval und warmduftend, dämmerig, holzgeschnitzt wie eine Geige, auf deren Holz so viel hundert Jahre geduldig geübt worden ist, daß sie fast mehr aus Tönen als aus hölzernem Holz bestand, sich entstiegen, den Fuß auf die eigene Hüfte gesetzt und über sich selber gestiegen. Ich sah wohl, noch der letzte Stallwinkel dieses gesamten Klostergenistes ernährte sich hieraus.
Das war das Geheimnis der Wohnung, hier war, was ich suchte. In diesem immensen Gehäufel war alles mit allem verwachsen und alles mit allem vereint, wie in den Städten, als sie der Krieg noch nicht ausgekernt hatte. In den Städ-

ten, die jetzt so dumm sind, taube Nüsse, banal, Festplätze des Zweckmäßigen, als ob der Zweck feststünde.

So wandere ich in Nächten, träumend und halbträumend, über Ölberge, durch Kastanienwälder, über die uralten Pflasterwege des Athos, und bin im Nachwandern glücklich. Ich gehe über den Höhenrücken der Halbinsel, ihr Rückgrat. In der Tiefe Meerbuchten, weiße Strandsäume, Glitzerstraßen von Mondlicht. Tiefe Stille. Grillengezirp, dieser geniale Einfall der Stille, sich hörbar zu machen.
In so einer Wandernacht kam ich an eine Stelle, saß da, war angerührt, wie bezaubert, beglückt, beseligt und wunschlos; bis an mein Lebensende werde ich an diese Nachtstunde denken. Dabei war gar nichts Besonderes, ein wenig altes Gemäuer, Zypressen, Steinstufen. Ein Ölgarten, zerbrochene Ölmühle, eine verfallene Behausung. Eine aufgegebene Einsiedlerwohnung, die Spur eines Waldbruders. Riedgras, im Sommer verdorrt, zu trockenem Filze geworden, zehn, zwölf ungeheuere Zypressen, an deren Firniß-Tatzen das Mondlicht herabtroff, tröstliche Milchflut.
Ich war glücklich, nichts weiter. Es war als ströme der nächtlich-friedliche Platz eine Heilkraft aus ohnegleichen. Spur eines geglückten Lebens, Siegel einer Erfüllung. War es ein immerwährender Beter gewesen, wie sie noch sind auf dem Athos? war es ein Büßer? ein Weiser? ein leidender Denker? Ein Asket, was ja nicht Selbstquäler heißt oder Geißler und Faster, vielmehr ein Über, im Training, in Hochform? Also Einer, der seine Lebenszeit nicht in Vordergründen vertat, nicht in Kleinzielen? Einer, der alles andere wegließ?
Was ich spürte, war, daß irgendwann Irgendeiner an diesem Platz Mühe aufgewandt hatte, aus welchem Grund immer. Lebenslange, ausschließende, alles andere bei Seite schiebende Mühe. Mühe, die einzige Möglichkeit, diese Welt bewohnbar zu machen. Uralte Einsicht, und dennoch

abhandengekommen. Denn die ungeheuere Anstrengung der Neuzeit geht dahin, das Leben ohne Mühe zu machen. Erfindungen, Apparate, Automaten, Maschinen. Alle List, die sie aufwendet, eine Heerschar von Listen, Pfiffigkeiten, Meisterstreichen, Triumphen läuft auf nichts anderes hinaus als das Leben ohne Mühe zu machen: geringere Schmerzen, kleinere Opfer und sorglos. Ein Leben zu Kleinpreisen. Gigantische Fehlrechnung. Denn schon ist der Preis des Lebens gesunken, ein noch nie dagewesener Preissturz.

So schlupfe ich ein in die Kirchen, in denen es Nacht ist. Ihren Aufschein gewinnen sie nächtens. Licht kann nur in der Finsternis sein, der Finsternis dieser Welt, dieses absurden Theaters. Erkenntnis, die neu und uralt ist. Uralt wie die kleinen Kirchen, in die ich in Sommernächten einsikkere, ein paar Stufen unter der Erde: entweder sie sind in die Tiefe gesunken vor Alter oder gleich zu Anfang höhlenartig gebaut, zur Versenkung. Schlupfe ein in die Höhlen, halb Christ und halb Heide, also ganz Heide, bloß nicht, wie die Griechenlandfahrer vor hundert Jahren, stolz darauf, vielmehr neidisch.
Marmorböden, Mosaik, bunte Muster, im Lauf der Jahrhunderte ein wenig aus der Waage gekommen, Stoffwellen, dem Fuß eine Zärtlichkeit, eine Tröstung. Dem Fuß, der eine verstoßene Hand ist; er vermerkt es und dankt es.
Welche Erfindung, alle drei Stunden Hymnen zu singen, damit Gott nicht in Vergessenheit komme. Wie der Schwimmer auftaucht und Luft holt, dann wieder unter, so stößt hier der Schläfer rhythmisch ins Wache, ins Gebet, in die Andacht.

Eremitei

Da bin ich also dort oben gewesen, und nicht nur in Hagios Basilios droben, über den ganzen Einsiedlerhang habe ich Eremiteien gesucht, wenn ich aber sagen sollte, ob ich mir jetzt einen Begriff machen kann, wie man so ein Leben wirklich besteht, so kann ich kein Wort dazu sagen. Denn es handelt sich doch nicht darum, daß man es halt so besteht, so ein Einsiedlerleben, daß man es aushält, hinschleppt, mit einiger Haltung erträgt, wie eine der zehntausend offenen und verborgenen, manchmal ganz geselligen und geschäftigen Einsiedeleien, von denen die massenhaften Städte ja voll sind. Es können natürlich nur die erfüllten, gewollten, geglückten Eremiteien gemeint sein, deren Leere keine Vergeblichkeit ist, vielmehr Erfüllung ansog, forderte, ansog und ansog und denn auch wirklich Erfüllung empfing.

Tibet ist nicht mehr

Der Athos ist müde, wer wollte es leugnen. Aber was hat das zu sagen. Eine Figur ist gelungen, noch sind ihre Linien zu sehen. Noch sind sie zu lesen; wenn ihre Konturen gänzlich verlöschen, muß man sie wieder erfinden. Tibet, die reinste Figur solchen Lebens, ist nicht mehr. Aber kann eine solche Bildung verschwinden? Wo wäre der Ort der Verwahrung, der Park und die Scheuer, wo so etwas abgestellt würde? Denn irgendwo muß es doch bleiben; die Vorstellung, daß so etwas glatthin ausgetilgt werden könnte, ist Neuzeit; niemals hat eine Zeit so dumme Begriffe gehabt. Alles herstellen, alles vernichten: gigantische Irrtümer eines Zeitalters, welches das Hergestellte als seine Gottheit verehrt, eine niedrigste Gottheit. Irrtümer, es hat ehrenvollere gegeben. Tibet ist ausgewandert, irgendwo muß es doch bleiben; Athos, irgendwo wird er schon sein.

Er wird einziehn, wo mans am wenigsten dachte und wo er am unbequemsten gelebt wird.

Im Abzug ist Gewinn

Die Lebensgeschichte des Königsohnes Siddhartha

Aber die Geschichte von Barlaam und Josaphat, das ist die Buddha-Geschichte. Das ist die Lebensgeschichte des Gautama Buddha, des Königsohnes Siddhartha. Wie wird dieses Königskind in Glanz und Verwöhnung erzogen. Und wie es von den besten Lehrern belehrt wird, und wie es schön und gesund ist, in allen Spielen und Sporten geübt. Wie man es fernhält vom Elend der Welt, als ob es Not, Hunger, Schmutz, Krankheit und Bosheit, Gewalttat und Dummheit, Hochmut und Plattheit nicht gäbe. Und wie der junge Mensch daraufkommt wie die Welt ist, auf seinen heimlichen Ausfahrten, und wie dann der Einsiedler Barlaam auftritt, der Lehrer, der Guru. Und wie ihm der Königsohn nachfolgt, wie er den Glanz der Welt abwirft und nach Jahren und Jahren zu Buddha, dem Erleuchteten wird. Durch die Jahrhunderte wird das als allerchristlichste Legende erzählt und gehört und empfangen.
Also das ganze Mittelalter hat die Buddha-Legende an seinem Herzen getragen, als sei sie erzchristlich. Hat die Lebens- und Erleuchtungsgeschichte des Buddha geliebt und gehegt, als ob sie sein eigenes Kind sei. Es macht nicht viel aus, ob man dazusagt: ohne es zu wissen, oder ob man dazusagt: ohne bei so einer Annahme an Kindes Statt etwas Besonderes zu finden. Immerhin, es war das übernommene Hauptstück einer Religion, die sehr anders, sehr fremd war; ein heidnisches Hauptstück. Also konnten die Heiden die Christen belehren? Sehr seltsam. Das ist doch fast so, als ginge Jesu Lebens- und Leidensgeschichte unerkannt und verkleidet in das allerabgeneigteste Lager und wirke dort mächtig, ohne daß sich irgendwer darum küm-

mere, daß sie ein Teil des verachteten Christentums sei. Auch jetzt, in unseren Tagen, wo das alles bloß Philologie ist, war niemand weder besonders erfreut noch besonders erschrocken, als man daraufkam und die buddhistische Herkunft der Barlaam-Legende erkannte. Wie das in Historie so ist, wo sich die Fakten in schwarzen Spiegeln wie Schatten bewegen, genau und gefahrlos, scheint niemand das Mächtige einer solchen Entlehnung empfunden zu haben. Man hat Mühe auf die Frage verwandt, wer der christliche Umerzähler der Geschichte gewesen sein könnte; es gilt jetzt für möglich, es sei der Kirchenvater Johannes aus Damaskus im siebenten Jahrhundert gewesen. Damit würde der Vorgang in seinem Gewicht noch erhöht und geständig gemacht und bekräftigt.
Was eigentlich war es? Was ergriff so an dieser Geschichte? Was übermächtigte, was davon wurde gelebt, denn das allein zählt doch? Offensichtlich die Lehre, das Eigentliche der Dinge sei bloß dann zu erfahren, wenn man sie als Schein nehme. Ihr Schein sei ihr Aufschein, ihr Abzug, das sei ihr Gewinn. Also sei das Beste des Lebens nicht, was es in tätiger Einlassung schenke und nicht in seiner Umarmung. Nicht in Bemächtigung: in Abkehr. Als springe das Eigentliche des Lebens aus seiner Träumung. Als wäre ein Schlüssel zum Leben eine Weise seiner Enthaltung.
Starkes Stück. Gedanken der Art pflegen aus weiten Herzen, nicht aus Täterherzen zu kommen und setzen die Gabe eines Doppelblickes voraus; ganze Völker, ganze Zeiten sind dazu unfähig. Verächter haben dergleichen immer Lebensverneinung genannt. Aber das ist ein Schimpfwort; wer sich so im Flachen aufhält, wird diesen Gedanken nicht schwimmen. Verneinung? Verneint wird das Leben, wie es Alle benutzen; von so viel gedankenloser Hernahme ist es vor der Zeit schäbig geworden. Denn nichts verschleißt stärker als was nicht mehr bedacht wird; das Unbedachte, eine tote Katze, vom bösen Zimmermann unter die Diele genagelt, macht das Wohnen zur Marter. Der Emigrant aus

Verbrauchtem sucht ein stärkeres, seienderes Leben zu leben, er sucht doch den Tod nicht. Lebensverneinung, das wäre Tod, Kälte und Tötung, das wäre Verweigerung des Denkens, Mitmachen. Das wäre Mittreiben dessen, was Alle betreiben; das kann nicht gemeint sein. Lebensverneinung, das ist eine Vokabel, die schon deshalb ihre Peinlichkeit hat, weil sie so tut, als habe man zwischen einem Ja und einem Nein zu entscheiden, wo doch im Durchschein von einem zum andern erst Lebensmöglichkeiten entstehn. Gemeint ist eher Enttäuschung. Allerdings, das Leben, so wie es im Antrunk gelebt wird, das süße Leben des Königsohnes Siddhartha, wird irgendwann gründlich enttäuschen. Aber Enttäuschung, das ist doch Abzug von Täuschung und der Beginn einer Klarheit; das Wort müßte schwach sein, wenn das nicht darin läge; weiß der Himmel, warum man bloß noch sein Heruntergekommenes und Dummes, warum man immer bloß seinen Mißerfolg hört. Also die ersten Geschenke enttäuschten. Aber wer wird sich so abspeisen lassen? Jetzt ist Enttäuschung. Da Täuschung abzieht, wird sichtbar, das Leben habe Besseres zu geben im Absehn. Einkehr im Auswandern. Ist das so schwer begreiflich geworden? So ferngerückt kann das nicht sein; mindestens den Künstlern hat es von jeher geschienen, als sei die Welt bloß erfahrbar in einer Art Absehn von ihr, denn das Bild ist ein Absehn. Die Kunst, das beginnt damit, daß man vom Gegenstand das Gegenständliche abzieht; warum sonst hätte Cézanne solche Bäume und Picasso solche Frauen gemalt? Den Künstlern schien immer, als ob Welt gewinne in Abwehr von Zugriff. Soll es denn so sein, daß von dem Vielen, das immer von Vielen gewußt war, sich bloß noch die Künstler eine Ahnung behielten? Das würde nicht gut sein.
Im Schein erst ist Aufschein, im Abzug erst ist Gewinn.

Die Schlinge

Wenn man so über die Insel blickt –: die Leute halten das für Antike, während es doch den Stil der Ausgräber hat und die Züge der Forscher, die in Hosenträgern, Zwicker und Strohhut diese träumerischen Ruinen erbauten; Ausgräberei, ein Nebenfluß der Romantik. *Ihr* Werk ist es, *sie* sind die Baumeister dieser Ausgrabungsplätze; das ist doch nicht die Antike. Warum sie sich bloß nicht zu ihren Träumen bekennen? Warum sie sich bloß darauf versteifen, daß ihr Erforschtes beweisbar identisch mit jenem Urbilde sei, an dessen anderes Ufer sie doch für immer verbannt sind? Immer und immer ist Wissenschaft ausgeschlossen von dem, dem sie ihr Forschen zuwendet; immer ist sie die Verbannte. Ihr Gegenstand steht ihr entgegen, wie sie ja selbst sagt. Er sollte ihr zustehn. Aber seitdem sie das Ding ihres Forschens zu einem *Gegenstand* machte, steht es ihr und sie ihm entgegen: schauriger Vorgang, tragische Folge der Seelenverschreibung, die man seit dreihundert Jahren *die Wissenschaft* nennt; vordem nannte man Wissenschaft etwas, dem es um Weisheit zu tun war. Aber der neuen Wissenschaft ist ja das Kunststück gelungen, das Wort *Weisheit* peinlich, fast unverwendbar zu machen, so lang und mit solchem Erfolg hat sie es verdächtig und komisch gemacht, wie die häßlichen, eifersüchtigen Schwestern im Märchen es mit der schöneren machen. Aber nur im Märchen gewinnt zum guten Ende die Schöne.

Auf den zweiten Blick

Mit der Zeit freilich war meine Liebe zu Griechenland nicht mehr dieselbe wie anfangs. Meine ersten Blicke: Liebes-Blicke. Aber wer kann sein Leben mit Liebes-Blicken bestreiten? Wer lernt nicht, daß es mit ihnen erst anfängt? Auch gehört ja zur Liebe, daß sie sich während des Liebens verändert; ich meine jetzt nicht, daß sie springt, das ist etwas anderes, da fängt sie ja wieder von vorn an. Die Veränderungen der langen Liebe meine ich vielmehr; ich meine, daß Liebe, die nicht springt und nicht stirbt, vielmehr dauert, daß sie sich dreht und wendet und ändert, neu auftritt, andere Gründe findet.

Auch meine Liebe zu diesem Land drehte und veränderte sich, sodaß sie mit der Zeit kaum noch Ähnlichkeit hatte mit meiner Liebe zu Anfang.

[...]

So war ich nach Griechenland gekommen, um Tempel und antike Heiligtümer zu sehen; ich fand sie, fand aber auch anderes. Ich fand, es war diesen Griechen gelungen, über ihre große Zeit fortzuleben, ohne vergebliche Rückblicke. Sie lebten, auch als es undankbar wurde zu leben; denn konnte etwas undankbarer sein als das, was Konstantinopel durch die Jahrhunderte tat: Europa am Rand zu verteidigen, mit der Zeit auf verlorenem Posten? Die Griechen trugen die Sorgen Europas, das damals das Römische Reich hieß und besser das Griechisch-Römische hieße; schon diese Unterlassung sagt alles. Denn mit Dank war von vorn herein nicht zu rechnen.

Konnte man undankbarer sein als die goldene Stadt am Rand des Erdteils, die hochgebildete, beneidete, feine zu sein, die scheu bewundert wurde vom jungen und halb barbarischen Westen, aber so, wie Söhne bewundern: sich die Bewunderung nicht zugebend, sie mit Aufsässigkeit deckend? Heimlich aufatmend, als das große Vorbild endlich dahin und nicht mehr im Weg war.

Sein Weihbild in Delphoi aufstellen hieß immer in Gottnähe sein. Ihre Ebenbildlichkeit dem Apollon darbringen, das will diese taufrische Jugend; diese Jünglinge mit dem ersten Schritt und dem frühesten Lächeln sind Beter: knospenfest und verschlossen und als Bilder verstummend, wie es der Gegenwart eines Gottes entsprach.
Denn das ist nun einmal gewiß, daß Delphoi die Hochburg des Bildes war. Die Erde, so erfüllt von Wundern sie ist, kannte Vergleichbares nicht. Es ist so, daß mit Delphoi nichts zusammengedacht werden kann als die andere hochgebaute Stadt, die wir so nennen, Jerusalem also, und die im genauen Gegenteile davon im Bildlosen schwebt: in dem klaren Verbot, ein Bildnis oder ein Gleichnis Gottes und also auch seines Ebenbildes zu machen.
Wenn das Bild den Gott darstellen darf, so muß freilich das Leibliche hohe Kraft in sich haben. Im Bild ruht der Glaube an heil gebliebene Natur.
Alle Bilder sind Kinder des Eros: oder will einer leugnen, daß des Eros Welt eine Bilderwelt ist? Bild ist immer Verzauberung, immer Beschwörung, Bild ist immer Magie. Magie heißt, die innewohnende Kraft aus dem Natürlichen holen, Magie heißt, Bilder verstehen. Es ist nicht zu leugnen, wenngleich es die Theologie im allgemeinen glatt unterschlägt, daß die Ersten, die Christus erkannten und anbeteten, Magier waren, anstößigerweise ausdrücklich Magier genannt: helläugige Zeichenversteher, Aufmerker, Seher, Leser und Deuter von Bildern.
Wenn man der Offenbarungskraft der Schöpfung vertraut, *muß* man auf das Bild kommen; Bild ist: ein Ding der Schöpfung als Zeichen erkannt. Bild heißt: der Schatz des Zeichenhaften gehoben, der jedem Dinge der Schöpfung einwohnt. Abbilden heißt Schatzheben. Der Bilderstreit war in der Tat das Zentrale: es war nicht das göttliche Abbild, worum es ging, sondern die Frage: ob Wahrheit Ein-

körperung habe, ob denn Wahrheit überhaupt sein könne ohne Einkörperung, ohne einen Körper zu haben. Der Bilderstreit meint natürlich auch das wörtliche Bild. Eben deshalb ist er von Anfang an durch Christus entschieden: wie hätte er denn sonst »Vater« und »Himmel« gesagt.

Das Bild als Fenster

Die Welt bildlich oder bildlos zu sehen, ist eine der gründlichsten Entscheidungen, die der Menschengeist treffen kann. Lebens-Freundschaft oder Lebens-Feindschaft, Welt-Angst oder irdisches Vergnügen: hier werden die Würfel geworfen. Zwischen Bild-Vertrauen und seiner Verdächtigung, zwischen Bild-Freude und Bild-Fremde gibt es keine mittlere Mitte; entweder es glaubt Einer an die Kraft des Bildes oder er hat nie erfahren, was ein Bild ist; dann wird er, ein Ausgeschlossener, es hassen.

Die Bilder-Frage, eine Kardinal-Frage. Aber wenn sie das ist, so kann sie nicht Historie sein. Dann wird sie immer noch brennen.

Es war damals bald Einigkeit unter denen, die an das Bild glaubten, dem heiligen Bild selber, dem Holz (wie man sagte) dürfe Anbetung nicht zukommen; wo das geschehe, walte unzweifelhaft Mißbrauch. Dann nämlich ende die Anschau im Bild, und eben das dürfe nicht sein. Denn das Bild sei ein Fenster. Nichts sei es, oder eben ein Fenster. Durch sein Fenster scheine das Unbegreifliche ein, hilfreich. Man könne, im Bild, einen Schimmer gewinnen von dem, was über allen Begriff sei. Das Unzulängliche, das so hoch droben ist, sodaß niemand zulangen kann: Im Bild zeige sich immerhin ein Schimmer.

Gut; das war von jeher auch der Glaube der Dichter.

Nur noch das Rätsel

Die Welt-Ausrechnung, Allmacht der Neuzeit, vor der auch Diktatoren sich beugen und Alle, die sich sonst hassen, verbrüdern, will alle Dinge entsiegeln. Im Freiraum der Kunst, wenngleich er folgenlos wurde: sie versiegeln sich wieder. Je mehr wissenschaftlicher Aufschluß, desto verschlossener erweisen die Dinge sich. Sie trotzen. Sie sehen den einzigen Fluchtweg, wenn sie überhaupt einen sehen: Umziehen ins Rätsel. Das Labyrinth, ihre Wohnung.

So geht durch die Künste unserer Tage ein Zug, wir kennen ihn Alle. Jeder Vers sagt es, jedes Bild spricht davon: Die Dinge verrätseln sich. Das Unaufgeklärte, das Schwerverständliche ist ihre Zuflucht.

In der Neuzeit, in der totalen Welt-Ausrechnung, so will es ihnen vorkommen: Es ist nur noch das Rätsel, das Rat gibt.

Künstler und die Kunst

Künstlerleben

Für mich war und ist JULIUS BISSIER der Typus, der Inbegriff der Künstlerschaft, sein Leben das Künstlerleben wie es im Buch steht. So ist es, daß ich fast täglich seiner gedenke. Da war kein Seitenblick auf Erfolg, kein Gedanke an Umsatz; wenn ich die jetzigen Sitten bedenke, wo jeder junge Künstler, auch der begabte, auch der hochbegabte, der es nicht nötig hätte, eine virtuose Eigenwerbung betreibt und, als wäre es etwas Selbstverständliches, einen Skandalismus meistert, der die breiteste Aufmerksamkeit einer breitesten Öffentlichkeit auf seine Person zwingt – gut, ich begreife, daß dies ein Bestandteil der wohlständigen Gesellschaft ist, aber von dem Typus BISSIER, zu dem auch seine Freunde MARK TOBEY und HANS ARP rechnen, trennt das ein Abgrund. Denn es war, in den dreißiger und erst recht in den vierziger Jahren absolut nicht daran zu denken, mit diesen Tuschen an die Öffentlichkeit zu gehen. Sie wäre durch nichts darauf vorbereitet gewesen, ganz abgesehen davon, daß die Freunde von BISSIER OSKAR SCHLEMMER, BAUMEISTER, XAVER FUHR dann verboten und geächtet waren; BISSIER war damals nicht einmal das. Aber das hatte keine Folge, bewirkte keine Beirrung. BISSIER konnte gewiß nicht damit rechnen, daß jemals Ruhm komme. Was sage ich: Ruhm, Erfolg, Reichtum. Er konnte noch nicht einmal rechnen, einen gewissen Kreis von Einverstandenen, von Gleichgesinnten, Kennern zu haben.

Brief an Julius Bissier

Wolfenbüttel, am 2. Mai 1962

Lieber Herr Bissier,
gestern morgen kam Ihr Paket in unsere Hände. Wir wagten einen halben Tag nicht, es aufzumachen, weil wir fürchteten, Sie könnten uns durch ein zu großes Geschenk

beschämen. Dann machten wir es doch auf, und dann waren wir noch viel beschämter als wir zuvor gebangt hatten. Wir sahen auf den ersten Blick: Sie haben uns eine Miniatur der allerersten Klasse ausgesucht. Sie ist wunderbar, südlich, griechisch, mittelmeerisch, durchgeistert, uralt. Ich spüre einen delphischen Hauch. Ich bin ganz überwältigt von dem Besonderen dieses kleinen großen Werkes, seinem Geist, seiner Antike, seiner Unvergleichbarkeit mit fast allem, was es sonst gibt. Es sagt einem, was man schon zu wissen glaubte; das bleibt ja doch immer die Erfahrung in Gegenwart eines großen Gedichts, eines vorhangwegziehenden Bilds. Es wird jedesmal dieselbe Stelle getroffen.

Lieber Herr Bissier, Sie sind für mich immer mehr die Künstlergestalt schlechthin, im alten Sinn. Das wird immer seltener. Bei uns in der Literatur ist es, als ob der Kongo, Argentinien oder Kuba den Stil angäbe. Reine Machtkämpfe, und jeweils auf Wochen. Cliquen schließen sich zusammen, nicht weil sie Freundschaft verbände, es ist bloß das gemeinsame Interesse. Da werden Parolen ausgegeben, dieser hinauf, jener hinuntergelobt, Zug um Zug, Sender, Lektorate, Redaktionen besetzt, da wird jeder für einen Naiven oder für einen Heuchler gehalten, der vorgibt, daß ihm diese ganzen Intrigen um Positionen und Einfluß gleichgültig seien und daß er für eine geglückte Satzgruppe dergleichen hingebe. Aber das ist doch eigentlich selbstverständlich. Wenn das nicht mehr ist, hat der Künstler doch keinen eigenen Weg zur Seligkeit mehr, hat er nichts mehr dem Händler oder dem Politiker voraus. Damit aber ist doch alles für ihn verloren. So ist dergleichen auch noch ein kurzes Geschäft, nicht einmal als Geschäft etwas wert. Man gräbt sich die Quellen ab. Bei Ihnen sind sie ergraben, das macht jedes Blatt von Ihnen zu einem Schatz. Mit einer Handbewegung, mit einem Auftritt ist so vieles verscheucht, eine Stille geboten, der Anschluß an eine Sphäre gewonnen, die das Trübe weit unter sich läßt.

Ich zögere, Ihnen zu sagen, daß ich Ihnen danke. Das ist eigentlich über allen Dank hinaus. Aber Sie wissen es wohl, wie dankbar ich Ihnen im Herzen bin, daß Sie dasind, daß Sie so sind, daß es Sie gibt. Da schießt mein momentaner Dank ein.
Uns geht es recht gut, wir sind fleißig. Wir planen für den Spätsommer allesamt, also alle drei für einige Wochen nach der Insel Delos zu fliegen, wo man eigentlich gar nicht für länger hingeht, aber es gibt dort einen kleinen Pavillon, in dem man gut wohnt.
Von Herzen alles Gute, lieber Herr Bissier, für Ihre liebe Frau und für Sie. Wir denken schon ohnehin immer an Sie, jetzt noch mehr. Bleiben Sie gesund, man braucht Sie. Sehr von Herzen Ihr

Erhart Kästner

Mühsamer Tag

Über Julius Bissier

Irgendwann kam dieser Maler darauf, Miniaturen zu malen. Das sind zweimännerhandgroße Dinger, Leinwand, aus einem größeren Stück ausgeschnitten, es kann aus einem Bügeltuch sein, unregelmäßige Kanten. Ort und Datum dazugemalt. Es sind Tagebuchblätter.
Wie Zettel, die man schlaflos mit einem Einfall beschreibt. In der Zone zwischen halbwach und wach besitzt man verschollene Glieder, Schlafglieder. Man kann sie mit Armen vergleichen, dann wären es viele, dann wären es ganze Gefieder, wie Rechen in den moorigen Fluß des Schlafes zu halten, es kommt Hartes und Weiches geschwommen. Doch darf man die Funde nicht ungeprüft lassen, es ist Trübes, zuweilen Kloake dabei. Es kam dahin, daß der Fluß in Verruf kam, weil manche aufgeregt schrien, sie hätten ihn, den uralten, allerneuesten entdeckt; kopfüber stürzten sie sich hinein und hielten alles, was antrieb, für wer

weiß was für Goldfunde, in dem gräßlichen Übertreiben der Deutschen, in dem ewigen Verfehlen der Mischung. Schlafrand ist fündig, aber wählerisch muß man selbst sein; Nacht kann anschaffen, Tag muß es sondern. Man kann diese Miniaturen auch als Erfahrungen lesen wie man mit solchem Treibgut aus dem Zwischenreich umgeht. Wer aus der Nacht lebt, wird sich vorsehen müssen; auf einmal ist er besessen. Wer bloß aus dem Tag lebt, ist noch viel schlechter daran; bald wird er ohne Leib denken. Besser, die Nacht wird schenkend und der Tag als Mühe verstanden. Wer nicht den ganzen Tag suchte ohne finden zu können, wird nie ein Beschenkter der Nacht sein.

Tobey

Es sollte, in meinem Fantasie-Kabinett, auch Licht auf ein abstraktes Bild fallen, schon damit das Genie belegt sei, mit welchem auf irreführende Namen die Wahl fällt, denn wie könnte ein Bild, das selber ein Ding, dinglichstes Ding ist, abstrakt sein? Ich würde einen Tobey wählen, der ein Weiser ist, und das Bild vorschlagen, das vor dreißig Jahren mit Brudergriff von der Staffelei weg Lyonel Feininger an sich nahm. Auf nachtblauem Grund Stern-Funken, Stern-Bahnen, wie man sie in August-Nächten auf kretischen Berg-Gipfeln über den Himmel fahren sehen kann. Aber das Gegenständliche, das Meßbare, Erforschliche zurückgenommen, verheimlicht, kaum verraten, eher zugeflüstert, beinah verschwiegen. Dinge nur zögernd gerufen.

Wunschreich der Fische

Ich besinne mich gut auf den Moment, in dem ich zum ersten Male ein Bild von Paul Klee sah. Das war in der Gemäldegalerie in Dresden, und es war auch ein Fischbild wie die zwei, die auf den nächsten Seiten zu sehen sind. Es hieß »Rund um den Fisch« und kam damals einigermaßen frisch von der Staffelei; Klee war zwar noch nicht, was man berühmt nennen kann, immerhin hatte sich eine so konservative, altehrwürdige Galerie wie die Dresdener bereits zum Ankauf entschlossen. Ich traute meinen Augen nicht, als ich vor das Bild trat: Das war ja ganz schön verrückt! Keinerlei Raum, keine Perspektive; es war nicht zu sehen, worauf dieser Fisch lag, denn offenbar lag er. Ich war nicht geübt genug, um die Andeutung einer goldenen Platte zu sehen. Und rings um den Fisch herum, als hätte man mit Symbolen ein Gericht würzen wollen, allerlei Zeichenhaftes: ein voller Mond, eine Mondsichel, der Querschnitt durch eine Frucht, Samenstände, vielleicht von einem Zucchino oder einer Gurke oder einer Zitrone. Sodann noch ein Wimpel, ein erstauntes Profil, ein Pfeil und ein Ausrufezeichen. Und anderes.

Ich wollte, ich könnte die Verwunderung, die Verblüffung, die nahe an das Gefühl einer Entrüstung und einer Beleidigung herankommt, zugleich auch einer Bezauberung, in mir beim Anblick eines Bildes von Klee heute noch und wieder erzeugen. Ich beklage es, es ist nicht mehr möglich, mir nicht und anderen nicht, denn Klee ist, wie viele seiner auserwählten Generation, längst klassisch geworden, und das heißt, leider, daß die Entrüstung, das Erschrecken, das Ärgernis tot ist. Wenn jetzt die Kinder anfangen zu malen, ist schon etwas Klee darin, das ist das Geheimnis des Generationswechsels. Gewiß, jedermann wird jetzt noch in den Bildern von Klee das Phantastische, das Spirituelle, das Vornehme, Adelige, die Lyrik, das Liebliche, die Andacht zur Schöpfung sehen. Das Erschrecken aber ist verlorenge-

gangen. Es waltet nur, wenn Kunst auftritt. Ihr Bestes ist damit dahin.
Klee hat den Fisch oft gemalt. Auch der »Goldene Fisch« war, wie der Dresdener, einer der ersten Ankäufe deutscher Museen, nämlich der Nationalgalerie in Berlin, deren moderne Bilder damals Unter den Linden im ehemaligen Palais des Kronprinzen waren. Dort war der »Goldene Fisch« bis zum Jahr 1936, wo er, wir wissen es, weggehängt und alsdann verkauft wurde. Es ist heute beim besten Willen nicht mehr zu begreifen, was an diesem Bild Ärgernis erregt haben konnte, aber eben das muß uns stutzig machen. Wir finden jetzt, es sei kinderleicht zu verstehen. Dieser Fisch schwimmt, jedermann kann es sehen, er ist umgeben von Wassergewächsen, von anderen, kleineren Fischen und Wellenlinien, die das Wasser andeuten. Es ist geradezu komplett realistisch. Wunderbar ist eigentlich nur das Fischleuchten, sein Phosphoreszieren, und auch das ist ja von der Natur vorgeschrieben, es gibt ja Leuchtfische. Natürlich ist das Leuchten eines Neon-Fisches hier nicht gemeint, oder wenigstens nicht nur das; das Leuchten ist offensichtlich als eine Auszeichnung verstanden, als Wunder; das Wunderbare ist in diesem Bilde natürlich die Hauptsache. Im Wunderfisch ist das Wunder gesehen, das wahre Wunder, wer kann es noch sehen, wir suchen es überall, sogar auf dem Mond, aber das ist bloß eine Höchstleistung, und nachgerade wird klar: was dabei geschieht, ist ein rapider Abbau von Wunder, heute ist es eines, morgen schon keines mehr. Es ist die Kraft, Wunder zu sehen, die dabei verkümmert; Wunder wären schon da.
In einem dritten Fischbild von Klee, das »Fischzauber« heißt, ist die Verwandlung des Alltäglichen, also gerade, was mit dem Wunder gemeint ist, am stärksten. Man blickt in einen Kubus von Wasser. Es ist der Blick, wie man ihn in ein Aquarium hat, so wie etwa im Berliner Aquarium am Zoo, wo man, wann immer man eintritt, Scharen von Besuchern sehen kann, junge und alte und ganz junge, Bürger

und Künstler, Gammler und Feine, und alle strahlen in die Glasscheiben hinein, alle jubeln und lachen und staunen; zu allen Wundern der Tiefsee kommt hierzu das Wunder, daß man so viele Entzückte, so viele Verwunderte sieht. Was die Künstler mit Mühe schaffen und selten, das schaffen diese Wunder des Meeres ohne Anstrengung, lautlos, ohne hinzusehen, sie nehmen noch nicht einmal wahr, daß sie ein hingerissenes Publikum haben.
In der Mitte des Bildes wird eine Uhr sichtbar, ein Zifferblatt ist im Wasser. Dann hängt da eine Art Netz, wohl ein Fischnetz, man sieht ja die Rute, an der das Netz hängt. Also die Uhr, die Zeit, wird eingetaucht ins Lautlose, in die Flut, in das Reich ohne Lärm, der immer das Störende ist, das Wertlose. Hier ist Stille. Eine Sanduhr auf dem Meeresgrund deutet ähnliches an. Da drunten steht auch eine Figur, es ist wohl ein Mädchen, sie hat ein Doppelgesicht, und es scheint, als ob sie fragend die Hand hebt, oder staunend, dann bedeutet das Doppelgesicht, daß sie den Blick hin und her wendet. Von links her ragt der Spitzhut eines Harlekins in das Bild. Es ist wie im Märchen von der Goldmarie und der Pechmarie: Auf dem Grund des Brunnens, unterirdisch, gibt es auf einmal blühende Wiesen, ein Traumreich, ein seliges Wunschreich, ganz außer der Welt unserer Nöte.

Paul Klees Aquarelle

Besonders reich war Pauls Sammlung an Bildern des Malers Paul Klee. Es war mir lieb, viele Blätter des großen Meisters beisammen zu sehen; ich kannte nur einzelne Stücke. Ersichtlich aber war nötig, viel davon zu kennen, um Einlaß ins Zauberflötenreich dieser Kunst zu gewinnen.
Nicht immer wurde einem der Zutritt gewährt. Aber manche dieser Bilder öffneten sich, wenn man eine Weile bei

ihnen blieb, leichter als man es anfänglich gedacht. Manchmal hatte ich das Gefühl, daß sich der Vorhang erhebe – jenes allen bekannte, glückhafte Gefühl, im selben Atemraum mit einem Kunstwerk zu sein – nicht während des Anschauns, sondern erst hinterdrein, wenn ich mich wieder von den Blättern entfernte. In der Erinnerung schien das Licht, das solch einem Bilde aufgesteckt war, auch mir einzuleuchten. Dann war es wie beim Nachgefühl eines schönen Gedichts. Aber das Nachgefühl ist ja bei dem Versuch, in den Raum eines Kunstwerks zu dringen, der, wie der Innenraum einer Monade, fensterlos ist, eine kostbare Hilfe. Denn in der Erinnerung hat man es nicht mit der Schale, Hauswand und Außenseite zu tun, an der entlang man tastet und tappt; man ist dann wie durch Traumkraft mitten ins Innere seiner Herzkammer versetzt. Man ist eben erinnert.

An den Pforten der Bilder, die vom Licht einer Traumhellsicht beglänzt zu sein schienen, standen hilfreiche Titel: da gab es »Nocturno für Horn« oder einen »Kunstvollen Sternenbehälter«, es gab »Mondspiele«, eine »Erstarrte Stadt« und ein »Gedenkblatt für zwei Kunstofensetzer«. Diese Namen waren gewiß nicht wie Schlüssel zu nehmen, aber vielleicht waren sie etwas wie Münzen, die man einwerfen konnte, um verbunden zu werden. Waren also die Hinweise, die man von diesen Titeln erhoffte, auch nicht wörtlich zu nehmen, so deuteten sie doch auf die Leichtigkeit hin, die verwandten Stoffes wie der Humor, aber weniger festgelegt war: das offenbar war die Seele dieser Gebilde. Das war es, was sie sich selber aufheben ließ, so daß sie nur schwebten.

Unter den Bildern war eins, das sich »Die Erfinderin des Nestes« nannte. Es zeigte ein Vogelwesen so in sein Gefieder verhüllt und ins Gewöll seiner Grübelgedanken verworren, als habe sich das graue, phänomenale Geschöpf ganz in das Problem versonnen, wie das gemacht werden könne: ein Nest. Aus Federn und Halmen und Moos ein

Nest. Ja, wie es einmal erfunden war, konnten es alle. Wer gedenkt dann der urweisen Mutter, der Vogel-Norne, von deren Erfindung sie zehren? wer weiß noch von ihr?
Das Wesen hatte ein Menschengesicht. Wer war es, der den Honigkuchen erfand, den Tee, das Kerzenlicht und das Bett?
Niemals gepriesene Stifter, an die sich nie jemand erinnert.

Offenbar war man nicht auf der richtigen Spur, wenn man in diesen Gebilden zu sehr das Drollige sah. Obwohl Komisches in ihnen war: man durfte es nicht zu ernst nehmen.
Sicher, auf das Wirkliche zielten sie nicht, diese Bilder. Die Haut der Dinge war ihnen gleich. Ob auf humoristische oder träumerisch schmerzliche Art: sie drangen immer durch die Erscheinungen durch wie durch Glas. Das Wirkliche war für sie nichts als ein verhüllendes Kleid. Man konnte es auch zeitlich ausdrücken: nicht die Dinge wurden in jenen Bildern gemalt, sondern das, was sie waren, bevor sie zu Dinglichem wurden oder nachdem sie es waren: wenn sie sich wieder auflösten in ihr einzelnes Sein, in die Erinnerung an eine Farbe zum Beispiel, die sie einstmals besaßen, wenn ein gewisses Morgenlicht auf sie fiel – oder an einen Klang, ein Klirren, das sie erzeugten, damals, als sie noch lebten – oder an ein Teilstück von ihnen, das einmal merkwürdig war, ein Fuß oder ein Rand oder eine vermeintliche Miene wie ein Menschengesicht – oder eine Beziehung zu einem Nachbarding: nichts als diese Beziehung allein, wie eine Brücke ohne die Ufer, eine Brücke, die schwebend die Erinnerung an die Ufer festhielt, während diese und alles, was dort war, schon gar nicht mehr war. Oder es war die Laune, die Phantasie eines Dings dargestellt, gar nicht es selbst, sondern nur ein Ausflug, den es von sich unternahm, ein Traum, den es hatte. Ein Verwandlungswunsch, den es sich ausmalte in seinem zeithaben-

den, unbeobachteten Sein und in langen, träumenden Stunden.
Das offenbar und Ähnliches war es, womit sich diese Bilder abgaben. Nicht die greifbaren und festen Konturen der Dinge, nicht ihre lockenden Oberflächen, Farben und Formen, nicht ihre Umrisse, auf die wir sie immer verweisen, weil wir von ihnen nichts wollen, als daß sie uns dienen: so versklaven wir sie. Wie die Sklaven, deren Herr es nicht wünscht, daß Sklaven eine Seele besitzen: zweckdienlich sollen sie sein.
Hier waren die Dinge von ihren Zwecken gelöst. Hier hatten sie frei. Endlich kam einer und fragte danach, was ihre unsterblichen Seelchen dachten und wünschten, hofften, fürchteten, litten: und er malte es auf, sich und ihnen zur händeklatschenden Lust.
[...]
Träume. Diese Bilder waren offenbar der Versuch, Dinge zu malen, die zwischen Schlaf und Wachsein beheimatet sind. Jeder kennt es, kaum Einer wagt sich daran. Jeder weiß um die Augenblicke, die vor dem Einschlafen sind. Das Bewußtsein schreitet schon aus der Tür, nur noch sein Gewandwehen, nur noch die Unterseite seiner Sohlen ist da – sonst: Schwärze. Gelöschte Tafeln. Hintergrund, Hintergrund, der die Seele erfüllt. Die Bühne ist leer. Da, gerade noch ehe der Schlafvorhang fällt, in den Augenblikken, die man so leicht übergeht, betritt die Bühne ein rätselhaftes Geschlecht. Es sind Gestalten und Sachen, Teile und Stimmen. Sie rücken aus dem Unendlichen an, sausend und wachsend, oder sie rutschen von den Seiten ins Bild. Sie verwandeln sich: das ist ihre Lust. Es ist nötig, sie behutsam gewähren zu lassen, ein Atemzug kann sie verscheuchen. Sie sind fremder als Träume: freundlich und fremd. Nichts von Tageshelle ist in sie gemischt. Sie sind anderen Stoffs. Aber man erkennt sie sogleich: eine Uhrfeder, merkwürdig. Ein Buckel, wer hätte daran gedacht. Holla, ein Ofen. Unerklärlich treten sie auf, treiben sich

eine Weile umher, paaren sich ohne Scheu, finden sich zu einem Dutzend zusammen, fahren auseinander, und fort. Sie stieben, wie Schnee, der aus dem Weltenraum kommt.

Das Malerbuch des zwanzigsten Jahrhunderts

Im Jahr 1922 reiste der junge Maler Marc CHAGALL von Moskau nach Berlin. Er war dort kein Unbekannter. Schon zehn Jahre vorher hatte der Dreiundzwanzigjährige in Berlin und Paris seine berühmtesten Bilder gemalt – »Ich und das Dorf« und »An Rußland« –, jene Dokumente eines schwärmerischen, traumhaften Vorsurrealismus voller Erdwärme und Dorfwärme, voller Rußlandheimweh, voll des chassidischen Glaubens, daß der Alltag, die jiddische Stube, die Synagoge, von Wundern erfüllt sei.
Jetzt also, zehn Jahre später, kehrte Chagall aus Rußland in den Westen zurück. Er hatte in Witebsk, seiner Heimat, und später in Moskau nach der Revolution Kunstakademien gegründet, wie Kandinsky, Malewitsch, Majakowski, Jessenin, Alexander Blok, Anton Pevsner, Naum Gabo und viele andere dem Irrtum verfallend, daß die ewige Revolution, die man die Kunst nennt, in der sozialistischen Revolution ein Heimatrecht habe. Während die Glücklosen unter ihnen, Malewitsch, Jessenin, später in Lagern, im kalten Dunkel verschwanden, wanderten die Glücklichen, Kandinsky, Pevsner, Naum Gabo, Chagall, aus in die Metropolen des Westens, denn, immerhin, so etwas war damals noch möglich.
»Komm zurück nach Europa, hier bist du berühmt«, hatte in einem Brief gestanden, der Chagall damals in Moskau erreichte.
Im Berlin des Jahres 1922 wimmelte es von ausgewanderten Russen. Russenlokale in der Kleiststraße und in der Tauentzienstraße, Aristokraten Taxen chauffierend, überall Salons mit papyrosrauchenden, Hektoliter von Tee trin-

kenden, Nächte durchdiskutierenden Russen. Chagall hatte in seinem Gepäck neun vollgeschriebene Hefte: Erinnerungen aus seiner dörflichen Kindheit, Erfahrungen in der Revolution. Paul Cassirer, der, wie sein Vetter Bruno Cassirer, viel für das Buch getan hat, hatte den Einfall, die Hefte, welche den Titel »Mein Leben« trugen und tragen, als Buch mit Graphiken des Verfassers erscheinen zu lassen. Chagall, der zuerst in der Kantstraße, dann in Wilmersdorf, eine Weile auch im Schwarzwald und im Harz wohnte, ätzte alsbald jene Blätter, die 1922 erschienen und inzwischen weltberühmt wurden; ein Exemplar auf Japan wurde im Sommer 1965 auf der Kornfeldauktion in Bern für 40 000 DM von Stuttgart, dem Graphischen Kabinett dort, erworben.

Ein Buch ergab sich damals leider noch nicht; die Übersetzer wurden damit nicht fertig. Schon im folgenden Jahr zog Chagall mit seiner kleinen Familie nach Paris weiter. Hier sogleich fügte es sich, daß ein passionierter Verleger, Ambroise Vollard, Buchpläne mit Chagall hatte. Es war einer jener Augenblicke in der Geschichte des Buches, des Geistes, der Kunst, die selten und folgenreich sind. Vollard, der große Freund, Förderer und Händler von Cézanne, Bonnard, Renoir und Degas, ist der Begründer des Genres großer Bücher, von welchen auf diesen gegenwärtigen Seiten die Rede sein soll.

Vollard also hatte den Einfall, der seltsam genug ist: den jungen jüdischen Russen die Fabeln von Lafontaine illustrieren zu lassen, in einer kostbaren Folioausgabe. Man denke: das klassische moralische Elementarbuch der Franzosen, die geordnete Gesellschaft im Spiegel der Tierwelt, die Belohnung der Sitte durch Pointe – bebildert durch den vollkommen unklaren, überschwänglichen, träumerischen, die Grenzen überschreitenden Russen. Es war eine verrückte Idee. Aber Vollard wußte sie zu begründen. Er habe, so schrieb er in einem Aufsatz, der in der alten Frankfurter Zeitung im Jahr 1930 erschien, als Kind die Lafon-

taineschen Fabeln gehaßt, später ihre Schönheit empfunden und sich vorgenommen, den kühnsten seiner Buchpläne dem Lafontaine zu widmen, aber so, daß die Starre, welche Gefahr und Schicksal eines jeden klassischen Werks ist, die Klassizität also, gelöst werde. Wodurch gelöst aber? Dadurch, und das war der Einfall Vollards, daß man das Märchenhafte, das Wunderbare und Träumerische, das Fabelhafte an die Stelle des Marmornen setze, daß der uralte Wurzelgrund der Fabel, ihre orientalische Heimat, daß die Gestalt des Äsopus und der Erzähler Indiens, Persien, Arabien, auch Chinas, hinter dem Lafontaine aufscheine. Deshalb der träumerische, fabelhafte Chagall. Eine aparte Idee, aber eine unpopuläre, die nicht ohne Aufsehen und Widerspruch blieb; sogar zu einer Anfrage in der Kammer kam es. Man bedenke, Lafontaine gehört immerhin zu den heiligsten Gütern der französischen Nation – und dafür der jüdische Russe.
Den Welterfolg dieses Buchs, das erst 1952 herauskam, erlebte Vollard nicht mehr. Selbst Chagall hielt anfangs den Lafontaineplan für nicht möglich. Er schlug seinerseits vor, die »Toten Seelen« von Nikolai Gogol mit einer großen Radierfolge zu bedenken. Vollard war es recht, unter der Bedingung, daß Chagall ihm danach seinen »Lafontaine« mache. So kam es. Beide Werke entstanden.
Man erinnert sich: In den »Toten Seelen« kauft Tschitschikoff, ein Hochstapler, ein Salonlöwe, von den Gutsbesitzern einer gewissen Gegend billig Leibeigene, die zwar nicht mehr leben, in den amtlichen Listen aber noch nicht getilgt sind, also doch leben, kauft sie, hortet sie und beleiht sie. Denn als amtlich bestätigter großer Herr über so viele Seelen ist er ja grenzenlos kreditwürdig.
Natürlich, die »Toten Seelen« lagen Chagall, das ist klar. Wie ein Handschuh paßten sie, entsprachen der Lage, in welcher sich dieser Flüchtling aus dem revolutionären Rußland befand. Unter dem Spott von Gogol verbarg sich Chagalls Heimweh nach Rußland, nach dem dörflichen

Rußland, dem dieser Träumer nachträumte. Der Text der »Toten Seelen« lieferte Hohn auf die russische Bürokratie, die bei Gogol die zaristische war. Aber war nicht Chagall soeben, sich blutigreißend, an ihrer Nachfolgerbürokratie, die noch schlimmer war, nicht einmal mehr durch Bestechung gemildert, der Funktionärsbürokratie, der Instanzenbürokratie, der totalen, zwangswirtschaftlichen Künstlererstickung gescheitert? Dieser Unterstrom ist bei Chagalls Radierungen zu den »Toten Seelen« vorhanden, Nachklang einer Enttäuschung.

Jetzt fragt sich: Was ließe sich aus diesen zwei Bücher, den ersten, die hier aus der Gruppe des Livre illustré, des Livre de peintres, des Malerbuches unseres Jahrhunderts, vorgestellt werden, erlernen? Ich meine, daß es dies wäre: Daß es sich bei diesen großen Büchern um mehr handelt als um schöne, gut ausgestattete Bücher. Nichts von dem, was man als Schönste Bücher mit jährlichen Preisen bedenkt, nichts von Buchschmuck und dem, was man als Luxusdrucke bezeichnet, nicht, was man zumeist etwas philiströs als Bibliophilie treibt. Daß es vielmehr zu ihrer Bedeutung, zu ihrer Größe gehört, daß sie den Blick auf eine Dichtung eröffnen, der vorher nicht da war. Daß sie, wie es bei diesem »Lafontaine« ist, versuchen, einen neuen Bezug auf dieses Werk der Weltliteratur zu gewinnen. Und daß, wie es bei den »Toten Seelen« der Fall war, die Gegenwart, die Geschichte, die immer Qual ist, hereingerissen wird in den historisch und klassisch gewordenen Roman.

[...]

Auch sollten wir, die wir das Ursprungsland des gedruckten Buches bewohnen, uns nicht in der Verehrung und Kennerschaft des kostbaren Buches von irgendwem übertreffen lassen. Zu groß schon sind unsere Versäumnisse, zu schlimm schon, was wir anderen für das Buch zu tun überließen. Waren nicht wir es, die wir eigentlich sämtliche Karten für das große Buch in diesem Jahrhundert in der

Hand hatten? In jenen Jahren, von denen oben die Rede war, in den bewegten und trächtigen Jahren, nach dem ersten Krieg in den frühen zwanziger Jahren? Hatten wir nicht den Holzschnitt, jene Kunst, die von jeher das eigentliche Dominium des Buchs war, zu einem neuen, großartigen Aufschwung gebracht, in der Nachfolge Munchs, der so eng verbunden mit Berlin war? Waren nicht Ernst Ludwig Kirchner, Nolde, Heckel, Barlach, Campendonck, Feininger und Max Beckmann, die Kollwitz, Franz Marc, Pechstein, Christian Rohlfs und Schmidt-Rottluff Meister des Holzschnitts, eine beispiellose und auf der ganzen Welt ohne Vergleich stehende, in unserer Mitte befindliche Künstlergeneration, die nur darauf wartete, daß ihnen jemand mit großen Buchplänen kam? Aber leider, er kam nicht. Nirgendwo sonst auf der Welt wurde der neuere Holzschnitt geübt, nur in Deutschland, im Expressionismus, und was dort geschah, wurde nirgendwo auf der Welt beachtet, das kam später. Obwohl das Feld so bestellt war, obwohl also eine unvergleichliche Künstlerschaft da war: Zu großen Büchern kams nicht, nur zu Ansätzen

Sehr merkwürdig, sehr schade. Und dabei hatte noch niemand auf der ganzen Welt, außer den neueren Engländern, so viel über Schrift und Druck nachgedacht wie die Deutschen. Nirgendwo, außer im England von Morris, hatte es eine so leidenschaftliche und grüblerische Bemühung um das Drucken gegeben; hier einige Namen zu nennen, wäre Unrecht, es wären hundert zu nennen.

Wie steht es denn mit der Schrift und dem Druck bei dem Genre, auf das wir hier unsere Aufmerksamkeit wenden, bei dem Malerbuch der École de France, diesem Typus, dessen künstlerischer und literarischer Elan uns zu einer so grenzenlosen Bewunderung nötigt? Nicht gut steht es. Die hohen Ansprüche, die wir erzogen sind, an einen Druck zu stellen, wenn er etwas Besonderes sein will, die großen Erwartungen, die wir in dem Moment haben, wenn Künstler von so säkularem Rang wie Braque und Picasso im Spiel sind: Diese Erwartungen erfüllen sich in Schrift und Druck nicht, leider. Wie kommt das? Es kommt daher, daß in Frankreich, wo so viel literaricher und künstlerischer Enthusiasmus in der Lebensluft ist, eine so vielfältige und emsige Bemühung der Pressen, wie sie zuerst in England, dann aber in Deutschland in den ersten drei Jahrzehnten dieses Jahrhunderts aufgebracht worden ist, daß diese besondere Leidenschaft in Frankreich nichts Vergleichbares hatte. Als Vollard mit dem Büchermachen begann, war da keine Presse und keine Schule, an die er sich hätte wenden können, selbst wenn er gewollt hätte. Die berühmten Bücher, die er mit Bonnard gemacht hat, »Daphnis und Chloe« und Verlaines »Parallèlement«, sind in ihrer Kunst ersten Ranges. In Schrift und Druck aber sind sie nicht anders als schwächlich zu nennen, ein Jammer. Und so ist es im Grund bis heute geblieben. Sehr schade. Dies beizusteuern, wäre eigentlich Sache der Deutschen gewesen. Schöner Traum, schöne Vorstellung, die deutschen Pressen hätten mit dem, was sie um 1925 erreicht hatten, nun auch noch den Mut zur Kunst ihrer Tage gehabt. Wie es doch sein muß und immer war; man denke nur an die Wiegendrucke, an die Bücher des Sechzehnten. Ein Buch, das die Stelle aller anderen vertritt, das Septembertestament Luthers, 1522, diese ungeheuerliche sprachliche, dichterische Kühnheit, eilt doch ganz selbstverständlich zu Cranach, den wir in seinen frühen Holzschnitten einen wahren Expressionisten nennen müssen. Ein Buch, das ist doch ein Kunstwerk, und ein Kunstwerk ist nie etwas Rückwärtsgewandtes.

Wo also blieben wir Deutschen? Wie konnte das kommen? Da Vollard den Grafen Kessler doch kannte, er saß ja oft genug zusammen mit ihm, hat man denn niemals vom Büchermachen gesprochen? Auf eine Figur wie den Grafen Kessler richtet sich hier natürlich der Blick. Er hatte doch sämtliche Fähigkeiten, die Brücken zu schlagen, er wechselte die Sprachen und Grenzen, Venedig, London, Paris

und Cannes, er war überall zu Haus, einer der größten Frühstücker, die es je gab, man kann es in seinen Tagebüchern ja lesen. Er hatte die literarischen und er hatte die Künstlerfreundschaften und er hatte die Besessenheit des Schriftmachers und Druckers, man denke nur an das werkgrobe Papier, das er mit dem Schwiegersohn von Maillol gemacht hat, und er hatte, jetzt kommt die Hauptsache, das Gefühl dafür, daß zu einem großen Buch nicht bloß der gute handwerkliche Wille und die saubere Arbeit gehört, sondern daß es der große Zug sein muß, daß das Wagnis den Geist ruft. Das Buch, das so viele von diesen Wünschen erfüllt, es sind die »Eclogen« des Virgilius aus der Cranach-Presse mit den Holzschnitten Maillols, die Kessler erst angeregt hat, lange bevor ein Franzose an Maillol, den Holzschneider, dachte. Ein großes Buch; in seiner allseitigen Qualität doch wohl das schönste seiner Epoche.
So hatten die Deutschen also einmal die Karten des wahrhaft schönen Buchs in der Hand. Aber das Spiel voll zu spielen, war ihnen seltsamerweise nicht vergönnt. Und es tut mir leid, auch dem Ruhm des Grafen Kessler Grenzen setzen zu müssen: Kessler, der felsenfest wie von einem Lehrsatz davon überzeugt war, daß es der Holzschnitt und bloß der Holzschnitt sein dürfte, der ein Buch ziere: Das säkulare Ereignis des Holzschnitts, den Holzschnitt des deutschen Expressionismus, hat er glattweg versäumt, nicht gesehen, es ist kaum zu glauben. Was für originale, auf der ganzen Welt unwiederholbare Bücher wären entstanden, wäre Kessler nach dieser Richtung nicht blind gewesen, hätte er mit den Heym und Trakl, Kafka und Lasker-Schüler und andererseits mit den Kirchner und Kubin, Nolde und Beckmann seine Bücher gemacht. Anstatt dessen gab er dem opernhaft samtenen Gordon Craig und dem rückwärtsgewandten, süß frömmelnden Eric Gill den Vorzug, die er von weither holte, wo das wahrhaft Bedeutende handnah war, es ist nicht zu fassen.
Und Klee und Feininger und Kandinsky und Schlemmer

sind ohne bedeutende Buchpläne abseits geblieben. Man kann sich schwer vorstellen, Klee hätte sich einem geistvollen Buchplan versagt; was für ein Buch besäßen wir jetzt. Wir könnten hundert besitzen. Aber hier waren die großen Künstler, und dort waren die Pressen, und keine Verbindung. ERNST LUDWIG KIRCHNER hat eine herrliche Folge von farbigen Holzschnitten zum »Peter Schlemihl«, eine Figur, in der er sich selbst sah, und eine Holzschnittfolge zu Petrarcas »Trionfi«, »Triumpf der Liebe«, gemacht, sie aber in Bücher zu nehmen, daran war nicht zu denken. Es wären wahrhaft große Bücher geworden. Denn es waren nicht, was man Illustrationsaufträge nennt, sondern Bekenntnisse: Im »Schlemihl« das Sich-selber-Abhandenkommen als Weltkriegssoldat: ein literarisch-künstlerisches Dokument ersten Ranges, ein Hauptwerk. Und wenn etwas geschah, so war es leider nicht die Bibliophilie, sondern Verleger; Kurt Wolff natürlich, der vorwärts stürmte und dem wir wenigstens »Umbra vitae« verdanken, ein Buch, das die Namen von Heym und Kirchner vereint, oder die Künstler selber, wie Kokoschka.

Unsere bibliophilen Vereine und Pressen mußten ja, anstatt mit den Meistern von Bauhaus und Brücke, ihre Drucke mit Emil Preetorius, Paul Scheurich, Hugo Steiner-Prag, Walter Klemm, Bruno Goldschmitt, Alois Kolb, Karl Walser, Georg Alexander Matthéy, Karl Thylmann, Walo von May und Fritz Heubner machen; man wagt oft die Seiten nicht aufzuschlagen vor Scham.

Auch der bleiche Klassizismus, von dem sich die spätere Insel nicht freihielt, ist, in diesem Zusammenhang gesehen, bedenklich. Leider, der Hang zum Gepflegten, der Rückwärtsblick, der mangelnde Mut, sich der Kunst der eigenen Tage zu stellen und lieber gefahrlose Texte mit gefahrlosen, dekorativen, oft neckischen Bildchen zu machen, das ist immer die Gefahr der deutschen Pressen gewesen.

[...]

Was jetzt kommt, ist in der Gesinnung Dalí und anderen

Surrealisten verwandt, in seinen Kunstmitteln aber alleinstehend. Es ist MAX ERNST, der in Köln geborene, 1966 fünfundsiebzigjährige, den zu rühmen ich jetzt unternehme. Das wird nicht leicht sein, denn ich verhehle mir nicht, nicht allen kann diese schwermütige, verrätselte, unvernünftige, hochpoetische, wie alle Kunst dieses Jahrhunderts im Unheimlichen beheimatete Kunst gefallen.
Vierzig Jahre lang, seit 1922, hat Max Ernst für das Buch gearbeitet und ist dennoch, bei so vielen bibliophilen Gesellschaften, Pressen und Preisen, in Deutschland ein Unberühmter geblieben. Vierzig Jahre.
Von den vielen Erfindungen, die seinen Weltruhm ausmachen, schildere ich nur eine. Denn sie spielt sich so sehr in der Bücherwelt ab, daß nicht nur am Ende ein Buch steht, sondern auch schon am Anfang. Das ging so zu:
Irgendwo, bei den Bouquinisten vielleicht, ist Max Ernst in den zwanziger Jahren auf die halbvergessene Kunstübung des Holzstichs gestoßen, jene großformatigen Bildseiten aus dem vorigen Jahrhundert, die aus der alten Leipziger Illustrierten, Verlag J. J. Weber, Kaiser Wilhelms Zeiten, bekannt sind, doch gab es große ausländische Vorbilder: die Illustrated London News (seit 1842) und die Illustration (seit 1843). Wie man weiß, hat an diesen Holzstichen ein Heer von Unberühmten gearbeitet; ein für unsere Zeit unvorstellbares Maß an breitem handwerklichem Können, an Werkstattfleiß, beides abhanden gekommen, war Voraussetzung. Und nicht Fleiß und Können nur. Ein überwältigendes Kapital an Liebe zum Ding, an Teilnahme, ist in alle Winkel eines solchen Blatts eingelegt; das ist nun einmal mit dem Handwerk verbunden. Dieser Schatz ist in solchen Blättern wohl spürbar. Es ist eine durch Mühe zu eigen gemachte, heimisch gewordene Welt; wir dürfen bei den nicht endenden Klagen, welche die Literatur und die Kunst unseres Jahrhunderts durchziehen, Klagen über eine sich entfremdende Welt, Klagen, die bald ökonomisch, bald soziologisch, bald existenziell gemeint sind, Klagen,

die schon vor fünfzig Jahren mit dem Malte Laurids Brigge, Hofmannsthal und Kafka begannen und von Beckett und Dürrematt, um nur diese beiden zu nennen, fortgesetzt werden –: wir sollten niemals vergessen, daß früheren Zeiten ihr Zuhause auch nicht ohne Anstrengung zufiel.

Max Ernst hat sein ganzes Künstlerleben lang mit Objets trouvés gearbeitet: erst mit Durchreibungen, wie wir sie in der Einbandforschung anwenden, später mit Farbklexen, der alten romantischen Übung, sodann mit diesen Montagen. Es sind die berühmten, von ihm so genannten Collagen.

Es sind Holzstichblätter dadurch zu extremer Wirkung gebracht, daß in ihre friedlich-vergangene, bürgerlich-gesicherte, eingewohnte Salonwelt traumgleich Fremdheiten einmontiert sind, die, wie durch Berührung mit einer eiskalten Hand, die Lage gänzlich verändern. Max Ernst spricht von »stärksten poetischen Zündungen«, die ihm aus solchen Collagen erwuchsen. Die Dinge werden, gewissermaßen, gegen den Strich gebürstet und geben elektrische Funken.

So ist aus der heimischen Welt jäh eine unheimliche, starrende Schreckwelt geworden. Die Originale dieser Collagen, viele Bände in Leder, hat man vor zwei Jahren zum erstenmal in der Galerie Der Spiegel in Köln sehen dürfen. Es ist eine staunenswerte Montagearbeit. Wie bei einer alten Radierung, wo man den Grat mit der Fingerkuppe aufspürt, sind die Übergänge oft nur so wahrzunehmen. Diese Bildromane sind also eigentlich Bücher, die nur in einem Exemplar existieren; dergleichen hat es immer gegeben. Sie werden sehr bald zu den berühmtesten Denkmälern der Buchgeschichte gehören. Denn schon die Vervielfältigungen, damals in kleiner Auflage erschienen, werden nun auf einmal mit hohen Summen bezahlt.

Die »Semaine de bonté« (1934), die ich aus Max Ernsts Büchern herausgreife, obwohl ich ebensogut die »Femme cent tête« (1929), die »Fille qui voulut entrer au carmel«

(1930), das »Schnabelpaar« (1953) oder die »Maximiliana« (1964) hätte wählen können – die Semaine de bonté also hat ihren Namen ironisch, denn »Woche der Güte« ist eine Art Quäkerwoche oder Heilsarmeewoche gewesen. Ironisch also, denn die Themen dieser fünf Bände kreisen um Verfolgung, Terror (es ist das Jahr 34 von Paris aus gesehen), um Katastrophen, Wassereinbrüche, Feuer, Verhexung, Überfall und Verbrechen. Es sind die Wellen, welche die Künstler dieses Jahrhunderts empfangen.

Da ist es, als ob die Sicherheit, welche das Lebensgefühl der belle époque ausmacht, wie eine Eisdecke springe; sie splittert. Charme schlägt um in Entsetzen. Man sieht Schlafende in Alkoven in Wasserfluten versinken, man sieht alte Städte, Marktplätze, auf welche Drachen einfallen. Eisenbahnabteile, deren altmodische Salonausstattung mit einiger Rührung erfüllt, sind Schauplätze von rätselhaften Überfällen und Heimtücken. Wintergärten, Boudoirs und Herrschaftsaufgänge, alte Hotelhallen scheinen die Lieblingsplätze solcher Unheimlichkeiten zu sein.

Jedes Jahrhundert, auch die Philologie, auch die Archäologie eines jeden Jahrhunderts, entdeckt ja nur, was sie schon vorher gewußt hat; sie findet, was sie gesucht hat. So wie dieses Jahrhundert entdeckte, daß das berühmte Sophokles-Chorlied, das zweite in der »Antigone«, welches ein ganzes Jahrhundert so übersetzt hat:

> Vieles Gewaltige lebt, doch nichts ist gewaltiger als der Mensch,

ein stolzes humanistisches Credo also, in Wahrheit viel eher lautet:

> Viel Unheimliches ist, doch nichts ist unheimlicher als der Mensch.

So umgeschlagen hören nun alle den Grundakkord dieses Chorlieds, der große Karl Reinhardt, Heidegger, Weinstock, Buschor; auch bei Brecht steht: ungeheuer. Nur Hölderlin,

einsam inmitten der idealistischen Klassik, hatte den Ton schon vor hundert Jahren vernommen. Nur er sagte schon damals: unheimlich.
Es sind böse Capriccios.
Auf den gemütlichen Marktplatz, auf welchem das Leben wie immer geht, den Einwohnern fällt nichts Besonderes auf, läßt sich ein Drachen nieder, im Vordergrund ein Ermordeter, Beraubter. Oder: Der Eingang eines Pariser Hotels, vorn eine zusammengeringelte Schlange. Eine elegante Person, die Abzeichen des Unheils tragend, Drachenflügel, luziferische Schwingen, schlüpft ein. Die Dame scheint nicht zu bemerken, daß sie als Geliebten am Arm ein unheimliches Vogelwesen einführt, gepanzert, mit erzenem Gefieder und Halsringen. Oder: Ein Boudoir mit Seidentapeten und samtenen Vorhängen, eine junge Frau wird von einer Zofe geschmückt, aber hoch oben sieht man eine Gemarterte schweben. Vorne das Vogelwesen, mienenlos starrend.
Es ist das Jahr 34. Hätte Marx Ernst, was denkbar wäre, einen alten Holzstich aus der Leipziger Illustrierten verwandt: Unter den Linden, das Jahr 1870 oder 80, sorglos flutendes Leben, Equipagen, Leutnants, berittene Offiziere im Helmbusch, Damen mit Wagenradhüten, Ecke Friedrichstraße, Café Kranzler, und einmontiert: Stacheldraht am Brandenburger Tor, Flüchtlinge, die vom Pariser Platz zum Tiergarten wollen, und Vopos, die schießen: Was Surrealistischeres wäre zu denken gewesen. Die Kunst sieht alles bloß früher. [...]
WOLS, welcher der erste und größte des Art informel war, ist aus jener glorreichen Reihe verstoßen, die ein Drang zur Selbstzerstörung beseelte, einer von den Unfallsüchtigen, Todessüchtigen, einer von den rasend Abbrennenden wie Lenz, Büchner, Heym, Trakl, Schubert, Novalis, Villon, Rimbaud und Pollock. Es muß hingenommen werden, daß solche früh Abgeschiedenen später, wenn sie dahin sind, zu Lieblingen ihres Volkes werden: erst Emigranten, dann von

Legenden umgeben. Erst verstoßen, dann, in der Erinnerung verwöhnt und mit all dem im Überfluß versehen, was man ihnen zu ihren Lebzeiten verweigerte und was sie übrigens, im Gegensatz zur landläufigen Meinung, gar nicht wünschten: die Anerkennung von vielen. Aber wie dem auch sei, die Freunde des Buchs haben Grund, diese unscheinbaren Dokumente von Wols hochzuachten; Wols war selber ein leidenschaftlicher Leser und Kenner und Schreiber, liebte Laotse und Novalis, und wir verdanken es Sartre, daß er nicht schon viel früher in Paris in Armut verkam.

Das Werk von Wols teilt sich in verschiedene Techniken ein, die zugleich die Etappen seiner Kunst sind und ineinander auch im Zeitlichen folgen. Es drängt sich ja alles in die schwarzen Jahre nach 1939 zusammen. Kriegsbeginn, Internierung in einem französischen Lager als Deutscher, dann eine Existenz im Versteck südfranzösischer Nester, Cassis bei Marseille und Dieulefitte, dann Nachkrieg in großem Elend und Tod im Jahr 1951, mit achtunddreißig. Zuerst, in den vierzehn Monaten Lager, werden die kleinen aquarellierten Blätter geschrieben, Federkritzeleien auf einer Terpentinschwemme in Rosa und Hellblau. Später entstehen die jetzt so berühmten Ölbilder, die Epoche machen. Dazwischen, und dies ist es, weswegen Wols in unseren Zusammenhang kommt, liegen etwa fünfzig radierte Platten, die zwar jetzt auch in Einzelabzügen vorkommen, ursprünglich aber für schmale und kleinformatige Bücher gemacht sind; eigentlich sind es mehr Hefte, Broschüren, unscheinbare Bändchen, die man heute mit Gold aufwiegt, Texte von Sartre und Kafka und Pariser Schriftstellerfreunden, Artaud, Paulhan, René de Solier. Es sind sieben solche Bücher von 1942 bis 1949 erschienen, in verschiedenen Pariser Verlagen.

Man wird nicht erwarten, daß diese Blätter einen gegenständlichen Bezug auf den Text haben. Diese Kunst ist monologisch-bezugslos. Doch ist es auch wieder nicht so, daß sie ohne Dingbezug wären. Man wird in den meisten

Blättern von Wols Dingliches sehen dürfen, oder doch eine Anspielung auf Dinge. Oft meint man eine fantastische Stadt zu erblicken, die halb in Ansicht und halb in der Planung erscheint; »alles, was ich träume, spielt in einer sehr großen, sehr schönen unbekannten Stadt«. Es sind Städte, wie sie Kafka und Kubin bewohnten, Plätze unserer Irrungen oder unserer Geborgenheiten; es will uns so und dann wieder so scheinen. Es sind Städte, sicher, aber wir wissen nicht recht, ob wir hoffen dürfen, sie zu bewohnen oder ob sie unsere Zwangsaufenthalte sein werden.
Dann gibt es ein Blatt, es hat eine Anspielung (nur eine Anspielung wird man es nennen dürfen) an das Netz einer Spinne, so sehr Gedicht über ein Spinnennetz wie jener Holzschnitt von Caspar David Friedrich. Es sind dieselben Melancholien, aus denen beide gewebt sind. Dann wieder glaubt man Raupenhaftes, Spinnenhaftes oder Algenhaftes zu sehen. Unliebsames; Erinnerungen an Kafka, an die Verwandlung des Gregor Samsa vielleicht, der sich eines Morgens in die Gestalt eines Ungeziefers, einer Riesenassel, verhext sieht, fortan die Schande seiner Familie und hilflos. Es ist der Versuch, das Unbehagliche, das Zuwidere zu fassen; es liegt der Wunsch vor, das Borstige, Widerborstige, Eklige, auch das Zertretene, Zerquetschte zu geben, und das nicht mit der exakten Gegenstandstreue, wie der Surrealismus sie liebt, vielmehr in dem Bewußtsein gesehen, daß alle Dinge der Welt für uns einen Gleichsinn haben, oder keinen. So kann man das Schwebende von Meerwesen sehen, auch das Bewucherte, Bartige, Schalige, auch das Uralte, auch das korallig Aufgestockte, aber doch keine Abbildlichkeit finden.
Zuweilen führt eine Anekdote auf die richtige Spur. Als Wols ein Internierungslager verlassen mußte, wer in Gefangenschaft war, kennt diese plötzlichen Umzüge, ließ er seine gesamte Ernte aquarellierter Blätter an Ort und Stelle wie etwas Abgetanes zurück, nahm aber etwas viel schwerer Transportables mit sich, einen Sack voll gesammelter

Muscheln und Steine, Strandgut, und es ist überliefert, daß er damals oder später bemerkte: In diesen mit Moos und Flechten überzogenen, vom Meerwasser ausgewaschenen, durch die Gezeiten gewordenen Dingen finde er das Ewige in der sonstigen Nichtigkeit der Seehäfen, die der Mensch anlege, zerstöre, auf die er so stolz sei und die alsbald wieder verfielen. Das Überleben des Nichtbeachteten also. Und als er vor einer überschimmelten Mauer in der Rue de Buci in Paris stand, so wird auch berichtet, habe er bewundernd gesagt: »Dahin werde ichs nie bringen«.
[...]

Toute la vie a coulé dans mes rides
Comme une agate pour modeler
Le plus beau des masques funèbres

liest man auf dem aufgeschlagenen Doppelblatt eines Malerbuchs, das 1959 bei dem Kunstverleger Gerald Cramer in Genf erschien, der es zehn Jahre vorher bei MIRÓ bestellt hatte. Das Buch enthält Verse von Paul Eluard, die den Titel »A toute épreuve« tragen, was man übersetzen kann mit »Ausprobiert« oder »Ich habs probiert« oder »Hieb- und stichfest«, und dazu farbige Holzschnitte von Miró. Man sieht diesen Maler in einer Art Selbstporträt auf dem Titelblatt sitzen, Palette, Staffelei und ein Stern darüber, der bei Miró selten fehlt. Die Farben fahren aus ihm wie ein fröhlicher Feuerstrahl aus.
Den Dreizeiler schlage ich vor, so einzudeutschen:

Das Leben ist durch meine Falten geflossen,
oder: hat an meinen Falten gegraben
wie bei einem geschnittenen Stein,
um ein Modell für die allerschönste Totenmaske zu machen.

Man hört wohl, daß diese Verse das Selbstgespräch eines Alternden sind, der an den Tod denkt. Da sich der Alternde gern in der Nähe von kleinem Leben, von Kindern aufhält,

so als ob sich dann etwas aufrechne, so ist leicht zu verstehen, daß neben der Maske des Alten eine Chiffre des kindlichen Übermutes aufscheint.
Denn masque funèbre war offensichtlich das Stichwort für die Figur der rechten Bildseite; braungebettete Altersaugen oder Totenkopfaugen; man kann zweifeln, ob nicht ein Totenschädel gemeint ist, da der untere Kiefer nicht da ist und innerhalb des Gesichtsrunds der Umriß eines porösen Totenschädels hervortritt. Das Bild des Monologisten, der diese Verse spricht, ist wie von Kinderhand hingemalt, einer Hand, die schonungslos alle Schwächen dieses Gesichtes aufzeichnet: das Triste, das Geschlechtslose, die Kerben. Das Geistlein, das sich auf der linken Buchseite herumtreibt, ist abgeneigt schwarzen Gedanken. Hätten wir uns nicht vor drei- oder dreieinhalbtausend Jahren entschlossen, Begriffe durch Buchstaben wiederzugeben, hätten wir, wie die Chinesen, Bildzeichen für die Begriffe gewählt: Für Übermut, Daseinslust, glänzende Laune könnte man schwerlich ein besseres Bildzeichen finden. Unter diesen Kopffedern, ausgesteckten Signalen, dürfte nicht viel Gescheites stattfinden. Auf den von Stürmen bewegten Wellen des Lebens: Dieser Stöpsel wird Oberwasser behalten.
Altern, das heißt ja, in eine Front gegen das, was nachwächst, geraten und sich die Lebensuhr, die einem seine eigenen Lebensjahre vorrechnet, selbst zeugen. So ist die Trauer der Altersmaske erst traurig, weil nebenan das Leben so jung ist.
Das Bewundernswerte an Büchern wie diesem ist: es wirken die Meister des Worts und des Bildes zusammen. Die sogenannte École de Paris, die es eigentlich bloß als Fiktion gab, hat das Buch zum Schauplatz eines Dialoges unter den modernen Meistern gemacht. Das Buch: da war es in einen Wirbel des Kunstgeschehens gezogen, in den es gehört und in seinen großen Zeiten stets war. Es gab dort keinen bedeutenden Künstler, der nicht an ein paar oder an vielen Büchern mitgewirkt hätte; er hätte sonst fürchten müssen,

in den Ruf der Geistlosigkeit zu geraten. Miró, der dem dahingegangenen Dichterfreund ein Buch macht. Ein Buch, das offensichtlich eine Huldigung an das Leben darstellt, denn es ist von einer Taufeuchte, von einem Glück, das sich dem Leser mitteilt.
Miró, der gewissenhafte, arbeitete viele Jahre an diesem Buch; es ist von vielen, vielen Holzstöcken gedruckt, von zweihundertdreißig selbstgeschnittenen Stöcken, wie das Impressum zu rühmen weiß, und der Preis weiß es gleichfalls zu rühmen. Es ist also nicht bloß ein schönes Buch, was auf diese Weise entstand, es ist eine Rühmung. Miró oder die Kraft des Rühmens würde ich ein Buch über Miró überschreiben, wenn ich eins schriebe.
Seit 1947 und 48 Miró mit Eifer an diesem Buch; Briefe an seinen Verleger zeigen, wie ernst er die Sache nahm, man muß sie als Dokument nehmen. »Neue Ideen für das Buch gehen mir durch den Kopf. Vor ein paar Tagen, als ich in Montroig durch den Wald ging, schien mir, wir sollten das Wurzelwerk der Föhren zum Ausgang unserer Arbeit nehmen. Ich habe schon Versuche gemacht, die mich haben einsehen lassen, was es heißt: ein Buch machen und es nicht bloß zu illustrieren. Illustrieren, das wäre eine Sache minderen Ranges. Es kommt darauf an, daß ein Buch den Rang hat einer Marmorplastik.« Und noch: »Was den Holzschnitt angeht, so kann ich von allem, was in unserer Zeit gemacht worden ist, bloß Gauguin gelten lassen. Aber erlauben Sie mir zu sagen, daß es mein Ehrgeiz ist, noch weiter zu gehen.«

Rôdeuse au front de verre
son cœur s'inscrit dans une étoile noire
ses yeux montrent sa tête
ses yeux sont la fraicheur de l'été
la chaleur de l'hiver
ses yeux s'ajourent rient très fort
ses yeux joueurs gagnent leur part de clarté.

Ich zaudere, diese Verse zu übersetzen, denn der kleine Zauber, den sie vermögen, Charme kleiner Verrücktheit, wird sich verflüchtigen, wenn man ihnen eine Übersetzung antut. Es sind Verse, die kaum zueinander gehören, alle sind gegeneinander etwas verschoben, alle stehen ohne Kenntnis voneinander nebeneinander, folgenlos, sinnlos.

> Streunerin mit der gläsernen Stirn,
> oder, wenn ich das wagen darf, au front de verre,
> an der Glaswand, dann hieße es eher:
> Streunerin streunt an der Scheibe,
> schreibt sich ein in einen schwarzen Stern,
> oder: in schwarzes Kristall, von Herzen,
> ihre Augen, da sieht man, daß sie ihren Kopf für
> sich hat, ses yeux montrent sa tête,
> ihre Augen machen den Sommer frisch
> und wärmen den Winter,
> ihre Augen schaffens, das wäre gelacht,
> ihre Augen kommen schon klar, spielend.

Man könnte an eine große Glasscheibe denken, an eine beschlagene, etwa in einem Café, hinter der sich ein neugieriges Kindergesicht zeigt. Die wasserblaue Spirale der linken Blattseite kann eine Figur sein, die der kleine Finger in das Beschlagene gemalt hat, denn das Blau hat das Wässerige, Gläserne und das Kühle.

Das Geschöpf auf der anderen Blattseite spricht für sich selber, da brauche ich wenig zu sagen. Diese Göre drückt sich durch ihren Hut aus, durch diese Feder, die kolossale, die aus demselben Stoff wie drüben die wässerige Spirale besteht. Eine kleine Undine.

Munch hat zuerst, wie Sie wissen, im Holzschnitt die Jahresringe des gewachsenen Holzes im Stock mitsprechen lassen. Hier bringen die Jahresringe die Erinnerung an Wuchs mit, an Wildwuchs, an Wildnis; man sieht gleich, ein Wesen wie dieses ist den Felsklüften oder den Brunnen von Katalanien entkrochen.

Ich habe einmal gelesen: Die Kunst Mirós, ebenso unschuldig wie ärgerlich, entwaffne und überzeuge wie es ein Kinderwort tue. Dieser Satz scheint mir etwas Vollkommenes zu haben. Bloß daß die Warnung man anfügen muß, Miró wie auch Klee, nicht als eine Art erwachsener Kinderzeichnung zu sehen. Es ist die gemeinsame Wurzel, welche zu dieser Täuschung verführte. Miró und die Kinderzeichnung haben gemeinsam, daß bei ihnen alles Geschaffene wieder den Tauglanz des Schöpfungsmorgens bekommt.
Aber das wäre von aller Kunst, wenn sie Kunst ist, zu sagen.

Auf eine Plastik von Arp

Ein Messingguß, der aus drei einzelnen abhebbaren glattpolierten Formen besteht, aufeinandergelegt wie die Feldsteine, aus denen Kinder sich eine Kuh bauen. Jedes dieser drei Teile ist zu einem dotterigen eingeweidigen Rund ausgebuchtet, mit Beulen und Dellen; die zwei kleineren siedeln irgendwie auf der größeren. Untereinander sind sie allenfalls lautlos durch Übertragung verbunden, in der Weise von Körnern, die am selben Tag aufgehn, ohne sich vorher ein Zeichen geben zu können, und die sich erst ober der schwarzen Erde erkennen.
Was ist abgebildet? Denn ein Bild bildet ab, immer. Hier ist es offenbar allgemein das Organe, wenn man diesen Ausdruck bewilligt für etwas, was der Niere, der Stirnhöhle, der Nisthöhle, der Ohrschnecke, der Wegschnecke, dem Walnußkern und dem Regenwurmhäufchen gemeinschaftlich ist; oder der Schwimmspur von Schlangen; oder dem Wasserzopf einer Quelle; denn das hat doch alles eine Verwandtschaft, eine bestimmte Vorliebe, einen gemeinsamen Willen.
Das Dreierbild stellt natürlich nicht dies dar und jenes; tie-

fer abgezweigt: das Abgezogene von allem. Es kann das Ungeborene meinen, das Hodenweiche, das Keimende und das Molluske, das sich im Meer unterm Druck von allen Seiten erhält, weich und doch widerständig. Das Unausgegliederte, das noch keine richtige Form hat, oder eine Form, die noch schlummert; denn es hat sich noch nicht zu einem endgültigen Äußeren entschlossen. Es hat bloß das Außen von etwas Insichgekehrtem, das Umgewendte einer Anstrengung; es ist einfach das Andere vom Innen.

So ist es mit diesen drei Formen. Vorform ist, was sie meinen. Das Frühe, das auf Geduld rechnet. Wie wunderbar: aus ihnen ist alles noch möglich. Und wie sie unter sich ähnlich sind, so sind sie ihrerseits wieder mit anderen verwandt, denn viele sind aus der Hand ihres Meisters gegangen, der dafür berühmt ist. Sie sind alle unterhalb dessen, was früher für abbildbar galt.

Das blanke, zusammen-unzusammenhängende Ding trägt den Namen: *Im Wald auszusetzen*. Ich stelle mir vor, daß dies Stück und seine gesamte Verwandtschaft einen Traum der Unauffälligkeit habe. Diese Güsse und Steine wünschen sich: läge einer von ihnen auf einmal mitten im Wald, daß es dann Niemandem auffalle. Das ist der Traum, den sie träumen: fast Alle gehen vorbei. Und sie, die daliegen, allmählich von Moos und von Flechten begrünt, hätten nach jedem Vorbeigang gewonnen. Sie gewännen den Zuwachs, den jede Nichtbeachtung gewährt; sie behielten ihr voriges Vermögen. Denn das wissen sie schon: Teilung ist eben Teilung, Schmälerung, Hälftung; darauf läuft es doch allermeistens hinaus. Etwas wird auf die Vielen verteilt, da kommt bloß ein Bißchen auf jeden. (Sicher, so müßte das nicht sein. Denn es gibt eine Teilung, die eine Verdoppelung ist, natürlich, im Grunde wissen es Alle. Derselbe Vorgang der Teilung und Hälftung, aber auf einmal, ohne daß etwas meßbar Besonderes geschah, eine wunderbare Vermehrung. Mitteilung, Zellteilung. Aber laßt uns schweigen darüber; die Kunst durch welche so eine Teilung geübt

wird zu rühmen, ist ganz und gar aus der Mode gekommen.)
Die glücklichen Steine im Wald. So genössen sie weiter die Mittagstille, in welcher das Unbeschwätzte verweilt, und nicht diese dumme Vernutzung. Ohnehin war es der zweite Blick, auf den sie allenfalls hofften, sollte sich überhaupt ein Erkennen ergeben; an den Geschichten, die mit dem ersten verknüpft sind, wollten sie eher vorbei. Das seiht auch, denn wer nimmt sich die Zeit schon, nicht mit den Anderen weiterzugehen und es auf den zweiten Blick ankommen zu lassen. Daraus ziehn sie ihre Gewinne.
Das ist der Rückzug aufs Unscheinbare, aufs eher Vonselbergewordene. Es ist gut, Dinge zu machen, die einziehn wie Zwiebelgewächse im Sommer. Zugleich öffentlich und zugleich verschlossen: das ist, was unserer Lage entspricht. Das ist die Verschlüsselung, die ansteht. Jedes Bild ist Verschlüsselung, jedes Gedicht ist verschlossen oder es ist keins; jetzt aber heißt es, die einfachsten Schlüssel zu finden; die komplizierten sind lang schon kein Schutz mehr. Die ziehn bloß die Plünderer ab.
Und dann, die Art von sich selber zu sprechen, hat sich entschieden geändert. Diese Studios früher, diese Badezimmer, diese ausgezogenen Geliebten. Diese Frühstücke, diese Sofas, diese exotischen Strände. Die Welt als Malstube. Lauter Illustrationen eines fortgesetzten Künstlerromans, der leidenschaftlich und hinreißend und großartig war, aber zu Ende, vorbei ist. Auserzählt, ausgelesen, vorbei. Der Romanheld, der Künstler. Der mit Kunst geschlagene Künstler. Denn die großen unter ihnen haben alle aus bitteren Bechern getrunken. Der Künstler als exemplarische Leidensgestalt. Der Künstler als Nachfahr der Märtyrer, freilich auf eigene, verzweifelte, ewig gestundete Rechnung.
Vorbei das. Es ist so gekommen, daß die Bilder auf einmal nicht mehr aus Romanen sein wollen. Sie wollen das nicht mehr. Gut, aber da müßten sie eigentlich auch den Namen

aufgeben, da eins mit dem anderen verknüpft ist: Ruhm und Lebensgeschichte, Selbstdarstellung und Namen, das ist aus derselben Epoche. So müßten die Verse, die Bilder eigentlich wieder in den Weiher der Namenlosigkeit eintauchen wollen: Verräter Namen, Verführer Werk und Ruhm, das Tötungskommando. So müßten sie der Namenlosigkeit wenigstens zudrängen, gern unscheinbar, wenig auf sich selber bedacht sein. *Im Wald auszusetzen.* Lieber ruhmlos als Vielzuvielen im Munde. Aber ob sie das schaffen?

Sie werden es müssen. Sie werden das schon nicht mitnehmen können aus den vergangenen Tagen. Aus den paar Jahrhunderten Neuzeit, in denen alles anders war als von jeher, und die uns so viele Aussicht verstellten. Sie werden das schon nicht mitnehmen können, die Persönlichkeit und das Original und das Gesammelte Werk und den Künstlerruhm und die Biographie und was alles von dort kommt. Sie werden ihn abschreiben müssen, den Werkstolz, der eine Art der alten Gutenwerkgerechtigkeit ist, die schon immer der Tropfen war, der das Ganze zum Umkippen brachte wie die Milch beim Gewitter, vom Guten ins Unbrauchbare und Schlechte.

So wird die Bilder und Verse Heimweh nach dem Dämmer des Namenlosen erfassen. Und waren sie nicht so gut aufgehoben darin, im Unbeschrieenen, im Dämmer des Unruhms? Aus dem sie Erfolg und die Ehre, der Lobspruch der Schimmerlosen und die Zudringlichkeiten der Forschung und die fragwürdige Existenz in Museen verstieß in die falsche Feier des Nachruhms?

Unmoderne Kunst

Kunst, dieses rührend altmodische, archaische Handwerk, das mit Gewissenserforschung, also mit Buße verwandt ist. In der Zukunft, die anbrach, kommen die Künstler vor wie der Holzpflug, mit welchem der Bauer hier auf der Insel sein Feld ritzt: ein uralt komisches Fundstück. Er pflügt mit dem Ochsen sein Mangelfeld, wenngleich fröhlich, geschichtete Steinhütte, zwei Kinder. Sein Feld, das er niemals gedüngt hat, empfängt die dürftige Aussaat; die Touristenschwärme bewegen sich kaum hundert Meter von ihm. Ihre weißen Schiffe liegen auf Reede. Er und die Schwärme: durch eine halbhohe Mauer aus granitenen Blöcken und durch ein Jahrtausend getrennt, und nie ein gewechseltes Wort zwischen ihnen, kein Gruß, kein Blick, kein Verständnis.

Die Künstler. Warum sie bloß darauf aus sind, sich die Modernen zu nennen? diese ewigen Handwerker? Was treibt sie, hinter der neuen Zeit herzuhecheln, sie, früher Vorrenner? Was täuscht diese Archaiker, daß sie den Ehrgeiz entfalten, die Spitze halten zu wollen, während sie doch das Bild eines Läufers darbieten, der so weit zurückblieb, daß er zu führen scheint, aber die ihm schon folgende Runde, unwiderstehliche Komik? Das sind so Moderne. Romantische Träumer sind sie. Ihre Sehnsuchtblicke gehen nach rückwärts, stillend die Wünsche von Solchen, die rückwärts blicken wie sie, während die wahren Modernen im Fiebereifer mit Chromosomen, Raumschiffen und Denkmaschinen eine andere Welt machen.

Die Künstler. Bald wird ihr Eigentliches, ihre Begabung gelenkt sein. Gesteuert, was vordem Kreuz und Geschenk war. Und von welcher Art Steuermännern und Lenkern? etwa von Solchen, denen es auf die Künste ankommt?

Die Künstler. Woher sie das Recht nehmen, ihr Vorgefühl, daß es zu Ende gehe mit ihnen, zu einer allgemeinen Untergangstimmung zu machen? Schwarze Botschaft, bloß weil ihr Schiffchen, ein Segelschiff uralten Typs, außer Fahrt kommt? Die Welt, die Welt wird schon weiterbestehen. Vielleicht kleiner Wechsel wie vom Silur ins Karbon, aber die neue Erdzeit wird weit von der Trauer entfernt sein, daß dann keine Kunst ist. Einst wird man den Kindern ein Märchen erzählen: daß Welche waren, die nur leben wollten wenn Kunst sei. Narren. Obwohl jeder einsieht, daß Kunst ernst macht und schwer macht, daß sie das Leben erschwert.

Moderne Kunst

Ich glaube, die moderne Kunst ist nicht so modern wie sie selbst meint. Modern, das ist der alles überwältigende Panzer-Fortschritt der Ausspähung, Überlistung und Unterwerfung der Dinge; da kann das Andere davon nicht auch modern sein.

Modern ist das Unternehmen der Neuzeit, die Welt auszurechnen; ratio, die Rechnung. Modern ist die totale Verfügung über die Dinge, die totale Steuerung aller Verläufe; totale Verfügung über die Vergangenheit, über die Zukunft, und selbstverständlich über den Menschen. Modern ist es, den Vertrag aufzukündigen, der zwischen uns und den Dingen bestand und der ein Vertrag von gleich zu gleich war; wir ersetzten ihn durch eine Diktatur ohnegleichen. Modern ist, das alles für selbstverständlich zu halten, wie eben von jeher den Herrschenden ihre Herrschaft, den Berechtigten ihre Vorrechte, den Besitzern ihr Besitz, den Glücklichen ihr Glück, den Gesunden ihre Gesundheit und den Unterdrückern ihre Unterdrückung selbstverständlich erschien.

Der Kunst, die man modern nennt, scheint das nicht selbstverständlich zu sein. Die Kunst, die sich denn also mißverständlich modern nennt, scheint nichts Dringenderes zu kennen als die Not, in welche die Dinge gerieten. Sie meint das Natur-Recht der Dinge, das zu erklären außer ihr niemandem einfiel und, wie es scheinen will, ihr selber zuweilen auch nur ungenau vorschwebt. Aber ein Natur-Recht der Dinge, das sollte modern sein? Das sollte auf dem Weg liegen, den wir Alle gehen? Es muß selbst dem Fröhlichen einleuchten, daß die Künstler da nicht mehr ändern können als das bekannte Singen der Amseln ändert im Bombensturm und Geschützlärm.

Martin Heidegger / Eduardo Chillida
Die Kunst und der Raum

Der Philosoph und der Künstler, Bedenker des Raumes der Eine, und der Andere Bedenker des Raums auch, und Beide auf den Blättern eines Buches vereint. Es war ein unalltäglicher Plan der Galerie im Erker, Heidegger auf Solnhofener Stein schreiben zu lassen, auf den sonst Künstler zeichnen, und ihn mit einem so großen, so energischen Former wie Eduardo Chillida zusammenzubringen, so daß man daraufkommen muß, wenn man nicht schon vorher darauf kam, Heidegger zu lesen wie Dichtung. So, als ob eine Seite ein graphisches Blatt sei: es beglückt und erhellt durch das, was es dem Verstand sagt, wie auch durch das, was es über allen Verstand zu verstehen gibt. Die Wörter, aus welchen so eine Seite besteht, überbringen nicht bloß Nachrichten, vielmehr sie senden. Energien, die sich mit diesen Wörtern verbinden, reiten auf ihnen wie Münchhausen auf der Kanonenkugel, so daß sie (welches Abenteuer) in die belagerte Festung eindringen, das ist die Seele des Anderen.
Wenn ich dieses Buch, dessen Hinausgabe wir feiern, auf seinen Platz stellen soll, bitte ich mir zu erlauben, zwei, drei Sätze über die Tradition solcher Bücher zu sagen, die erst seit ein paar Jahrzehnten besteht, und große Künstler mit großen Meistern des Wortes zu großen Büchern vereint.

Illustrierte Bücher hat es immer gegeben: Erzähltes, von Bildern begleitet, der Fantasie auf die Beine geholfen. Aber das war sonst eher eine Sache der petits maîtres: Chodowiecki, Gravelot, Rodolphe Toepfer, Gessner, allenfalls Doré, Ludwig Richter, Pocci. Auf einmal, in den dreißiger Jahren unseres Jahrhunderts, kommts anders. Wie so viele Türen stieß auch diese Picasso auf; das war 1929. Der große Verleger Vollard nämlich drängte Picasso, eine Novelle Balzacs, den Chef d'Œuvre Inconnu zu bebildern. Es ist die Geschichte des genialen Malers Frenhofer, der ein Jahrzehnt lang an einem einzigen Bilde gemalt hat, das niemals jemand gesehen hat. Eines Tages aber gewährt er einem Malschüler, der ihm eine erstaunliche Skizze gezeigt hat, es ist der junge, noch unbekannte Poussin, und seinem schönen Mädchen den Zutritt. Das Zimmer öffnet sich, der Vorhang geht weg, und die beiden Jungen sehen – nichts, Unverständliches, einen Wirrwarr von Linien und Flächen, den sie nicht entziffern. In der folgenden Nacht erhängt sich Frenhofer.

Vollard und Picasso haben die Geschichte offensichtlich als Schlüsselgeschichte des Kubismus gelesen. Wie dieser Malschüler (und es würzt die Geschichte, daß es sogar ein junges Genie ist), wie dieser Akademieschüler stand man ja vor den kubistischen Bildern, in denen alles verrückt war. Und die nur ein exemplarischer Fall aller Kunst sind, wenn sie auftritt. Auftritt, erschreckt, verwirrt und befremdet. Das Leben ging so gewohnt, so heimisch, da tritt das Kunstwerk als fremdes ein, unangemeldet, kaum willkommen, unannehmbar, oder annehmbar nur mit Mühe, verständlich nur Wenigen, die (darf man sagen) das Erschrecken gewöhnt sind, – und wir Alle wissen nicht genau, ob ein solches Werk nicht in dem Maße verliert, wie sich seine Befremdlichkeit abbaut.

Picasso brauchte, wir verstehen, nicht Szenen, die in der Frenhofer-Geschichte vorkamen, abbilden. Er hatte sie ja schon illustriert, bevor er jenes Buch machte. So spielte er eben seinen Flötenpart nebenher, spielte eben Picasso. Illustrieren heißt ja auch gar nicht abbilden, es heißt: erhellen, aufzünden.

So war unser Typus geschaffen. Seitdem ist es schöner Brauch unseres Jahrhunderts geworden, daß Künstler und Dichter sich in Büchern zusammentun, Bekenntnisse zu einander ablegen, Dokumente der Freundschaft und des gemeinsamen Zieles, Wegmarken. Picasso selber hat, ohne Beispiel, mehr als hundert solcher Bücher gemacht, darunter, wie Jedermann weiß, Hauptwerke. Max Ernst, der andere Große, hat von 1919 bis 1969, durch fünfzig Jahre, die entscheidenden Schritte seines großen Weges in Büchern gemacht. Braque, Miró, Henri Laurens, Wols, Hans Arp, Giacometti, Salvador Dalí, Tàpies, und andererseits Paul Eluard, Rimbaud und Lautréamont, René Char, Camus, Kafka, antike Schriftsteller –: viele und kostbare Bücher, und über die meisten von ihnen ließe sich eine Geschichte erzählen. Die Gesellschaft, in die unser Buch tritt, ist eben illuster.

Ein großer Typus also. Was liegt ihm zu Grunde? Was ist es, das Künstler und Schreiber antreibt, Bündnisse zu schließen und dies aller Welt mitzuteilen? Was bewegt sie, Freundschaft zu suchen? Was ist es, das da zweistimmig gesagt wird? Es muß ein großes Motiv sein. Was treibt den Denker dorthin? Es ist ja nicht herkömmlich. Es ist nicht bekannt, daß große Philosophen viel Auge für das hatten, was Künstler treiben; es ist nicht gerade von vielen bekannt, daß sie glaubten, daß ihre Wahrheit und die Wahrheit der Künstler vor ein und denselben Wagen gespannt sei. Was treibt also den Denker, zu sagen, daß er eher auf der Seite der Kunst steht? Auf welcher Seite will er denn also nicht stehen?

In einem Jahrhundert, in welchem die Weltausrechnung fortschreitet, in welchem der Begriff der Wissenschaft nicht mehr den meint, der etwas gewiß weiß, sondern das viel zuviele Gewußte –, in welchem nicht wenige Forscher bekennen, daß sie vom Fortsturz ihrer Forschung verstört sind –, in dem Nobelpreisträger gestehen, daß ihre Wissenschaft ihre Angst sei, da »wir wüßten, was wir nicht wissen sollen« –, gleichwohl machen sie weiter, freilich, denn die Zeiten sind lange vorbei, wo man sagen durfte, daß man Forschung, Wissenschaft treibe, sie treibt uns ja, nicht wir besitzen sie, sie besitzt uns, wir sind die Besessenen, und das ist nicht zu ändern, es wäre kindlich und irreführend, weit unheilvoller und schlimmer, zu einem Zurück aufzurufen –:

in solcher Lage ist es schon zu verstehen, wenn Denker aus Datenland auswandern,

wenn sie wünschen, bei der großen Auszählung eher auf der anderen Seite zu stehen,

bei den Künstlern, diesen blinden Schwimmern, diesen Gehern und Findern im Nebel,

denen die Welt nicht errechenbar scheint, vielmehr unberechenbar, unvorhergesehen,

bei den Künstlern, die in diesem Jahrhundert zwei große Erlebnisse hatten, den Surrealismus und Dada, und beide haben Aufstandscharakter gegen die Diktatur der Weltausrechnung, gegen die totale Steuerung, gegen die Abschaffung des Zufalls; beide bekunden: die Welt, bis ins Letzte bewußt gemacht, ausgerechnet, gesteuert, ausgeforscht und gelenkt, sei nicht, keines Weges, die Heimat der Künstler,

die nicht den Wunsch haben, die Dinge unfrei zu machen, sie zu steuern, zu knechten, (eine Repression, von der niemand spricht, ein Klassenkampf ohne Anwalt),

bei den Künstlern, die sich in der Neuzeit als Unterstimme empfinden, die nicht mehr hoffen dürfen, Oberstimme zu sein, denn die Künstler werden die Weltausrechnung nicht hindern, sie werden sie nicht einmal stören –, auch nicht als Opposition mißzuverstehen sind, denn da würden sie das große Spiel ja nur mitspielen,

bei den Künstlern, die, strack entgegen dem Optimismus,

der die Weltausrechnung antreibt, vom Verlust abstammen, von der Trauer genährt sind, geborene Auswanderer,
bei den Künstlern, deren Handwerk von jeher war, das vermeintlich Durchschaute schwer durchschaubar, das Begriffene unbegreiflich, das Gewohnte ungewohnt, das Oftgesehene wie niegesehen, das Vertraute unvertraut und das Heimische wieder unheimlich zu machen,
und im Rätsel den Rat zu suchen, wie Frenhofer.

Über Altenbourg

Wer lebt so

Das sagt sich leicht: Zwanzig erfolglose Jahre. Und täglichnächtliche Anstrengung, zwölf, sechzehn Stunden, bis zur Erschöpfung. Und kein Mangel an Ratgebern: Das wird doch nie etwas. Warum machen Sie das. Bei Ihrer Begabung, Ihrer Belesenheit, Ihrem Wissen, bei Ihrer Darstellung. Sie könnten Archäolog sein, Theolog, Bultmann-Nachfolger. Oder Völkerkundler. Oder Literarhistoriker, Geschichtsschreiber des Jahrhundertanfangs bis hin zu den zwanziger Jahren, großer Erzähler dessen, was damals geschah, großer Beschreiber, wer kann das noch, wer will das, die wollen doch Alle bloß ihre Klugheiten hochkrampfen, ihre Skelette klappern hören im Wüstenwind ihrer Abstraktionen, auf die sie so stolz sind, ihre Lebensfeindschaft auskrähen. Aber Sie. Sie könnten Bücher geschrieben haben, die man lesen kann; da wäre hinter den Seiten etwas zu sehen. Ein Lehrstuhl so gewiß wie nur etwas. Sie könnten wer sein. Und da verrennen Sie sich in diese Sackgasse. Ein Maler.
Auf der Tabelle der Lebensdaten stellt sich das etwas anders dar, ein bißchen freundlicher, in der Raffung. Ausstellungen in privaten Galerien in Erfurt, Halle und Leipzig. Eine

Handvoll leidenschaftlicher Sammler, die früh den Blick hatten, in Berlin, in Dresden. Doch von 1947 bis 1969 ist lang.

Zwanzig Jahre eingezogenes Leben. Wer von uns lebt so. Termine: entfallen. Telefon: ohne. Fernsehen: muß ein Gerücht sein. Post: wenig und wenn, dann Briefe, wie man sie früher bekam und jetzt nicht mehr. Tagungen, Sitzungen, Ausschüsse, Verhandlungen, Vernissagen, Messen, Ehrenämter, Vorsitze: keinerlei Anzeige. Geschäfte: fast null, fehlen. Reisen, wo hier jeder Dreißigjährige ein oder zwei Dutzend Länder in zwei, drei Kontinenten beschmeckt hat, und jeder Vierzigjährige mal eben nach Paris oder Brüssel oder London oder New York muß, Alle Landstörzer: Reisen entfallen. Zeitschriften, diese Apparaturen des Schnellwiedervergessens, Zeitungen, die uns die Haare vom Kopf fressen: weit, weit weg. Zerstreuungen und alles, was man gesehen, gelesen, gehört haben muß: findet in der kleinen thüringischen Residenz, die trüb zerfällt, ohnehin nicht statt. Der Götze Verbrauch, dem wir hörig sind: abwesend, aus mehreren Gründen. Kein Tee, kein Kaffee, Wein, Bier und Schnaps nicht, denn, so wird als Begründung angeboten, das hieße den Antrieb antreiben, der ohnehin dasei, und führe somit zur Blockade.

Das alles also entfallend. Und so zwanzig Jahre in Hochspannung.

Dem Leben fern, bin ich dem Leben näher. Da hatte man gedacht, man wisse, was der große Vers sagen will. Doch muß man einsehen, man hatte seinen Pendelausschwung nach der einen und nach der anderen Seite hin noch unterschätzt.

Was für ein Œuvre

So kann es denn kommen, daß ein Vierzigjähriger ein Œuvre von elfhundert Blättern vorzeigt, deren jedes einen solchen Reichtum an Einfall, eine solche Dichte, eine solche Vielfalt der Malweisen aufweist, daß Viele, die eine der fünf Brusberg-Ausstellungen der Jahre 1969 und 70 betraten, ausriefen: Aber das ist ja Vorzeit. Wer kann noch so arbeiten, wo nimmt der die Zeit her? Soviel Zeit gibt es doch gar nicht im Plakat-, Acryl- und Quadratmeter-Zeitalter; soviel Zeit gab es früher.
Und dann noch vierhundert Grafiken, wobei ihr Autor über Grafik der Ansicht ist, daß Auflagen von 75 und 100 und 150 Abzügen Kommerz seien; er macht, gern selbst an der Presse stehend, kaum mehr als sechs, zehn, zwölf Abzüge und variiert gerne jeden.
Und der Eigensinn auf dem Gipfel: Handgeschriebene Bücher, zwölf sind es bisher, und das letzte, noch unfertig, ist seit 1964, also seit sechs oder sieben Jahren in Arbeit und hat dreißig Federzeichnungen, die aus Helligkeiten bestehen. In wessen Gemüt der Gedanke an Umsatz, Öffentlichkeit, Ausschreiung auch bloß einen Winkel bewohnt, der müßte sagen: Hier spinnt Einer. Hier ist Einer ins falsche Jahrhundert geraten. Doch meinen wiederum Andere, ein Jahrhundert sei immer das falsche, sofern man ihm nachlaufe.
So ging das, so geht das in dem Hause am Stadtrand, das der Vater, der Pfarrer, vor vierzig Jahren gebaut hat und nun das Fort ist, der Hafen, Port Lligat in thüringischer Kleinstadt, und über dessen Haustür angeschrieben sein könnte, was Salvador Dalí 1958 aufschrieb: »Port Lligat: Anderwort für asketisches, einsames Leben. Dort habe ich gelernt, einfach zu leben, mein Denken zu versammeln, zu schärfen, damit es schneide wie eine Axt. Ein Leben ohne Schnörkel, ohne Wein, doch getaucht in einen Schimmer von Ewigkeit.«

So geht das. Geht freilich nur, wenn man eine Schwester hat, die viel Last trägt. Denn die Aufzählung von vielem, was mangelt, könnte auch wieder ein falsches Bild geben. Man kommt, und das Neueste liegt auf dem Tisch. Ein teurer Band über Nicholson, den man noch gar nicht gesehen hat. Zettels Traum. Arno Schmidt, beispielsweise, überhaupt vollständig. Und, weiß der Himmel, wieso, Unterrichtung vom Neuesten, sofern es wichtig ist für dies Leben. Und Maßanzüge vom Schneider Unter den Linden; ich wüßte gar nicht, wer aus meiner Bekanntschaft noch Maß trüge. Eine Schuh- und Handschuh-Sammlung wie lange nicht mehr gesehen. Ich fühlte mich an eine Tagebuch-Stelle von Paul Klee erinnert, nach einer Begegnung mit Rilke, 1915 in München: »Rätselhaft ist mir diese perfekte Eleganz seines Äußeren. Wie man das bloß macht?«

Thüringen, Thüringen

Eine Existenz wie die ist nicht ortlos zu denken, nicht ohne zugeborene Landschaft. Es ist Thüringen. Thüringen, das einst so anders in der Geographie lag. Thüringen, ein Name, der bei denen, die jedes Jahr weniger werden, Empfindungen aufruft, die man den Jüngeren, denen das bloß noch ein weißer Kartenfleck ist, gar nicht sagen mag. Land Luthers und Thomas Münzers, sämtlicher Bache, Wielands und Herders, Goethes und Schillers, Jean Pauls, des Novalis und der gesamten Jenenser Romantik, Fichtes, Robert Schumanns, Liszts, Nietzsches, Schulpforta, Naumburg, van de Veldes, des Grafen Kessler, Weimarer Bauhaus, der unzähligen Dorfkirchen Feiningers: weißer Kartenfleck. Keine Erinnerung, keinerlei Meldung. Kalifornien: ja. Manhattan: da kennt Jeder sich ungefähr aus, das kann nicht mehr als Ausland gelten. Tokio: schon. Marokko, anatolische Südküste: ohnehin jeden Sommer. Rom, Barcelona. Kenia, die Bahamas: da ist immer Einer aus jeder

Abendgesellschaft gewesen. Aber Thüringen? Dieses Land, das man ehedem nie ohne Atemziehen betrat – und nun geht man wie im schlimmen Traum durch die kleineren, mittleren Plätze mit den brennenden Namen und muß denken: doch ein großer Mann, der Beuys. Sah dem Jahrhundert ins wahre Gesicht.

Erziehung

Von 1948 an zehn Jahre Weimar, Hochschule. Es dürften die prägenden Jahre dieses Lebens gewesen sein, Vorrat für lange. Da war auch einer jener namenlosen Anreger, man kennt den Typus: Hochbelesen, voller Entwürfe, doch nicht mit dem Fertigmachen begabt. An einem großen Werk schreibend, das niemals herauskommt. Sich mündlich verströmend, durch bloße Gegenwart Niveau straffend. Kreisbildend. Unabhängig von Geltung oder Nichtgeltung, ausgetreten aus der Öffentlichkeit: welche Freiheit. Ohne Ehrgeiz, ohne Machteifer. Von der Novität unbestochen. Kritisch, nichts Halbes durchgehen lassend. Aus Jüngeren herausholend, was gar nicht drinnen war. Damals, in den späten vierziger und den fünfziger Jahren in Weimar hießen diese Erzieher (ich weiß nicht, ob alle Züge des Typus auf sie zutreffen): Fritz und Thea Henning.
Dies, und vier, fünf nächtliche Lesestunden. Und ein brillantes, niemals mißbrauchtes Gedächtnis. Und Versessenheit in Bibliotheken, und der mehr schrullige Hang zur Verzeichnung, zur Bibliographie, zur Vollständigkeit, Tic des Hirtenhunds, alle sollen beisammen sein: das muß eine Belesenheit, eine Präsenz geben, die stupend ist. Kenner und leidenschaftlicher Liebhaber der Menschheitsdämmerer, der Landsleute Alfred Lichtenstein und Jakob van Hoddis. Genauer Kenner, leidenschaftlicher Bewunderer und Sammler von Theodor Däubler, Arno Holz, das Riesenwerk: wenn man ihn hört, wird der zu einer großen, neuen

Figur. Johann Heinrich Merck, eine Lieblingsgestalt. Benn-Zitierer, versteht sich. Beckett: jede Zeile. Der Lyriker Arp geliebt: das war zu erwarten. Ernst Jandl, der Mehrdeutigkeit wegen, des zufließenden, wegfließenden Bedeutungsstroms halber, der bei Jandl durchs Wort, bei ihm selber durchs Bild geht; das strömt her, stellt sich ein, fließt weg, ist nicht festzuhalten. Turgenjeff-Leser, Majakowski. Man kann ihn auch Schillers Gedichte rühmen und, was selten wird, Thomas Mann verteidigen hören. Otto zur Linde, man hätte es beinah gedacht. Novellen von Platonoff werden treu wiedergegeben. Verachtung für die schnöseligen Rilke-Verächter, weil das jetzt eine Weile für schick gilt. Rudolf Borchardt: hier trifft man Einen aus der kleinen Schar, die mit ihm rechnet. Ernst Jünger: ein alter Bewunderer, nicht eingeschworen, doch frei vom dummen Parteihaß. Dramenleser: sowohl Gryphius wie die Stürmer und Dränger, wie die jungen Deutschen, Gutzkow, wie Fritz von Unruh, von dem auch ich glaube, daß er eines Tags wieder aufsteht. Tieck und Brentano. Präsenz auch in abgelegenen Provinzen: Hebbels Tagebücher, Herders Kritische Wäldchen: in Altenburg in Thüringen wohnt wer, für den sie den Seminartod nicht starben, ein Leser, ein wirklicher Leser. Denn wenn man das alles so hört, es könnte gespeichert sein, bloß ins Fach getan, Fachwissen. Eben nicht. Nächte voll Lesung, Tage voller Behaltung. Nimmt man ein so leidenschaftliches Wissen an einem Mann wahr, dessen Zeugungskraft, dessen Hervorbringung seine noch größere Kraft ist, so kann man sich nur in die Bewunderung retten.

Literatur

Bedichtete Dinge

Immer muß erst der Dichter kommen und sehen; wirklich sind nur die bedichteten Dinge. Ich hatte es in den vergangenen Tagen mehrere Male gedacht. Einst haben die alten Maler, Lukas Moser, Witz, Jan van Eyck dieses weiße Wellengespinst, diesen Tüll überm Wasser gesehen. Sie fanden heraus, daß erst dieses Gitter das Abgrundtiefe der Meeresstille ausmacht. Heute siehts jeder. Und Caspar David Friedrich, der so vieles zum ersten Mal sah, hat die atmosphärischen Fächerstreifen gesehen, die es zuweilen bei Sonnenaufgang und Untergang gibt und die eine so starke Erinnerung an den Schöpfungsmorgen erwecken. Ist so etwas einmal gesehen, dann kann, muß das Jedermann sehen.

Glücklich alsdann die Dichter, deren Namen man über dem, was sie sahen, vergißt. Ihr Ruhm ist vollkommen.

Also, *wirklich* sind nur die bedichteten Dinge.

Die Welt als Vexierschloß

Rede auf Uwe Johnson zur Verleihung des Fontanepreises in Berlin

Es freut mich, daß ich jetzt nicht zu sagen brauche: für den Fontanepreis kündige ich Ihnen ein neues Talent an, das sich durch eine außergewöhnliche literarische Leistung schnell bekannt gemacht hat, und dem nun einige Superlative zu schmettern, ich die Aufgabe hätte. Sondern, daß ich das folgende sagen kann: es schien uns in Ordnung, dem jungen, sogar außergewöhnlich jungen Uwe Johnson die Ehre des Fontanepreises zu geben, die sonst doch eher reifen Meisterwerken zufällt, weil sein Buch, ein Erstling, die »Mutmaßungen über Jakob«, den Leser allgemeiner und stärker als bloß im Literarischen trifft. Voller Gegenwart, voll Bedrängnis kommt es wie der Alpdruck unseres geteil-

ten Landes daher. Der deutsche Alpdruck, verdichtet. Sie wissen, dieses Buch, diese Dichtung kommt über die Grenze, die wir nicht anerkennen und die es doch mit jedem Tage mehr gibt, nicht ganz ohne Schuld des westdeutschen Einzelnen, der vor lauter Mitleid die Augen und die Ohren zuhält.
Also, auf einmal kommt aus dem freudlosen Nebel der Zone ein Buch, aber es kommt weder mit einer fertigen Meinung von drüben noch drängt es zu einer fertigen Meinung, die man hier gerne hörte. Es fußt in der Zone, die Blicke, die Fäden gehen hinüber, herüber, doch der Autor tut weder dem Leser noch sich den Gefallen, Stellung zu nehmen. Was denn also? Vielleicht glaubt das Buch nicht, daß es gerade Meinungen seien, woran es in der gegenwärtigen Welt so sehr fehle. Und übrigens hat ja jedermann seine.
Hier, meine ich, liegen die Tabus unserer Zeit. Im moralischen Umkreis sind sie doch abgebaut; beim Verletzen solcher Tabus sind künstlerische Lorbeeren kaum noch zu holen, und auch die Gänge in den Ruinenlandschaften so zusammengestürzter Tabus haben angefangen, ein bißchen öde zu werden; man trifft dort Romantiker des Tabus sozusagen, die sich im Anschein von Kühnheit einer überholten Beschäftigung widmen. Wie auch kann man sich darauf verlegen, ein Publikum provozieren zu wollen, das seine Lust darin findet, sich provozieren zu lassen? Da wird man schnell altmodisch. Hier aber: zwei Deutschland und Jakob der Gerechte, ein Verläßlicher, ein Gesetzestreuer, ein redlicher Diensttuer, der bereit ist, sich zur Verfügung zu stellen –: und keinerlei Orientierung? Hier liegt von allen Gemiedenes.
Es ist kein Vergnügen (sofern Sie nicht Leser sind, will ich das lieber gleich sagen), sich durchs Gestrüpp dieser Vorgänge, über die niemand schlechter orientiert zu sein scheint als der Verfasser, zu drängeln. Aber der Stil deckt sich mit dem Befund. Das Sichnichtauskennen, das Nichtgenugwissen, das Unverläßliche (ich merke an, daß das

Rilkewort »verläßlich« ein Lieblingswort dieses Buchs ist) regiert. Dieser Stil hat sich in sich selbst verfitzt, aber so ist halt die Lage. Sprache ist Lage, die Lage ist sprachlich geworden. Das ist zu bewundern. Vergessen wir doch nicht, daß das Wort etwas anderes ist als bloß seine Meinungsinhalte. Auch das Wort ist stärker in seiner Leidensgestalt.

Ich denke, man muß dieses Buch als ein Dokument der Gefangenschaft lesen: neues Glied einer langen Kette aus diesem Jahrhundert. Sind nicht alle Merkmale der Gefangenschaft da: Verbot, sich frei zu bewegen, Überwachung, ausgetüftelte Lebenskontrolle, das Leben nach Fahrplan, dazu das Unüberschaubare der Lage, das Nichtorientiertsein, dazu Sorgentraum und die Übertreibung, die aus der Ohnmacht entspringt, da Gefangenschaft ja das Spinnen begünstigt, das Spinöse also, und daß ich nicht die lichteren Seiten der Gefangenschaftslage vergesse: die Sammlung, der Rückgriff aufs Wenige, Verminderung als Verdichtung. Und noch etwas Seltsames wäre zu nennen: eine widersinnige Anhänglichkeit an den gefangenen Zustand; auch damit heißt es zu rechnen.

Freilich, es fragt sich, ob sich das Labyrinthische dieses Buches im Politischen, im Realen erschöpft. Ich kann es nicht glauben. Über das Aktuelle hinaus scheint die Welt ein undurchdringliches Dickicht. Die Welt ist zur hochkomplizierten, geplanten, überplanten, zur unverständlichen Fremde geworden. Falsche Wegweiser, Irrlichter, Phantome im Nebel, die sich beim Näherkommen als Fälschung erweisen; Verläßliches, Unverläßliches durcheinander. Überall Spuren: aber wie viele von ihnen sind falsch? Wie viele verlieren sich, wie viele führen ins Leere? Die Welt als Vexierschloß: auch mit dem richtigen Schlüssel kann man nicht schließen.

So also ist diese Prosa. Sie meint es nicht, aber sie ist es. Alpdruck des Landes, sprachlich geworden. Aber weiter kann man doch überhaupt nicht beim Schreiben gelangen, als wenn Sprache sich nicht im Gesagten erschöpft, vielmehr so ist. Wenn eine Not zum Stil, eine Sorge zum Vers, eine Hoffnung zum Satz wird. Daß dies aus einer Provinz kommt, aus der wir nichts oder wenig erwarteten, erlaubt, so meine ich, in einer äußersten Formulierung zu sagen: der Atlas unseres Schrifttums habe sich mit dem Auftritt dieses Buches verändert. Denn Neuland auf solche Weise gewonnen, Land, als wäre es nie gesehen, entdeckt und erschlossen zu haben, erscheint immer noch aufregender, wichtiger, aller möglichen Opfer wohl werter als Mondflüge, Sonnenflüge und andere Ferienflugreisen, die im Vergleich dazu etwas Pueriles, Pauschales und lediglich Quantitatives besitzen.

Brief an Uwe Johnson

Istanbul, am 13. Mai 1971

Lieber Herr Uwe Johnson,
schon seit Wochen, richtiger: seit Monaten will ich Ihnen bei Gelegenheit sagen, wie helle und lange Freude mir Ihre »Jahrestage« machen. Sie mögen derweil in einem Alter sein, in welchem man findet, daß Leserbriefe das Langweiligste auf der Welt sind und ihre Lektüre verschiebt. Aber meine Frau, an die Sie sich erinnern werden, sagt jedes Mal, wenn ich lobe: So schreibs ihm doch. Nun lese ich das Buch zum dritten Mal, wann passiert Einem das schon bei Neurem, mir nie. Also bin ich befreundet mit Sam, Robinson und Shakespeare, bewege mich ganz natürlich im Haus von D. E., und daß ich Marie liebe, versteht sich am Rande. (Unsere Tochter Nikolin ist elf, hat aber nicht so viel Welt.) Ich zähle die zwei Seiten mit den Sätzen der kleinen Schwarzen, die vom Nebenzimmer aus mitgehört werden, zu dem Ergreifendsten in der neueren Literatur. Nicht weniger die Szene zwischen de Rosny und Marie, wegen der Allüren von de Rosny, überhaupt den ganzen Abend da

draußen. Miss Amanda glaube ich persönlich zu kennen ... und so fortan, so fortan.
Sie hätten die Komplimente an Kristlein und andere nicht nötig gehabt, denn Sie werden sie Alle bei weitem überleben. Ihre Stärke liegt in Ihrer Rücksichtslosigkeit, Ihrer Unabhängigkeit von der Öffentlichkeit, Ihrer Genauigkeit, Ihrer Treue, Ihrem harten Nacken, Ihrer handwerklichen Askese, oder zusammengefaßt: Ihre Sturheit ist Ihre Stärke.
Gott erhalte sie Ihnen.
Ich grüße Sie herzlich, Ihr

Erhart Kästner

Ich sandte neulich ein Exemplar nach Thüringen, nicht auf dem gewöhnlichen Wege, versteht sich, sondern an eine Stelle, die »eine Nummer hat«, also alles empfangen darf. Das Verbotenste ließen sie so an die Endadresse. Nur dieses Buch, im Lauf der Zeit erster Fall, war schon vorher »von der Zollbehörde entnommen«.

Auf Günter Eich

Die Anfänge von Günter Eich hängen mit Martin Raschke zusammen, den keiner mehr kennt, dessen Werk, das keineswegs klein ist, erlosch und dessen literarische Intelligenz, dessen Wirkkraft und Gestaltungskraft doch bedeutend war, so daß ich mich tausendmal fragte, welche Rolle er spielen würde, hätte er den Krieg überlebt. Mit vierundzwanzig Jahren gründete er die flugblattartige Zeitschrift Kolonne, deren Ruhm es bleibt, Günter Eich, die Langgässer, Oda Schäfer, Horst Lange, Martha Saalfeld wenn nicht zum ersten Mal gedruckt, das weiß ich so genau nicht, so doch zum Kreis zusammengezogen, und den jungen Peter Huchel unter fünfhundert und siebenundvierzig Einsendern mit dem Lyrikpreis der Kolonne ausgezeichnet zu haben.

Als in den fünfziger Jahren etwas zum Gedächtnis Martin Raschkes, den man einen Lebensfreund Günter Eichs nennen muß, geschrieben werden sollte, druckste Eich lange herum, schrieb schließlich, er sei außerstande, etwas über Raschke zu schreiben, doch er werde halt einige Gedichte auf ihn liefern. Es waren dann fünf. Sie sind mir abhanden gekommen, doch behielt ich die bedeutenden Zeilen:

> ... die Scham, daß das Überlebende recht hat ...
> und:
> ... während du teil hast an Gedanken,
> das Gespräch lenkst durch deinen Tod,
> mitschreibst an Gedichten ...

Eines Abends waren Martin Raschke, Eich und ich zusammen in einem russischen Emigrantenlokal, ich glaube, daß es Die Troika hieß, in der Kleiststraße, Berlin. Alle drei in soldatischer Verkleidung, es war schon im Krieg. Zuvor hatte mir Raschke gesagt: »Der Eich, der lernt jetzt in einem fort Gedichte auswendig, denn er sagt, die werde man im Unterstand brauchen.« (Man stellte sich den zweiten Weltkrieg nach dem Modell des ersten vor; so ist das ja immer.) Raschke sprühte; immer wenn Raschke da war, ging's hoch her. Eich schwieg. Es gibt gemütliche Schweiger; ein Schweiger kann sein wie ein Ofen. Das konnte man in seinem Falle nicht sagen. Obwohl Eich mit Raschke schon seit Jahren vertraut war, von Befangenheit also nicht die Rede sein konnte, es war eher ärgerlich, wie er schwieg. Von Raschke aufgefordert, etwas zu diesem und jenem zu sagen, sprach Eich. »Ich bin ohne alles kritische Vermögen.« Ich glaube, es war der einzige Satz, den er an jenem Abend von sich gab.

Rudolf Kassner, bei ähnlichem Anlaß, als nämlich Rilke, wie Kassner schreibt: »sehr erregt äußerte, er wolle ja gar nicht kritisieren, es liege ihm nichts daran«, wirft die Frage auf, ob männlicher Geist überhaupt sein könne ohne Kritik, da *krinein* doch unterscheiden, stufen und sondern,

vorziehen, zurückstellen, auslesen heiße und somit kein Hervorbringen sei ohne das. So Kassner, der Lebensfreund, Bewunderer Rilkes und sein Richter.
Nun freilich. Aber männlicher Geist hin und her, offenbar, wie die zwei Fälle beweisen, ist es möglich, ein großer Dichter ohne kritisches Vermögen zu sein.

Große Dichtung.

Die Pfirsiche sind geerntet, die Pflaumen färben sich,
während unter dem Brückenbogen die Zeit rauscht.

Seitdem ich diese Verse zum ersten Mal las, vor wie vielen Jahren, bin ich gezwungen, einen Brückenbogen zu sehen, ein bestimmtes Stromrauschen zu hören und davon betroffen zu sein, daß es meine Zeit, jedermanns Zeit ist, die so dahinschießt. Welche Brücke und welcher Strom, ist meine Sache, jedem anderen gleichgültig; es ist meine Angelegenheit, daß es der erste Bogen der Steinernen Brücke in Regensburg ist und der gefährliche Donau-Strudel, der darunter hinschießt, ein Stück meiner Kindheit, also für jeden anderen ohne Belang. Was aber nicht gleichgültig ist: daß dieser Vers voller Überfall, voller Eröffnung eine Ortung herbeizwingt. Ein großer Vers, ein großer Gedanke, so meine ich, will einen Ort haben. Es ist, so meine ich, das Abzeichen eines großen Verses, eines großen Gedanken. Wie der Blitz niederfährt in einen Ort dieser Erde und dort etwas einschmilzt, so muß ein großer Vers, ein großer Gedanke in eine Ortschaft fahren, in eine Landschaft. Ich meine, daß ein Gedanke nichts wert sei, solang er kein Land hat. Keinen Ort und kein Schicksal. Keinen Körper mit Freuden und Schmerzen. Denn es gibt keine landlose Wahrheit. Ein landloser Vers, ein kraftloser.

Aber Eich.

... das Gerüst des trigonometrischen Punkts.
Hier fiel es mich an,
vor der Wand des hügeligen Gegen-Ufers,
der Beginn der Einsamkeit,
hier ohne Boote und Brücken,
das Schilf der Verzweiflung,
der trigonometrische Punkt...

Da ist er, der Überfall, der Umschlag. Das Aufgehen einer Tapetentür, die vorher keiner bemerkt hat und die, zu unserem grenzenlosen Erstaunen, in einen Raum führt, den wir hier nicht vermuteten, in dem wir aber, wie uns scheinen will, schon einmal waren, der uns vertraut ist.
Erst ist eigentlich nur Banales da; ein Müllplatz, banaler kann nichts sein. Aber dann:

... wo sich verwischt die goldene Tassen-Schrift,
im Schnörkel von Blume und Trauben,
wird mir lesbar, – o wie es mich trifft:
Liebe, Hoffnung und Glauben.

Große Dichtung, so meine ich, kann nicht sein ohne diesen Umschlag, ohne diesen plötzlichen, überfallartigen Eintritt von Schicksal, Menschenlos, Angst, Glück und Sorge. Ich müßte es ertragen, wenn man diesen Satz eine Trivialität nennte. Da ich aber sehe, daß allenthalben, in der bildenden Kunst ist es auch so, diese Betroffenheit weggeschoben wird zugunsten irgendeiner dürren Doktrin, irgendeiner Cerebralie, die eine documenta lang hält, dann kein Gelächter durch die Nase mehr wert ist – so muß eine Trivialität halt gewagt werden.
Jetzt, wo Günter Eichs Arbeit getan ist und man nicht mehr in sie hineinblickt, vielmehr darauf zurückgeblickt werden muß, wird deutlicher, wieviel Facetten sie hat. Großer Reichtum. Vielen scheint er als Dramatiker am bedeutendsten zu sein. Andere fasziniert Eich als Spät-Dada; wie Dada

ursprünglich frech, jung, zertrümmernd und aufständig war, so Eich-Dada müd, achselzuckend, aufgebend. Wieder anderen, zu denen ich mich rechne, ist dies Eich:

Packe dein Bündel zusammen, das nicht zu schwer ist,
denn niemand hilft tragen.
Mach dich verstohlen davon und laß die Tür offen,
du kommst nicht wieder.

Es gibt ein Gerücht, Beckett habe Günter Eich den Matthias Claudius dieses Jahrhunderts genannt. Mit Siegfried Unseld am Tisch und dies zur Sprache gebracht, stellte ich richtig: Wohl, daß Beckett den deutschen Dichter Matthias Claudius verehre, kenne und seine Verse auswendig zitiere. Andererseits, daß die Tonlage Eichs der des Matthias Claudius vergleichbar sei, mag vielen einleuchten. Das Weitere sei kurzschlüssig, Legende. Dennoch, ich meine, daß die Legende, Beckett habe es über den Eich gesagt, so viel Wahrheitskern hat wie andere Legenden, die wahr sind und nicht wahr.

Brief an Ernst Jünger

Wolfenbüttel, am 1. Februar 1956

Lieber Herr Jünger,
ich freue mich sehr über Ihren Brief. Ja, es war ein schönes Fest in Bremen. Die verstehen so etwas zu machen. Schroeders Geburtstag: Ihr Preis, am nächsten Tag Mozarts Geburtstag und der Preis an Orff: das hat Art. Und dabei gewinnt die Rede Schroeders doch erst ihr Profil, wenn man bedenkt, was es den alten Humanisten und Klassizisten, der keineswegs 18 Jahre, sondern 180 Jahre älter als Sie ist, gekostet haben muß, Ihnen gerecht zu werden. Zu dem Komplex meiner Erinnerungen an diese Sache gehört sein Gesicht, ich sehe es vor mir, als nach dem Beschluß des Kollegiums in demselben Zimmer, in dem wir den Vor-

abend verbrachten, die Frage beantwortet werden sollte, wer denn nun die Rede halte. Er zeigte gleich Neigung zu echappieren, da aber wurde ihm klar gemacht, daß eine Rede von ihm nunmehr in der Affaire darin sei. Und da war er denn viel zu klug, um das nicht sofort einzusehen. So hat er sich denn eine gewaltige Mühe gemacht, Ihr ganzes Werk gelesen und, in der Handreichung über so eine Welt hin, etwas zu Stande gebracht, was dokumentarischen Rang hat, was aber auch ganz Schroeders Gepräge trug und so niemand Anderer konnte. Was wäre dazu im Vergleich die Rede Eines gewesen, der, Ihrer Generation oder jünger, ohnehin mit Ihren Mitteln aufwuchs? So war es etwas, das herbeigeführt werden mußte, was Ihnen niemand Anderer darbringen konnte und was so auch nicht wiederkommt.
Ich flechte die Bemerkung ein, daß Sie Herrn Dr. Rudolf Hirsch, maßgebender Mann bei S. Fischer, ein außergewöhnlich gescheiter und belesener Mann, dazu außerordentlich gütig, wirklicher, legitimer Nachfolger des seligen Moritz Heimann und Oskar Loerkes, zu Ihren Freunden rechnen sollten. Vermutlich hätten Sie es von der Seite am wenigsten erwartet.
In der Funksache habe ich meine Aufgabe erfüllt, die ich darin sah, Ihnen zu versichern, daß die Veranstaltung nicht böse, sondern bestimmt gut für Sie gedacht war, wenngleich ich Einzelnes nicht weiß und nicht kenne, und daß sie nach allem, was ich über dies Funktribunal, eine ständige Einrichtung, weiß und höre, bestimmt nicht abträglich für Sie im Ganzen gewesen sein kann. Und dann, daß ich der Ansicht bin, daß so ein Modellprozeß von Ihnen im Hinblick auf die Kleinen und Jüngeren geführt werden oder nicht geführt werden sollte, die am Funk hängen und mit ihren Familien davon leben. Mag man über ihre Existenz und über ihre Lebensweise denken, wie man will, ich weiß freilich, daß Ihnen dieser ganze Betrieb zuwider ist (und auch mir kann er wurscht sein und ist es): aber erinnern Sie sich, was etwa der alte Richard Strauß für eine

Menge Modellfälle in Tantièmen-Fragen durchstand, um der Zunft willen. Die Ersten müssens doch schaffen. In Ihrem Fall bedeutet das aber, daß Sie Sendungen des Funks, die offensichtlich den Wunsch haben, in der literarischen Öffentlichkeit dem Anspruchsvollen Aufmerksamkeit zu erregen und andere als die vulgären Maßstäbe zu schaffen, nicht in den Arm fallen. Weiter habe ich in dieser Angelegenheit keine Mission und auch keine Meinung.

Was den »Sarazenen-Turm« betrifft, so liebe ich ihn – aber das wissen Sie ja. Ich las ihn zum zweiten Mal auf einer braunen Klippe der Insel Ischia (übrigens einer ausnehmend scheußlichen Insel, ich war bloß acht Tage wegen des wunderbaren Malers Gilles da), und nun geht mir dies Buch ganz und gar mit diesen braunen und löcherig-rauhen Klippen zusammen. Ich kann es lesen, wo ich will, auf dem weichsten Sessel, ich spüre die Klippen.

Ich grüße sehr herzlich Ihre liebe und verehrte Frau und bin Ihr

Ihnen immer ergebener Erhart Kästner

Über Paul Celan, im besonderen über den Rückzug der modernen Kunst ins Rätsel

Rede zum Bremer Literatur-Preis 1958

Theodor Fontane war siebzig Jahre alt, da schickte ihm ein uns nicht mehr bekannter Verleger, Paul Ackermann, auf schlechtem Papier schlecht gedruckt das Stück eines namenlosen jungen Autors Gerhart Hauptmann mit dem Titel »Vor Sonnenaufgang« ins Haus, Potsdamer Straße 134c, in Berlin. Nach drei oder vier Wochen erhielt Herr Ackermann von Fontane jenen Brief, der bekannt ist: »Sehr geehrter Herr, durch einen Zufall wurde auf meinem Riesenschreibtisch (einem alten Erbstück) das G. Hauptmannsche Stück verpackt und verschoben, so daß ich es erst am Freitagabend wiederentdeckte. Ich machte mich an die

Lektüre, las an demselben Abend den ersten Akt und gestern den Rest. Ich war ganz benommen und kann Ihnen nur gratulieren, etwas so Hervorragendes herausgegeben zu haben. Der zweite Akt ist ganz Nummer Eins. Ich halte es nicht für unmöglich, daß das Stück aufgeführt werden kann. Allerdings, von erfreulich ist nicht die Rede. Auch erschrecke ich, wenn ich mir vorstelle, das solle nun die Literatur der nächsten Epoche sein; die Literatur hat im Letzten andere Aufgaben.« So geht es weiter, lange; der alte Herr rühmt und rühmt dieses Erstlingsstück, von dem ich Ihnen versichere, daß es Sie heute noch, nach siebzig Jahren, heftig skandalisierte, wenn es wieder aufgeführt würde. Er rühmt es und schließt: »Ihr Dichter wird vielleicht ein Leben lang warten, eh ihm – und noch dazu von einem alten Herrn – wieder so viel Anerkennendes gesagt wird. Aber G. Hauptmann kann auf mich zählen.«

Ich finde, dies bleibt eine der schönsten Geschichten unserer Literatur- und Geistesgeschichte. Es ist der schöne und seltene Fall – Gegenbeispiele sind leichter zu finden – einer Handreichung über die Generationen, die Strömungen, Kunstgesinnungen, Überzeugungen, über die Formen und Stile hinweg. Es ist das Fest einer Duldsamkeit und einer künstlerisch herzlichen Großmut.

Ich glaube, an diesen archetypischen Fall darf man denken, wenn es nun gilt, den jungen Lyriker Celan, Paul Celan, an dem Festtag und im Namen Rudolf Alexander Schröders zu preisen. Denn auch die Spanne von Schröder zu Celan ist groß, nicht weniger groß, denke ich, als die damals vom konservativen Weisen Fontane zum jungen sozialistischen Rüttler. Was aber sind Ismen und Stile, was sind Programme, Tendenzen, wenn es sich darum handelt, den wirklichen Künstler mit dem wirklichen Künstler zusammenzubringen. Der alte Künstler kann seinesgleichen ja nicht in seinen Nachahmern sehen, die nach einem Menschenalter etwa etwas Ähnliches machten wie er in längst vergangenen Tagen; natürlich sieht er seinesgleichen in solchen, die den Wagemut seiner Jugend neu auflegen, also etwas ganz anderes machen wie er. Der Blitz des Originalen, der Grundzug des Kühnen ist es doch, das trägt über die Lebensalter hinweg. Argo, das erste Schiff, das je auf ein Meer hinaus fuhr, ist von jeher die Ziffer für Dichtung gewesen, in der Antike, bei Dante, im Faust, zuletzt im Todeswerk von Max Beckmann: Argo, das Schiff, das die Argonauten, die Wager, den Orpheus, den Lynkeus an Bord trug. Es scheint mir nicht fehl, gerade hier in diesem berühmten Saale daran zu erinnern.

Nun ist nachzutragen, daß der Brief des alten Fontane den folgenden Schluß hat: »Eins noch. Wenn G. Hauptmann (was ich nicht wissen kann) nach meinem Brief Lust haben sollte, bei mir persönlich in Erscheinung zu treten, so bitte ich Sie, dies zu verhindern. Ich verfolge noch alles sehr aufmerksam, aber ich kann nicht aus meinem Turmnest in die Arena steigen und mich an den Verdammungen und Lobpreisungen des Tages beteiligen.« Zu seiner Familie formulierte er so: »Jetzt schleppt mir bloß nicht den jungen Menschen ins Haus, ich will keine Enttäuschung erleben.«

Soweit freilich ließ sich die Parallele von Fontane zu Schröder nicht treiben. Allerdings schleppen wir den jungen Dichter ins Haus, allerdings beteiligen wir an Lobpreisung, wie es seit langem schöner Brauch dieser Stadt an diesem festlichen Jahrestag ist: den einen Dichter durch den anderen zu ehren und somit ihm selbst und uns allen eine Freude ungewöhnlicher Art, eine gut ausgedachte, sublime Freude zu machen.

Ich besinne mich genau des Momentes, als ich zum ersten Male ein Gedicht von Paul Celan las. Ich weiß gut, welches es war: das Gedicht, welches mit der Zeile: »Die Hand voller Stunden, so kamst du zu mir« beginnt und in welchem alsdann das Haar eine so rätselhafte Bedeutung gewinnt, »das Haar auf der Waage des Leids« und »das Haar, das nicht braun ist«, wobei alsbald deutlich wird, daß Haar und Auge und Krug und Dolch und braun und Brunnen und Schatten: daß dies alles sowohl eben die Dinge als noch etwas anderes bedeutet, ungefähr so, wie es Ihnen von den Bildern Paul Klees her vertraut ist, wo ein Ding sich selber durch einen Traumsprung entspringt, oder wie man es von den höchst bedeutsamen, höchst aufschlußreichen mythischen Bildern von Braque kennt, wo sich die Eindeutigkeit einer Gestalt durch Mehrlinigkeit ausdrückt, da ja, wie wir längst wissen, die Dinge durch die sehr scheinbare, sehr trügerische Exaktheit der neueren Wissenschaft weit mehr verfehlt als bestimmt sind, weder selbst aufgeschlossen noch, was sie doch wahrlich sind und unserem Bemühen vor allem sein müßten: sich und uns Schlüssel.

Im herkömmlich-üblichen Sinn war bei diesem Gedicht, und so auch bei fast allen andern des schwarzen, schmalen Gedichtbands, kaum eine Zeile voll zu verstehen. Dennoch war sofort klar, daß es sich bei jenem Gedicht, und so wiederum auch bei vielen anderen des Bandes, um ein wirkliches Gedicht handele. Ein großes Wort das: »ein wirkliches, wahres Gedicht«; und nun gar mehrere solche. Wer seine Worte und Sätze mit einigem Bedacht setzen möchte, muß wissen, was er da sagt: ein Gedicht. Er muß wissen, in den Sammlungen sogar der berühmtesten Dichter findet sich am Ende bloß eine Handvoll wirklich gelungener, wahrer Gedichte; er muß wissen, daß es somit ein Glück ist, ich würde auch das Wort Gnade nicht für zu Unrecht angewandt halten, wenn einer Sprache in einem Jahrzehnt ein paar wahre Gedichte einfallen. Auch das muß er wissen, daß es da hochmerkwürdige Täuschungen gibt, denen zufolge eine Dichtung den Mitlebenden etwas zuspricht, das sie erhöht und begeistert, und dann, eine Zeit später, gibt es Enttäuschung, wenn dieselbe Dichtung, dasselbe Bild und Theaterstück auf einmal verstummt und weiteres zu geben verweigert und so sein Ruhm schnell überständig und schal wird. Vorsicht also, muß man sich sagen, bei so großem Wort wie »ein wahres Gedicht«. Indessen, alles dies eingerechnet und vorbedacht, muß doch in diesem Augenblick angeführt werden, daß sich Paul Celan sogleich bei seinem Hervortritt das Vertrauen einer großen Zahl von Lesern erwarb; in kurzem hatte er viele Bewunderer und wenig Gegner und Zweifler. Zu hoch ist sein Anspruch, zu unbedingt seine Vorstellung, was das sei: ein Gedicht, zu überzeugend sein Künstler-Ernst, zu spürbar sein Wille, jeden, einmal wirklich *jeden* Preis für ein gelungenes Gedicht zu bezahlen, jeden Lebenspreis: ich bitte Sie, zu bedenken, wie selten das ist in unserer Welt des schnellen Verbrauchs, des schnellen Vergessens, des nervös überstürzten Neuherauskommens, – bei all diesen Tendenzen, die tief in die Kunstsitten einbrachen, wohin sie durchaus nicht gehören.

Es gibt unter den Gedichten Paul Celans einige, die im Verzicht auf Verständlichkeit, auf gewohnte Logik weitergehen als alles, was bisher in Deutschland gewagt worden ist. So das Gedicht, das ich (auch dieser Augenblick ist mir gut in Erinnerung geblieben) als zweites las: vom Kirschbaum und dem Knirschen von eisernen Schuhen, das offenbar rein lautverbindlich daraus folgt, dem demantenen Sporn, dem Schild und der Halbzeile: »Aus Helmen schäumt dir der Sommer ... « – einem halb panisch-bukolischen, halb heraldischen, ritterspornig-eisenhutigen Gartenstück von großer Genauigkeit und unvergeßlicher Wahrheit; die Existenz dieses unbeschuhten Sommer-Phantoms, dieser Lufterscheinung ist ganz gewiß. Dabei ist alles vielleicht bloß aus Anklängen, aus Bilderketten und wörtlichen Wahlverwandtschaften gemacht, eine Sache der Worte unter sich sozusagen, eine Angelegenheit, die sie unter sich ausmachen sollen.

Indessen, ich glaube, man sollte sich mit der Annahme eines so in sich gekehrten, in sich versunkenen Wortspiels nicht zu schnell begnügen. Rätselworte, Schlüsselworte: man wird sich wohl hüten, sie aufzulösen, weil sie dann sofort ihr Geheimnis verlören. Man wird sich aber auch hüten müssen, sie *nicht* aufzulösen und sie bloß so, ohne

Rechenschaft, am Ohr vorbei- und vorübertriefen zu lassen. Ich glaube, das tut man nur allzu willig in den modernen Galerien, Ausstellungen und literarischen Stuben, wo es sich eingeführt hat, so zu tun, als ob man natürlich verstünde –: im Vertrauen darauf, daß es den Anderen ebenso geht, eine stille gegenseitige Abmachung. Aber so ist das ja gar nicht, so will die Kunst unserer Tage sich doch gar nicht verstehen, das würde schlecht passen zu ihrem intellektuellen Charakter, zu ihrem oft festgestellten Laboratoriums- und Alchemistencharakter, zu ihrer Neigung zur Feinmechanik, zur Präzision; schlecht passen auch zu ihrem Arbeitscharakter in diesem Jahrhundert des Arbeiters, zu der ganz und gar anderen Beziehung des Dichters zur Muse – wenn er mit dieser schwer mitgenommenen mythischen Figur überhaupt noch zu rechnen gewillt ist, aber sofern er Dichter ist, muß er.

Ich denke also, das kann der Sinn der schweren Verschlüsselung und Verrätselung nicht sein, die doch so bezeichnend ist für die Kunst unserer Tage und auf die zu verzichten, sich kaum einer ringsum entschließt. Es kann nicht ihr Sinn sein, daß man sich vor verschlossenen Toren vergnügt. Ich meine, wo Verschlüsselung ist, ist auch Aufschluß: das Wort sagt es, und das Wort kann nicht lügen, das tun höchstens wir mit dem Wort, indem wir abfallen. Wo Verschlüsselung ist, da ist Aufschluß, wo Rätsel ist, da ist Rat, das Wort sagt es. Ich bin durchaus so gelehrt und ich glaube mit vielen, daß das Wort wissender ist als ich, der es im Mund führt; es ist dies der Glaube Mallarmés und Valérys und nach ihnen der gesamten Moderne: ein Theologicum ohne Zweifel, vielleicht ein Kryptotheologicum, also doch eins.

Also, wo Rätsel ist, da ist Rat, wo Verschlüsselung, da ist Aufschluß: es wäre denn Afferei und Geschwätz, was als Rätsel auftritt und was als Schlüssel sich gibt. Rebus: so wird seit alters eine gewisse Form des Rätsels genannt, rebus, durch Dinge. Durch Bilder. Das Wort, wörtlich genommen, gibt Rat. Im Süddeutschen, also mundartlich, wird auch heut noch das Wort »Rätsel« schlechthin für »Gedicht« oder »Traum, Traumgesicht, Traumbild« verwandt: eben das, was ins Leben als Fragendes tritt, zwingt, nachzusinnen, nicht losläßt, woraus aber, wenn man nachsinnt und nur genug nachsinnt, schon Rat wächst. Rätsel: was Rat gibt, woraus alsdann Rettendes wächst. So ist Wort eben Rätsel, Wort und Gedicht. Bloß in der ganz entzauberten Sprache der neuen Wissenschaft, da ist Ratlosigkeit. Da ist natürlich kein Rat. Da ist das Wort bloß Vokabel.

Also, wo Verschlüsselung ist, da ist Aufschluß, wo Rätsel, da Rat. Wäre man sich dessen nicht so sicher im Falle dieser Gedichte, so würde man weit geringer über sie denken, als wir es in der Tat tun. Dann könnte man wenig mehr hinter ihnen erblicken als eben, wie so oft, ein Studio, ein Atelier; dann würde ihr Verfasser nichts weiter sein als eben ein weiteres jener nicht gerade seltenen neuen Talente mit einer neuen, einer sogenannten persönlichen Note, einer eigenen Vokabelsammlung, die eine Zeitlang ein bißchen neu ist, einer Marottensammlung, einer Spezialität, einer neuen Montage, oder etwa einer besonderen Botanik oder einer besonderen Grammatik oder, was immer forthilft, einer besonderen Exotik oder, unstreitig am besten, einer besonderen Dämonik –: glaubten wir, in Paul Celan bloß einen Meister solcher Kunstgriffe gefunden zu haben, wir liebten seine Gedichte nicht so, wie wir sie in der Tat lieben.

Denn so war es doch, als vor fünf oder sechs Jahren in Literaturzeitschriften und Jahrbüchern einige dieser Gedichte auftraten, dann in die beiden schwarzen Bändchen gesammelt, die jetzt zu denen gehören, die man als ein Erkennungszeichen betrachtet, wenn man sie in einem fremden Bücherschrank oder auf dem Tisch einer Wohnung bemerkt, die man zum ersten Male betritt, als ein freundliches Einverständnis mit dem Besitzer und eine Gewähr –: so war es doch, daß gleich viele den Zauber dieser Stimme,

dieser Verse wahrnahmen. Und eben nicht bloß den Zauber; Zauber ist Netz, Zauber ist, womit Verse und Bilder einfangen; so kommt es, daß wir, gefangen, ein Bild, einen Vers forttragen und erst nach Jahren und Jahren verstehn: jeder kennt das aus Jugendtagen, aus früher Begegnung mit Dichtung. Indessen, Zauber ist doppelwertig, Magie kann auch leer, Faszination kann auch trügerisch sein; Kunst hat in jedem Fall Zauber, aber was den Zauber hat, braucht nicht in jedem Fall Kunst sein. Ich glaube indessen, für viele Freunde von Celan zu sprechen, wenn ich sage: diese Gedichte wurden von Anfang an deshalb geliebt und bewundert, weil größer als ihr Zauber, der groß ist, die Kraft ist, die in ihnen und über ihnen gespürt wird: Liebeskraft, Leidenskraft, also Lebenskraft, das ists.
In den genauen Bildern, die sich beim Lesen und Hören dieser Gedichte einstellen (ich bemerke übrigens, daß für mich das zweite, spätere Bändchen die vollendeteren, ausgeglühteren, einfacheren Gedichte enthält), teilt sich dem Leser etwas von jener Zuversicht mit, die sich einstellt, wenn man einen einsamen Künstler ausharren, bestehen und unbeirrt fortschreiten sieht. Lyrik ist Lebenskampf, alle Kunst ist nichts anderes, natürlich. Gedicht, das ist Kampf um eine Wirklichkeit, um die Gewinnung von Wirklichkeit: jedes Bild eine Breite gewonnener Heimat, jedes Gedicht eine Hufe zurückgewonnenen Lands, jeder Satz, der diesen Namen verdient, eine erschlossene, wiedererschlossene Fremde. Wirklichkeit, in der wirklich und eigentlich gelebt werden kann, wird einzig auf solche Weise erstritten; ist sie von Einzelnen wahr und wirklich gemacht, so leben die Hunderttausend davon, auch solche, denen im Schlaf nicht einfällt, man könne von so etwas leben. Aber doch, es fällt ihnen schon ein. Auch den härter Verpackten begann es zu dämmern, daß das, was so Realität im Sinne der neueren Wissenschaften genannt wird, das Sinnloseste, Verzweifeltste und gespenstisch Unwirklichste auf der weiten Welt ist.

Und dann finde ich auch (neben vielem, das ich jetzt nicht alles sagen und rühmen kann, denn meine Rede- und Lobezeit ist bemessen), finde ich auch, daß diese Gedichte Schicksal tragen und haben. Ich meine jetzt nicht, daß sie Biographie haben, von der ich nichts weiß, die wohl dasein kann, aber ich kann es nicht wissen, sie ist in jedem Falle weit weg, außer Ruf-, außer Hörweite. Ich meine also nicht einen Lebensstoff, den ich nicht kenne, aber ich spüre, daß so etwas da ist, ich spüre eine Last, ein Gewicht, einen Mut, eine Trauer, spüre Überwindung und Drängen und Treiben. Es kann gut sein, daß ich dieses und jenes Gedicht falsch verstehe, in der Weise, wie ich es zu hören, zu lesen, mir auszulegen versuche; kann sein, daß ich es ziemlich anders verstehe als es gemeint ist, und so wird es auch Anderen gehen. Aber das macht nichts, das ist nicht so wichtig im Vergleich zu dem Umstand, daß diese Gedichte bedrängen, daß sie überfallen, daß sie zu einer wie immer gearteten Vorstellung zwingen. Wer schreibt, kann nicht wissen, welche Bilder er in Seelen erzeugt; aber Bilder, wie immer geartete Bilder muß er, *muß* er erzwingen. Welche es sind, und daß es wohl immer andere sind, das kann er bloß ahnen, darüber hat er nicht Macht. Das muß er schon dem Geschriebenen überlassen.
So ist es überhaupt, und mir scheint, im Fall dieser Verse besonders. Offenbar haben sich einige dieser Gedichte von ihrem Dichter gelöst, sind abgeschwebt, ziehen eigene Bahn, arbeiten, erleben auf eigene Faust, und einige sind ganz weggelaufen und haben sich trotzig selbständig gemacht. Weiß der Himmel, was alles so ein zartes und zähes, energisch-widerständiges Geschöpf dann erlebt. Wem es wohl so erscheint? Was es dem zuspricht? Weiß es der Himmel. Nicht selten wird das ziemlich verschieden von dem sein, was man ihm auftrug, mindestens eine zweite Kontur, eine Mehrlinigkeit, eine Schwingung. Da muß sich manchmal der eigene Erzeuger sehr wundern. Doch dann muß er sich sagen: Verständnis ist Mißverständnis, immer und im-

mer, wie Umwege Wege. So läßt er sie machen. Sagen sie auch ein bißchen was anderes als er ihnen gesagt hat, das macht nichts. Das ist eingerechnet, dafür sind sie ja Rätsel und Schlüssel. Dafür sind sie ja Boten. Irdische? himmlische? wie immer: ein bißchen Freiheit muß man Boten bei ihrer Ausrichtung auch lassen.

Leseabenteuer
Joseph Conrad, Geschichten vom Hörensagen

Es gibt ein chinesisches Spruchwort: »Was weiß der Reiter von dem, der zu Fuß geht!« So ist es, natürlich, und dort ruht die Macht alles dessen, was man unter großer Erzählung versteht. Denn wenn man den Obolos dieses goldenen Spruchworts herumdreht, so steht da zu lesen: nur die Gewalt der Erzählung, also des Mythos, also der Sage, vermag den verdammten Zirkel zu öffnen, die dumme Blendung zu nehmen und eiserne Kellertüren zu sprengen. Im elektrischen Strom der Erzählung frißt eben der Reiter den Wegstaub, wurmt eben den Satten der Hunger, schwelgt eben der Arme und der Nüchterne träumt, reist der Gefangene und der Verlassene trinkt und singt in der ausgelassenen Runde. Der Eitle hört auf, an seine Wirkung zu denken und der Glückliche quält sich, leidet und schaudert und macht sich klein um die Ecke. Reiterhochmut gebrochen.
Man sieht, ich versuche von Joseph Conrad zu sprechen. Als ich nach zwanzig Jahren »Almayers Wahn« wiederlas, roch ich sofort das faulige Flußwasser wieder, das noch immer warm und wallend und übermäßig und tropisch vom Gebirg herabkam, und triefende Ruder, und Boote im Dunkeln; ich sah auch wieder das tanzende, fleckende Licht, das immer noch durch die maßlosen Baumkronen fiel auf die Wassergassen und Buchten, auf denen das Kanu Ninas hintrieb, und da ist ja auch Dain, ihr Geliebter. Aber nicht bloß das sah ich und roch ich, ich roch auch den Waldbo-

den, sah auch den Sommertag wieder, in dem liegend ich »Almayers Wahn« zum ersten Mal las. So etwas ist immer bedeutsam, da heißts immer aufmerken. Wird Zeit so durchstoßen, durchrissen, so muß eine starke Macht anwesend sein: eine Macht, eben stärker, als es die Zeit ist, die uns doch alle im Zwang hält.
Daß es seit zwanzig Jahren keine Ausgabe von Joseph Conrads Werken mehr gibt, kann mit rechten Dingen nicht zugehn. Eine Jugend, die ohne dieses Leseabenteuer auskommt? Das hieße, daß sie sich mit Surrogaten begnügte, denn Conrad ist das Leseabenteuer schlechthin. Da muß es eine große Wiederkehr geben; es wäre das erste Mal nicht, daß ein großer Autor wieder aus halbem Dunkel hervortritt, nun auf einmal sehen ihn alle und alle fragen: wie konnte es ohne ihn gehen? Denn wir wissen ja, daß die zyklische Rückkehr, das Wiedererscheinen auf geheim ergehenden Rückruf, der Auftritt auf eine inzwischen vollkommen veränderte Szene, Wiederkehr als derselbe und doch nicht derselbe, also immer wiederholte Verwandlung, die große, die aufregende Sache in der Geschichte der Dichtung, der Kunst ist.
Conrad sei nicht ganz leicht zu lesen? Ja war denn das Abenteuer je billig? Man wird doch das Abenteuer nicht mit dem massenhaft angefahrenen und rasselnd abgeladenen Rohstoff verwechseln? Abenteuer, das köstliche Wort, das seine Wangenglut schon im Ton hat? Das -teuer, welches die naive Eindeutschung des fremden Wortes früh ernst nahm, ist eh nicht mehr wegzuhören: kein Abenteuer, was nicht teuer zu stehn kommt.

Conrad, dieser Schamane. Ist man nun eigentlich am oberen Kongo, im Zentrum des weißen Fleckes von damals gewesen? Es kann sein, daß man im Zauberbann Conrads wirklicher dort war als auf einer dieser mißbrauchten Flug- und Schnellreisen, die ein Ausdruck der um sich greifenden allgemeinen Schattenhaftigkeit sind. Was will man?

Man hört durch Conrad das »Herz der Finsternis« schlagen, durch Nächte dies pfeilvergiftete Trommeln aus dem undurchdringlichen Grün, man hat es gehört, dieses Schlagen, durch den Zaubermund Eines, der das nicht bloß so auf Probe gehört hat, nicht so, als hätte man es, von Film oder Tonband genasführt, sogenannt echt und dokumentarisch, in Wirklichkeit aber ohne Leistung, ohne Bezahlung, also überhaupt nicht gehört.
Doch ich darf nicht den Anschein erwecken, als sei es genug, in Conrad bloß den faszinierend großen Erzähler zu sehen, den Zauberer, der die Ferne herbeizwingt und den Dichter des Weltmeers. Das auch, gewiß, freilich; es ist dies sein größerer Strahlkreis, seine Anziehung für viele, seine allgemeinere Aura; jeder Große ist von einer solchen Aura der Großmut umgeben. Nicht aber sein Kern, nicht die Mitte. Ein großer Autor ist groß, wenn er ein paar Kategorien, ein paar große Themen, Urthemen, mit frischem Jugendglanze erfüllt. Ich meine so: Dichter ist, wer mit neuem Blutstrom, mit gelebter Wahrheit erfüllt, was vorher wohl alle schon wußten, bloß so nicht. Was man so wissen heißt. Vorher wars eine Richtigkeit, jetzt eine Wahrheit. Eine Wahrheit mit Feuer: es gibt keine kalte. Eine Wahrheit, die lebt, also eines Tages auch alt wird und hingeht. Dann bedarfs eines neuen Entzünders. Und fortan lebt man damit: es gibt kein anderes Merkmal für das, was Dichtung, was Kunst ist, als ob man mit ihr zu leben, und das heißt natürlich: stärker zu leben vermag. Ein so wieder erwecktes Urthema hat »Jugend«.
Da Jugend selbst ohne Bewußtsein von Jugend jung ist (darin besteht eben Jugend; Jugend, Gesundheit, Glück sind ja nur aus der Erfahrung des Gegenteils zu ermessen, aber Jugend war doch nie anders), bedarf sie des Dichters. Man erinnere sich dieser alten Mühle von Bark, die von London nach Bangkok unterwegs ist, aber darauf versessen zu sein scheint, unterzugehen, die dreimal schwer angeschlagen umkehren muß, Gespött aller Häfen; ihre Frag-

würdigkeit, Klapprigkeit, ihre Mühseligkeit wird von dem alten Erzähler geradezu für ein Sinnbild des Lebens gehalten. Wie aber dieser Erzähler mitzuteilen, zu übertragen vermag: dieser alte Stiefel von Schiff ist für den jungen Seeoffizier ein Idol, das jeden Opfers wert ist. Diesem von Seefahrt begeisterten Jungen ist sie etwas, das auf alle Fälle hochgehalten, verteidigt und durchgebracht werden muß. Unser Kahn! unserer! – O Jugend! Gläubigkeit! Träume! Und als vor Java die Ladung, Kohlen, zu brennen anfängt und die letzte Stunde der Bark schlägt, nun ist sie nicht mehr zu retten, Kohlenstaubexplosion, und das ganze Ding in die Luft fliegt: herrlich! Das war einmal etwas! »Wir sind in die Luft geflogen, dachte ich. Das ist doch was! prima! möchte bloß wissen, was jetzt kommt!« Es kommt, man erinnert sich, die Geschichte ist zwar berühmt, wer aber könnte sie je genug rühmen, wie die Rettungsboote sich der javanischen Küste nähern, Atem des Orients, Duft fremder Blüten, merkwürdige Menschen, Anhauch der Fremde, das Leben ist herrlich, viel schöner noch, als man zu hoffen gewagt hat. O Jugend!
Das ist Inbegriff Conrad. So wie einem, wenn man von Conrad spricht, fünf Dutzend Stellen einfallen, von denen die eine immer echter Conrad als die andere ist.

Ein anderes Lebensthema, ein anderes Motiv, Conrad ganz eigentümlich, so daß man zuweilen veranlaßt ist, in solchem Zusammenhange an Conrad zu denken: die Schattenlinie. Was meint er mit diesem genauen und dennoch geheimen Begriff? Man wird sich erinnern, die »Schattenlinie« ist jener Roman verhexter Windstille in südlicher Hitze, das Tropenfieber an Bord. Zuerst ist man in einem orientalischen Hafen. Ein junger Seemann wird im Zustand zwischen Jugend und Mannschaft geschildert. Das eine Lebensalter abgelaufen, erfüllt, der Übergang in ein neues will sich vollziehen, aber gelingt nicht; man weiß, wie selten in allen Leben alle Übergänge gelingen, man

weiß, daß bei jedem solchen Übergang viele ausscheren, in einen Schatten geraten, in eine Erstarrung; das sind die, die alsdann herumgehn und »zu meiner Zeit« sagen, oder gar nichts mehr sagen, Statisten des Lebenstheaters.
Der junge Seemann im Übergang, im Zwischenzustand, hat Glück, daß er auf einen alten Mann stößt, der seine Lage durchschaut und ein sublimes Vergnügen dran findet, es ist ohnehin eins der sublimsten, etwas zurechtzurücken, eine Weiche richtig zu stellen, bloß so, ohne eignen Vorteil. Er belastet ihn stark. Er besorgt ihm ein erstes Kommando; in Bangkok, vier Tagereisen entfernt, ist ein Segelschiff kapitänlos geworden, der junge Mensch übernimmt das. Die Aufgabe wächst sich zu einem Alpdruck aus, wird eine Schimäre. Widerspruch unter der Mannschaft, Ausfahrt mit Hindernissen, alsbald tödliche, brütende Windstille, verrückte Hitze, kein Vorwärtskommen, der Himmel ein Ofeninneres, eine glühende Glocke. Vergebliches Kreuzen in den malariaverseuchten Küstengewässern, das Fieber bricht aus. Die fünf Flaschen Chinin in der Kapitänskajüte, gehüteter Schatz eines jeden Schiffs, welches die Tropen befährt, erweisen sich als mit wertlosem weißen Pulver gefüllt; der vorige Kapitän hat das Chinin in einem entlegenen Orienthafen verkauft. Das Quartanfieber greift um sich, zehrt einen nach dem anderen aus, kraftlose, groteske, dürre Gespenster. Das geht durch endlose Tage, in denen gar nichts passiert; unheimliches Todesdrohen auf spiegelglatter, strahlender, lichterfüllter, metallener See. Offenbar ist es der böse Geist des vorigen Kapitäns, der umgeht und das Schiff hinabziehen will; es ist etwa die Stelle, an der sie auf der Herfahrt seinen Leichnam versenkten. Erst als der Steuermann, vor Angst und Fieber in Wahnsinn getrieben, in ein schauriges Gelächter ausbricht, gegen den steinernen Himmel, scheint die Macht der Dämonen gebrochen. Tropischer Regen, Brise; der junge Captain, der einzige leidlich Gesunde in einem Segelschiff voll Todkranker, steht siebzehn Tage am Steuer. Hafen.

Ausgehalten. Dem Dämon die Stirn geboten. Die bösen Geister, die ihre Namen nicht nennen, mit Hilfe der Zeit, durch Überdauern, besiegt. Der standhafte Zinnsoldat. Das starke Herz, Mut unter Sternen. Odysseus.

Schattenlinie. An keiner Stelle des Buches sagt Conrad, wie er das meint. Ist es der Eintritt in eine Zone des Schattens, der Übertritt aus der Helle unbekümmerter Jugend in die Verantwortung, wenn Schicksale anderer von einem abhängen? in eine Phase, in der solche Erlebnisse nicht mehr bloß herrliche Abenteuer sind wie in »Jugend«, sondern wo sie zu belasten beginnen, von der Zuversicht abgehn, sich auch summieren, Spuren zurücklassen, Schatten? Also der Übergang von Ahnungslosigkeit zu Erfahrung? Ohne Zweifel. Aber wie ist das gemeint? Soll es in jedem Leben so eine Schattenlinie geben? oder mehrere, viele? Wie ist dieses Bild, dieses unvergeßliche, von dem man sofort einsieht, daß man es brauchen wird, daß da etwas gesehn ist, dieses Bild, dessen Magie sofort zu wirken beginnt, wie ist es gemeint? Es liegt nah für einen Seemann, in Äquatoren, Meridianen, in Linien zu denken. Man überschreitet sie eben. Vorher war soviel vom Äquator die Rede, dann merkt man gar nichts, man kann ihn verschlafen. Es bedarf eines Dichters, um die Existenz solcher Dinge wirklich zu machen. Wie wirklich!

Schattenlinie. Alle müssen einmal oder viele Male hinüber. Für den jungen Captain ist es diese Fahrt in Flaute und Fieber. Wie über grell beschienenen Asphalt die Schattenlinie eines hochgespannten Leitungsdrahts fällt, es ist leicht, hinüberzuschreiten, aber dieser junge Mann ist hinterher nicht mehr, der er zuvor war. Ich finde, daß diese genial erzählte und weise, in ihrer Spannung sogar populäre, in ihrem Verschweigen aber so stolze Geschichte echtester Conrad ist. So eben ist Conrad.

Nachricht vom Tod Gerhart Hauptmanns

Ich stand also im Freien oder, genauer, gerade am Eingang des Zeltes, meiner Station, und hatte soeben die Plane erhoben, um eintreten zu können, als mich aus dem nachhallenden Lautsprecher die Nachricht traf, die mir das Gefühl gab, als sei viel Licht, das ich bis dahin kaum wahrnahm, weil ich die Welt ohne sein Glänzen nicht kannte, mit einem Male erloschen. Es hieß, Deutschlands großer Dichter sei tot.

Es sei schon mehrere Tage her, sagte die Lautsprecherstimme, und werde jetzt erst bekannt. Es könne im Augenblick nichts gesagt werden, was zulänglich sei, nur dies Trostreiche: der Dichter sei nun in einer höheren Welt von seines Hannele Engeln umschart.

Mein erster Gedanke war, daß es unerträglich sein werde, morgen früh zu erwachen und alle künftigen Morgen, und die graue Last dieser Nachricht immer wieder zu haben. Denn der Schmerz, den die Nachricht eines solchen Verlustes erzeugt, ist eigensüchtig: ganz dem eigenen Ich zugewandt. Wie Liebe nach außen drängt, so ist Trauer eine hereinschlagende Welle, die uns zu Boden wirft und uns erstickt. Mögen wir uns auch täuschen und andere Namen erfinden: nur im Hinblick auf uns erfüllt uns Schmerz. Nur wir sind es, die der Blick in den Abgrund erschüttert: dieser vermeintliche Anblick des Nichts, das es keineswegs ist, was uns das Liebste verschlang. Denn es ist in uns, dies Nichts, der Abgrund, die Leere – in uns, und der Gedanke des Endes ists, den wir nicht zu ertragen vermögen, weil wir vor ihm unser Unvollendetes spüren.

Große Trauer befällt ein Leben so selten wie es große Liebe befällt; es gibt vielleicht ein Gesetz, daß ein Herz beides nur gleichviele Male zu leisten vermag. Große Trauer unterscheidet sich dadurch vom Schmerz, daß dieser nach dem Moment des Zufügens schwächer zu werden und abzuklingen beginnt, während man bei jener es weiß: daß sie wächst. Trauer ist anfänglich nicht übergroß, aber sie wird es bald sein. Die Zeit wird sie nicht heilen, die Zeit trägt sie aus. Sie ist ein bitterer Kern, der eingepflanzt wurde in uns: bald wird er aufgehn und wachsen, durch Jahre hin wachsen, und wird uns noch sprengen.

Carl J. Burckhardt über Hofmannsthal

Nun ist jedoch in der Schweiz ein schmales Bändchen erschienen, welches die Glücklichen, die es besitzen, dicht neben die Werke Hofmannsthals selbst stellen werden: »Erinnerungen an Hofmannsthal und Briefe des Dichters« von Carl J. Burckhardt.

Ein kostbarer Band. Eins jener Bücher, die man nach einigen Jahren, wenn sie vielleicht nicht mehr im Buchhandel sein werden, bereuen wird, nicht rechtzeitig erworben zu haben, weil dann eine Flut von jetzt wichtig erscheinenden Büchern nicht mehr wichtig sein wird. Dann wird dieser schmale Band immer noch leuchten wie ein sehr edler Stein.
Carl J. Burckhardt, Schweizer, Diplomat, lange Zeit Präsident des Roten Kreuzes, ist als Verfasser der »Kleinasiatischen Reise«, des »Richelieu« und eines nach diesem Krieg erschienenen kleinen Buches bekannt, das »Ein Vormittag bei einem Buchhändler« heißt und eine unvermutete Begegnung mit Rilke in Paris schildert. Hinzu kommt nun dieses bedeutende Buch.
Der bedeutende Weltmann und Schriftsteller kommt unmittelbar nach dem ersten Weltkrieg in das lichtlose, traurige, winterlich kalte Wien. Er lernt Hofmannsthal bei einer alten Dame, die Marionetten spielt, kennen. Enge Freundschaft verbindet alsbald die beiden Männer, deren jeder für seine Sphäre etwas Ähnliches ist: Hofmannsthals Art, die wie Rosenöl alten aristokratischen Österreicher-

tums ist, jenes Österreichs, das mit Selbstverständlichkeit Europäertum war und, wie man sehr klug und wahr gesagt hat, vielleicht das einzig mögliche, jedenfalls bereits vorhandene, von allen empfundene Herz eines zusammengefaßten Europa hätte sein können, Europas mütterlichstes Staatengebilde – und dieser Schweizer, von alter, reifer, unerschütterter Bürgerlichkeit erfüllt (wenn die Schweiz auch nicht das Herz Europas sein kann, so ist sie vielleicht sein Ohr) –: diese beiden begegnen sich aus Verhältnissen, die eine ungezwungene Ebenbürtigkeit des Sozialen gewähren. Es ergibt sich nicht das Verhältnis eines Hörers und Jüngers, wie es bei Eckermann ist, der einerseits in Ehrfurcht erstirbt, andererseits, gegen die Nichtzugelassenen, Stolz und Abweisung spüren läßt. Burckhardt vermeidet, seine Person darzustellen, aber indem er sie weder in den Vordergrund schiebt (was man nicht erwartet), aber auch nicht mit Fleiß verhüllt (was die Gefahr ist), ergibt sich eine klare und angenehme Vorstellung davon. Beide bringen in das Verhältnis ein vergleichbares Maß an Welt, an Geborenheit und Freiheit mit, und was Hofmannsthal von seiner Seite an einem selbstverständlichen Mehr von Größe besitzt, das ist auch ein Mehr an Belastung, Bedroht-, ja Ausgesetztsein, sogar Wehrlosigkeit vor dem stärker gefühlten Zusammenbruche der Zeit, so daß der Schweizer, ein Mann der Verwirklichung und der Tat des öfteren wirkt wie des Dichters Zuflucht und weltlicher Arm. Hofmannsthal scheint in manchen Momenten geradezu in die tragische Rolle Tassos gerückt.

Im Bereich dessen, was wir »Literatur« nennen, interessiert die Persönlichkeit des Verfassers außerhalb seines Werkes nicht. Ohne zu zögern aber wenden wir das Wort »Dichter« dann an, wenn wir eine unlösbare Verschmelzung der Person und des Werkes verspüren: in diesem Fall muß uns Nachricht von dem Gelebten so wertvoll wie Gedichtetes sein. Wenn dann jemand uns neue Züge, ein neues Verhalten dieses Dichters erzählt, so ist es, als habe er dessen gesammelte Werke vermehrt. So gibt uns Burckhardt Momente, die uns so wesentlich sind wie Verse, die sich etwa von Hofmannsthal selber noch hätten auffinden lassen.

Unvergeßliche Augenblicke. Wie der, der von einer Vorlesung des fünften Aktes des »Egmont« erzählt und der Bewegung, die den vorlesenden Hofmannsthal übermannt. Oder der: als man auf einer Autofahrt von Straßburg nach Nancy ein trostlos häßliches französisches Industriedorf passiert, ist Hofmannsthal offenbar von einer Vision des Unheils der Moderne so übermannt, daß er für die ganze weitere Reise ein Veränderter scheint. Im Ganzen ist es das Bild eines Leidenden, das Burckhardt von Hofmannsthal gibt; es entsteht das Bild eines der sublimsten Vertreter jenes Geschlechts, das noch ganz in der Sicherheit und Erfülltheit des alten Europa aufwuchs und dessen Leben nun in ein Zeitalter der Barbarei hineinragt, in dem sie nicht mehr zu leben vermögen. Mehr als man ahnte, laufen fast alle Züge, die Burckhardt erzählt, darauf hinaus, daß Hofmannsthal seit dem Ersten Krieg im ständigen Vorgefühl eines kommenden Unheils, Zusammenbruchs und Untergangs lebte, dem er sein Werk mit äußerster Mühe abrang, so wie sein Tod ja auch die geheimnisvolle Folge eines Kummers war und fast ohne leibliche Ursache aus dem Seelischen kam.

Immer hat man das Unersetzliche, Unentbehrliche, das von Hofmannsthals Persönlichkeit, abgesehen vom Werk, herkam, empfunden: nie aber so stark, so eindringend wie hier. Lang ist die Reihe der persönlichen Zeugnisse über Hofmannsthal, die wir besitzen. Es sind die schönsten, bedeutendsten Seiten in Stefan Zweigs Buch »Die Welt von gestern«, auf denen er, selbst gleichen Alters, das meteorgleiche Auftreten des genialen Dichterjünglings im Wien von 1890 schildert. Viele andere Begegnungen und Gespräche sind in alten Zeitungen und Zeitschriften verstreut: man sollte sie sammeln, so wie man die Begegnungen der Zeitgenossen mit Goethe in Biedermanns unersetzlichen »Gesprächen« gesammelt findet: das Ergebnis wäre bei Hofmannsthal nicht so umfänglich, aber ebenso erquickend und stark. Was die Erinnerungen Burckhardts betrifft – es läßt sich nicht besseres über sie sagen als dies: so rein, so verantwortungsvoll, so schlackenlos und wesentlich sind sie, daß man sie empfängt wie eine Gabe Hofmannsthals selbst.

Anweisung zum Lesen des »Doktor Schiwago«

Verzweifle nicht, lieber Leser, bevor du auf Seite 250 angelangt bist. Du wirst sehen, sogar schon von Seite 150 an wird es besser. Die ersten 150 oder 200 Seiten: da mußt du halt sehen, wie du die überstehst. Man muß ja bedenken, daß es schon immer nicht einfach war, einen dieser großen russischen Romane zu sich zu nehmen, schon deswegen nicht, weil sich unsereiner zu leicht im Labyrinth der russischen Namen verirrt. Ein Russe hat für gewöhnlich drei Namen: den Vornamen, den Vaternamen, den Hauptnamen. Macht drei. Jetzt die Kosenamen. Wenn es gut geht, hat jeder nur noch einen, aber das sind bloß die leichteren Fälle, es kann auch sein, daß er noch zwei oder drei hat. Macht alsdann vier, fünf oder sechs. Im epischen Fluß wird, der Abwechslung halber, natürlich bald der, bald jener Namen genommen. Treten auf 150 Seiten sechzig Personen auf – es sind aber weit mehr –, so hat man es mit beiläufig 300 Namen zu tun, die untereinander sorgfältig gemixt sind. Kostet Nerven.

Nun noch dies: daß der Film, die Filmtechnik mit ihren kurzen und schnell wechselnden Einstellungen nicht ohne Einwirkung auf die große russische Erzähltechnik blieb. Anstatt des epischen Urstroms, wie wir ihn aus der großen russischen Tradition kennen, also von Gogol, Turgenjew, Gontscharow, Tolstoj und Dostojewski, tritt eine Menge von Stauwehren, die den großen Fluß unterbrechen und den Fortfluß, wie beim regulierten Neckar und Main, in eine Folge von Episoden auflösen. Die Kindheit, die Jugend des kleinen Schiwago (der Jurij Andréitsch, aber auch Jurotschka, aber auch Jura heißt) ist in der Form eines großen Quellgebietes gegeben: viele Ansätze, viele kleine Verläufe, der Schauplatz bald da und bald dort, ein Mosaik, das zusammenzusetzen, zusammenzusehen dem Leser nicht leichtfällt. Die Zeit zwischen dem Aufstand von 1905 und der Revolution von 1917, also die zaristische Endzeit und die ersten Jahre des Krieges sind auf diese Weise erzählt. Hier durchzudringen, bringt manche Lesemühe mit sich.

*

Aber dann. Aber mit einem Mal ist es, als sei das Erzählschiff aus dem Nebenfluß, der es mit Wehren, mit Gebüschüberhängen und stehenden Buchten immerfort aufhielt, ins Freie des großen Stromes gekommen. Moskau 1917. Die große russische Revolution.

Sie bricht nicht mit einem Donnerschlag an. Diese Revolution, dieser Held des Romans, hat keinen dramatischen Auftritt. Es grollt in der Ferne, es bröckelt und rieselt. Von den großen Akteuren ist nichts zu sehen und zu hören, große Namen fallen überhaupt nicht. Man ist Zeuge der Uferwellen; das weit draußen vorbeiziehende Schiff, das sie verursacht, ist nicht zu sehen. Wüßte man es nicht aus der Story des Buches, aus seinem Vorruhm, aus dem Geräusch und Gerücht und dem Donner, bevor man es zu lesen bekam, so käme man zunächst nicht auf die Idee, zu vermuten, daß die große Revolution die Hauptperson sei. Diese Revolution wird nicht von ihren Akteuren her, keineswegs auch von ihren Gegnern gesehen, wohl aber vom einzelnen her, vom Unbeteiligten, der eher ihr Opfer und jedenfalls ihr Leidtragender ist. Von einem Leidenden wird sie erlebt.

Doktor Schiwago und seine junge Frau, die ganze junge Familie: sie haben zu den politischen Vorgängen überhaupt nicht viel Meinung. Onkel Kolja, der mit ihnen lebt, ist Theoretiker der Revolution; das verleiht der Familie immerhin Zugänge, könnte ihr Zugänge verschaffen. Der junge Doktor aber ist Arzt und ist Künstler, er will etwas ganz anderes auf dieser Welt, als Revolution machen oder Revolutionen bekämpfen. Die große Revolution mit ihrem Hunger, ihrem Elend, ihrer Unordnung, ihrem Terror und ihren zweifelhaften Figuren wird wie ein Krieg oder wie irgendeine andere große Plage und Prüfung empfunden. Ohne Pathos, vom Leidenden her wird das alles gesehen. Ganz gewiß ist dies der unterschwellige Grund für den Haß der großen Funktionäre, den das Meisterwerk nun auf sich zog. Die Revolution jenseits aller Programme, jenseits der Ideologien, sie bloß einfach menschlich zu sehen: das geht nicht.

*

Moskau 1917. Welche Bilder! Welche Szenen! Welche Meisterschaft, welche Vornehmheit im Nichtausspielen, welche Enthaltung von jeder Tendenz, jeder Überzeichnung und jeder Parteiung! Wie der Doktor Schiwago im Moskauer Hungerwinter durch die Schneestraßen hinaus zu dem neureichen Paar kommt und die Flecktyphus-Diagnose zusammenfällt mit dem plötzlichen Einsatz einer kunstvollen Spieluhr, dieser Standuhr aus einem aristokratischen Haus, und wie später, als der Doktor selber den Flecktyphus bekommt, das Vorzeichen, grotesk abgewandelt, wiederkehrt und ein alter, kaputter Wecker auf einmal zu rasseln anfängt! Die nächtliche Eisenbahnfahrt mit dem taubstummen Wildentenjäger! Der Abschiedsmorgen aus dem großen alten Moskauer Haus, in dem die Schiwagos bloß noch Dachstuben bewohnen, dieser Gang durch die Moskauer Straßen. Vergleichbares haben wir alle erlebt, wir fühlen die Wahrheit. Wir erkennen uns wieder, wir wissen: die Wahrheit liegt nicht in einzelnen Zügen, sie liegt in dieser seltsamen Unvergeßlichkeit, in der Eindringlichkeit, mit der die Dinge in solchen Stunden zu reden beginnen. Das vermittelt keine Reportage mit noch so stimmigen einzelnen Zügen, das gibt kein Geschichtswerk. Dergleichen machen bloß Dichter.

*

Die kluge und bedeutende Hannah Arendt, die mit Ruth Fischer eine der großen Frauen unserer politischen Öffentlichkeit ist, hat neulich etwas sehr Gescheites gesagt. Es wäre verrückt, meinte sie, wenn man sich über die Vor- und Nachteile zweier verschiedener Wirtschaftssysteme nicht einigen könne. Jedenfalls seien verschiedene Wirtschaftssysteme kein Grund, um den Erdball zu sprengen und jede Art Wirtschaft allerdings überflüssig zu machen. Und sie ließ durchblicken, daß ja ohnehin keines der beiden Systeme, weder das radikalgesteuerte, planhörige, noch das bis zur Libertinage freie, mehr so gänzlich von sich selbst überzeugt sei: beide sehen längst die optimale Form in Abstrichen. Aber, so fährt Hannah Arendt fort, daß man sich über das, was wahr ist, daß man sich über die einfachsten Tatbestände nicht mehr einigen könne, das sei der eigentliche Grund zur Verzweiflung.

Der Fall Pasternak ist der menschlich erschütterndste, momentan am weitesten sichtbare Fall dieses Nicht-mit-sich-Redenlassen, dieser Unmöglichkeit, sich auf einen offenen Tatbestand einigen zu können. Was also? Ist dieser Roman nun ein antisowjetisches Pamphlet – oder ist er es nicht? Ist seine Absicht und sein Vergnügen, die sowjetische Wirklichkeit in den Schmutz zu ziehen – oder nicht? Ist dieser alte Dichter ein geschworener Feind des Systems, ein Verräter – oder ist er das nicht? Ist er ein heimlicher oder offener Reaktionär? Oder ein Unbelehrbarer, der ein Menschenalter nach der großen Revolution immer noch an dem hängt, was mit ihr dahinging? Was will er? Schrieb er dies Werk, um dem neuen Rußland, seiner neuen Wirklichkeit, um dem kommunistischen Grundgefüge zu schaden?

Wenn es so wäre, so könnte man den Beratern der Stock-

holmer Stiftung nicht den Vorwurf ersparen, einen großen alten Künstler in einen furchtbaren Zwiespalt, in ein großes Unglück, vielleicht in Verzweiflung, jedenfalls in Verfolgung gestürzt zu haben, und dies, um einer Demonstration willen, um eines Streiches willen, der damit den Machthabern in Moskau etwa zu spielen war.
Da es um ein Menschenleben, um ein Künstlerschicksal und um eine Gewissensnot geht, wird sich jeder Leser des »Doktor Schiwago« diese Fragen selbst stellen müssen. Nach dem, was vorfiel, darf man dies große Werk nicht mehr bloß als Roman, als Kunstwerk, als Meisterwerk lesen. Es hängt zuviel Schicksal daran.
Auch unseres, auch eigenes. Es hängt auch zuviel von unserer eigenen Vergangenheit, es hängt zuviel von unserer eigenen bitteren Erfahrung daran. Wenn jetzt in Moskau die Funktionäre von Jugendverbänden, die das Buch nicht gelesen haben, weil es in Rußland ja gar nicht erschien, vor Tausenden und Zehntausenden junger Menschen, die ebensowenig Ahnung haben, wovon die Rede überhaupt ist, den alten Künstler »schweinischer als ein Schwein« nennen – nun, wir kennen den Ton. Wir haben es mit eigenen Ohren, in der eigenen Sprache und im eigenen Lande gehört und erröten noch heute. Wir kennen es, dieses Terrorgespenst, wir kennen den Haß, den das reine Kunstwerk auf sich zieht. Wir wissen, daß Klee und Beckmann nicht so sehr daran litten, daß sie das Land wechseln mußten; wir wissen, daß es an ihrem Lebensmut fraß, daß man sie für Zerstörer, Zersetzer, für Entartete, Schädlinge und Verderber hielt, sie, die Romantiker waren und eine Geisteswelt, ein Traumreich, eine Wirklichkeit jenseits der Waschmaschinen und Eisschränke aufbauen wollten. Sie waren sensible Naturen. Der Vorwurf, daß sie Zerstörer sein sollten, war für sie das Schlimmste.
Nun ist dieser alte Künstler, nun ist dieser Boris Pasternak in ihre Reihen getreten. Auch er ein Gejagter, Beschimpfter.

Wie also? Was ist daran? Was meint dieser Pasternak wirklich? Was hat er mit diesen sechshundert Seiten nun eigentlich wirklich gewollt? Noch einmal: ist er, wenn gewiß auch kein Volksverräter und Wühler, so vielleicht doch ein unbelehrbarer Bürger, eine überholte Figur, ein Vertreter des Alten, das nun einmal dahinsank, und somit dem neuen Rußland, dem Sowjetsystem nicht zuzumuten? Es ergibt sich, wenn man das Buch auf der Folie der glücklosen Vorgänge liest, etwa das folgende Bild:

Pasternak ist ein Künstler und sein Doktor Schiwago ist es auch. In der Tat steht er in dem großen, in dem ungeheueren Geschehen des ersten Krieges und Nachkrieges, in der großen russischen Revolution, in dem chaotischen Hin- und Herwogen, in den Kämpfen der Roten und Weißen –, in der Tat steht er inmitten dieses weltgeschichtlichen Wirbels wie einer, den dies alles gar nicht so richtig angeht. Ein Unorientierter. Daß der Leser sich so schwer durch die Ereignisse findet, daß er nicht weiß, was er denken, meinen und wollen soll, hat seinen Grund darin, daß es Doktor Schiwago selber nicht weiß. Deutlich, überdeutlich die Situationen: ein Flußufer, eine Waggonreihe, die sich im Morgengrauen als abgehängt, ohne die Lokomotive und die vorderen Wagen, mitten im transuralischen Rußland verlassen, erweist: eine Verhaftung. Ein Salonwagen mit einer korrekten, höflichen revolutionären Führergestalt, deren Erscheinung meisterhaft dargestellt wird: Stahlkonturen, biegsam; man hat dergleichen selten zu hören und lesen bekommen.

Doch bleibt es bei Situationen. Es bleibt bei Nahgestalten, bei Eindrücken. Es gehört, wenn nicht zu den Schwächen, so doch zu den Eigenarten dieses Romans, daß immer etwas von außen geschieht, etwas einbricht. Uferwellen. Ein Wellensaum dicht vor den Füßen am Ufer; das Schiff, der Motor, das große Ereignis bleibt verschwommen in nebliger Ferne. Im ganzen eine große Passivität; eine große Passion.

Man kommt vielleicht weiter, wenn man an unseren Simplizius Simplizissimus denkt. Wie der im hohen Meer des Dreißigjährigen Krieges ohne Steuer, ohne Ziel, ohne Orientierung dahintreibt, so Doktor Schiwago auf den Wogen der russischen Revolution. Aber nicht aus Zufall ist der passive Held des Dreißigjährigen Krieges ein Waldjunge, der bei einem Einsiedler unbelehrt aufwächst. Doktor Schiwago aber ist ein erwachsener Mann, ein Arzt; man erwartet von ihm etwas anderes. Hier liegt eben doch eine Schwäche. Doktor Schiwago überzeugt nicht als Arzt. Daß sich die Familie aus dem hungernden Moskau nach Sibirien rettet, mag noch unverdacht bleiben; man unterdrückt noch soeben den Einwand: ein Arzt, wenn er wirklich ein Arzt ist, kann seine Stadt in der Fleckfieber-Epidemie doch nicht so schlankweg verlassen, kann nicht Leine ziehen, kann sich nicht drücken. Aber auch in Sibirien hält er seine Arztschaft geheim, um nicht belästigt zu werden. Er baut nun Gemüse und frettet sich durch, mit seiner kleinen Familie, zieht es vor, Tagebücher zu schreiben, deren Inhalt ein wenig zum Verschwommenen neigt. Er will eben den Kragen hochschlagen und die weltgeschichtliche Welle über sich hingehen lassen. Er ist überhaupt gar kein Arzt, wenn man es richtig beschaut, er ist Künstler. Das Ärztliche ist eine vorgebundene Maske, romanhaft, nicht wahrhaft, eher störend.

*

Darüber wäre, als einer Schwäche unter so vielen Stärken, kaum Wesens zu machen. Doch führt diese Beobachtung tiefer ins Wesentliche hinein, aus diesem Zug läßt sich Aufschluß gewinnen. Nämlich, es kommen beim Lesen dieses monumentalen Kunstwerks Momente, in welchen man es versteht, daß den großen Akteuren, den direkten Erben der großen Revolution, den sowjetischen Machthabern, ein solches Dokument der Entschlußlosigkeit, der russischen Weichheit, der Unbeteiligung zuwider sein muß. Es sind bloß Momente, in welchen den Leser diese Regung befällt;

wie viele widerstrebende Gefühle müssen den Leser eines so vielschichtigen Riesenwerks nicht im Lauf vieler Lesetage erfüllen! Immerhin: daß dieser Roman im ganzen viel eher ein Zeugnis der russischen Leidensfähigkeit ist, nicht aber der Tat- und Entschlußkraft, wird niemand leugnen; damit ist ja keine Verminderung verbunden, die Bewunderung der russisch-christlichen Duldkraft war von jeher etwas, was der tätige Westen zutiefst an der russischen Seele verehrte. Man kann jedoch nicht vom Entschlossenen viel Verständnis für den Unentschlossenen erwarten; wer weiß, was er will, wird an dem, der es nicht weiß, immer Ärgernis nehmen. Aktion und Passion sprechen von jeher verschiedene Sprachen. Der Doktor Schiwago aber weiß nie, was er will. Mitten im Vulkan der Aktion steht er entschlußlos und schwankend.

*

Mag sein, daß es unter solchen Umständen den sowjetischen Schrifttumskammern (oder wie diese Institutionen zur Zeit eben heißen, es ist besser, man bleibt ein für allemal bei den uns verständlichen, für uns mit Erfahrung bezahlten, unmißverständlichen Namen) – eine Erscheinung wie Boris Pasternak, ein Werk wie dieser Doktor Schiwago nicht gelegen sein kann. Auch sie, oder doch die Geweckteren unter ihnen, werden nicht die Größe dieses Autors und dieses Werkes bestreiten, nur seine Verwendbarkeit im Parteisinn bezweifeln. In ihren Augen mag er eine Figur und ein Fall sein, der in einiger Hinsicht Verwandtschaft mit Gerhart Hauptmann besitzt: Größe, unbestreitbare Größe, aber Mutmangel. Entschlußlosigkeit, dann wieder ein Zwang zum Geständnis aus bedrängtem Gewissen, dann wieder Unterwerfungsbereitschaft und über alles ein zähes Haften am Boden. Im ganzen eine zu duldende, bis zu einem gewissen Grade genehme, ernsthaft aber nicht zu verwendende, unverläßliche Künstlerfigur.

Soweit im Sinne der Diktaturen verständlich. Aber welch

ein Versäumnis, auch nur ein Mindestmaß von Großmut zu zeigen! Welch eine verlorene Chance, einen Welterfolg vor den russischen Wagen zu spannen! In demselben Moment, wo Sowjetrußland mit den »Kranichen« einen solchen Welterfolg hat, der auch seine politischen Feinde auf die Knie der Bewunderung zwingt! Woran den Sowjets doch soviel liegt, liegen muß: haben sie etwa vergessen, welch unauslöschlichen Eindruck über Jahrzehnte der »Panzerkreuzer Potjemkin« der ganzen Welt machte? Wie dieser Film die Intellektuellen des Westens reihenweise zu kommunistischen Parteigängern machte?
Ach nein, sie vergaßen es nicht. Aber etwas anderes ist stärker: die Tyrannenfurcht vor dem Geist. Welcher Rückfall in den finsteren Stalinismus, Zarismus! Welche Starrheit, welche Brutalität, welch eine Unfähigkeit, auch nur die allergeringste Geistesfreiheit zu dulden. Es ist erschütternd. Aber zu tief sitzt der Schock, daß es die Schriftsteller waren, aus deren Zirkel in Warschau und in Budapest der Funke ins große Pulverfaß sprang.
Gewiß, der Doktor Schiwago ist ein Unentschlossener, ein Bettler an Tatkraft. Und doch, man fürchtet den Freien sogar in dieser Bettlergestalt. Sein Verbrechen ist es, ein heimlicher Künstler mit seinen Stärken und Schwächen zu sein. Ein Dichter, jagt ihn!

*

Doch wäre es unrecht, diese Ausführungen mit einem Mißklang zu schließen. Unrecht, weil es den künftigen Leser auf eine falsche Spur lenken müßte: er möge das Buch eben nicht in der Hauptsache als ein Politikum lesen! Damit würde er den Peinigern Pasternaks einen Gefallen tun, nicht aber sich, nicht dem Dichter. So sehr auch die Vorgeschichte der deutschen Ausgabe, die Story dieses Manuskriptes, dieser wahrhafte Roman eines Romans, dazu angetan ist, mit besonderer Hellhörigkeit auf die politischen Ober- und Untertöne des Textes zu hören: man darf

nie vergessen, daß es vor allen Dingen die Geschichte eines Liebenden, eines Leidenden, eines Getriebenen ist, eines Dichters. Doktor Schiwago ist Künstler, ist Dichter; er hätte ganz gewiß auch zu besseren Zeiten kein gutes und glattes Leben gehabt, dazu steckt in ihm selber zuviel russische Uferlosigkeit, zuviel Chaos, zuviel russisches Leiden. Dieses Leben zwischen zwei Frauen ist nicht (wie es die Liebesgeschichte bei Dudinzews »Nicht vom Brot allein« war) eine aufgeklebte Nebengeschichte, sondern das Zentrum. Man muß dieses Buch zu neun Teilen als eine leidenschaftliche Liebes- und Lebensgeschichte und nur zu einem Teile als Politikum lesen. Daß die Revolution, daß der Bürgerkrieg, daß die Verfolgung des Menschen und seine nachzaristische, neue Versklavung dann doch immer der Stoff bleibt, der alles und alles durchtränkt, schon vergleichbar mit »Krieg und Frieden«, wo Napoleon auch die Hauptperson ist und nicht ist: dies beweist bloß, daß dieses Buch eben russische Wirklichkeit, sowjetische Gegenwart ist, durchaus erlebt und erlitten.
So spannend, so aufschlußreich die politischen Bezüge sein mögen: lassen wir uns nicht dazu verführen, alles, was von da drüben kommt, nun auch politisch zu sehen. Das hieße ja, die Politisierung der Künste, diesen Unfug der Diktaturen, mitmachen. Der »Doktor Schiwago« ist zuerst und vor allem ein großer Lebensroman. Verkennen wir nicht seine Schwächen: daß er in den Betrachtungen zum Verschwommenen neigt, zu einem Zerfluß der Gefühle; es ist viel Tschaikowski in diesem Buch, viel vergangenes Jahrhundert. Wie aber sollte man seine Erzählkraft, seine Masse, seinen weltgeschichtlichen Atem, seine Herrschaft über die dunklen und die hellsten, zartesten Farben nicht rühmen, nicht seine zärtlichen Morgen, nicht seine lastenden Nächte, nicht seine Gefangenschaften in Stuben, nicht seine Wälder und Städte.

Nachruf auf einen Kritiker
Zum Tode Alfred Kerrs

In den Morgenstunden des Dienstag starb in einem britischen Militärkrankenhaus in Hamburg der bekannte Theaterkritiker Alfred Kerr. Am 16. September, einen Tag nach seinem Wiedereintreffen auf deutschem Boden, erlitt er einen Schlaganfall, von dem er sich nicht mehr erholte.

Ironischer Tiefsinn des Schicksals, daß das Leben des Einundachtzigjährigen nun doch auf deutschem Boden zu Ende ging! Kerr, der aus Breslau stammte, kam um die Jahrhundertwende nach Berlin. Als Theaterkritiker des Roten »Tag«, einer über ganz Deutschland verbreiteten Tageszeitung des gebildeten Bürgertums, die nur Aufsätze, keine Nachrichten enthielt, dann des »Berliner Tageblatts« entwickelte er alsbald jenen unerhört witzigen, aufreizenden, von Lyrismen durchsetzten Stil der Kritik, der jeweils am Morgen nach den Berliner Premieren das Publikum zu Bewunderung, Lachen und Empörung hinriß. Dreißig Jahre hindurch waren Kerrs Theaterkritiken das literarische Ereignis des Tages. Damals kam die Nachtkritik auf. Wozu Theodor Fontane, der berühmte Kritiker der »Voß« sich noch eine halbe Woche Zeit nahm, das war nun in wenigen Nachtstunden gespanntester Arbeit zu leisten. Hieraus entwickelte Kerr seine komprimierte Manier: wenige Worte höchster Treffsicherheit. Über dem tötenden Witz und der scheinbaren Leichtigkeit seiner Schreibart konnte man übersehen, wie unerhört sorgfältig das gearbeitet war. Schreiber dieser Zeilen erinnert sich, lang nach Kerrs Zeiten in der Setzerei des »Berliner Tageblattes« einen Metteur gesprochen zu haben, der auf den zinkbeschlagenen Setztisch wies und erzählte, wie Kerr oft mit beiden Händen auf diesen Tisch geschlagen und getobt habe: wegen eines Kommas oder eines weggebliebenen Strichs. So verbarg sich hinter der scheinbar saloppen Art und gewollter Clownerie die gewissenhaft erwogene Nüance. Was man auch gegen ihn einwenden mag: Kerr hat die Theaterkritik zum selbständigen Kunstwerk erhoben und Freund und Feind gezwungen, jetzt und künftig die Kunst der Kritik mit seinen Maßen zu messen.

Über den bitteren Angriffen, mit denen er das Unechte und den falschen Anspruch zu vernichten pflegte oder, wie man damals zu sagen begann: verriß, wird oft vergessen, wie enthusiastisch er zu bejahen vermochte. Nie hat ein Kritiker kostbarere Kränze geflochten als er, wenn er wahre Größe erkannte. Wie hat er, in einer der letzten Kritiken, die er in Deutschland schrieb, den Auftritt der Wessely gefeiert! Über dem Verletzenden seiner Kritik vergaß man oft, daß nur der leidenschaftliche Wunsch nach letzter Steigerung jedes Talents seine Triebfeder war. Das unvergleichliche Niveau des deutschen Theaters in den Jahrzehnten von 1890 bis 1930, des damals unbestritten besten Theaters der Welt, war die Frucht dieses ewig ungenügsamen, immer Höheres fordernden Geists.

Kerr hat nicht nur für die Schauspielkunst, sondern auch für die Dichtung der Zeit die Maßstäbe geschaffen. Der glanzvolle Aufstieg Gerhart Hauptmanns ist von seinen glühenden Bekenntnissen begleitet, während er zugleich Sudermann, der anfänglich als gleichwertiges Talent galt, Jahre hindurch mit einer Flut von erbarmungslosem Hohn und Spott übergoß. Freilich finden sich auch schwere Fälle von Willkür und Ungerechtigkeit. So verhöhnte er Hofmannsthal auf das Schlimmste; nach der bösartigen Kritik des »Geretteten Venedig« trug sich der zarte Hofmannsthal mit Selbstmordgedanken. Auch gegen Thomas Mann hat Kerr die lieblosesten Urteile gefällt. Immer aber hat er das zur Trägheit und Gleichgültigkeit neigende deutsche Publikum aufgestört und in Atem gehalten, immer zu leidenschaftlicher Parteinahme gedrängt und so im Für und Wider jenes Kunstfieber erzeugt, das in jedem Fall dem Theater zugute kommt.

In den letzten Monaten vor 1933 schloß Kerr keine Kritik, gleichgültig ob er ein Trauerspiel oder ein Lustspiel besprach, ohne die Öffentlichkeit gegen die anrückende Gefahr aufzurufen. Die maßlosen, alttestamentarischen Ausbrüche von Haß, die er dann aus Paris und London nicht nur gegen die Nazis, sondern gegen alle Dagebliebenen richtete, konnten freilich die Gegner dieses Regimes in der Heimat selbst nicht mehr verstehen; sinnlose Torheiten waren, bis in die letzten Jahre, dabei. Doch geht es nicht an, jemandem, dem so großes Unrecht geschah, das Maß des Hasses vorschreiben zu wollen. So wird sich dies letzte Kapitel in Kürze vergessen, während Kerr in künftigen Zeiten der genialen Sprachmeister und Kritiker mit keinem als mit dem Hamburger Dramaturgen zusammen genannt werden wird.

Neues von Heidegger

Wer die neuesten Schriften von Heidegger liest, wird dem Bild, das er sich von dem großen Denker gemacht hat, einen neuen Zug einmalen müssen: den Grundzug der Heiterkeit nämlich. Eine Art allgemein flutenden, sattgelben Lichtes liegt jetzt über so einer Seite, eine Gelassenheit, wenn man dies Wort im alten, erfüllten Sinn hören mag: im Lassen gewinnen. Wer Welt läßt, vergnügt sich. Wie immer es in diesem und jenem Fall zu verstehn ist: alle Heiterkeit kommt daher.

Der »Satz vom Grund« (Verlag Neske, Pfullingen 1957) vereint eine Vorlesungsreihe des Winters 1955 und einen später gehaltenen, zusammenfassenden Vortrag. Wer das Buch zum ersten Mal liest, ist wie der erste Leser eines Romans zu beneiden, denn er hat noch die Überraschung vor sich. Es wird recht sein, ihn darauf vorzubereiten, da Einer auf Spannung bei so einem Buche vermutlich gar nicht gespannt ist. Er darf es sein; wie Heidegger eine Umstimmung des Satzes vom Grunde: »Nichts ist ohne Grund« durch einen (so sagt er) Tonartwechsel bewirkt, das bringt eine Art pädagogischen Triumphes mit sich, hat auch was von genialer Verblüffung, wie wenn ein Zauberer die Wirkung seiner Verwandlung durch heitere Leichtigkeit steigert. Dazu kommt noch, daß sich die Flugweite des neuen Gedankens im Anfang kaum vollends ermißt; allmählich aber kommt eine große Befreiung. Die Sache, die sich vor Anfang vielleicht gedanklich dürr und lebensfern ansah, zeigt sich alsbald von einer ganz anderen Seite. Dieser »Satz vom Grund« hat nicht so bald Grund. Er geht auf den Grund unseres Lebens.

Große Gedanken erweisen ihre Größe auch dadurch, daß sie noch im Abtrag und Auftrag, noch im Allgemeiner-, Flacher- und Breiterwerden eine wohltätige Wirklichkeit haben. Es ist eine Art Großmut in ihnen, eine Geduld, eine Milde, die weiß, daß jedes Verstehen ohnehin eine Undeutlichkeit und eine Annäherung ist, und außerdem flüchtig, ein Aufschein. So darf aus dem Gang dieser Vorträge vereinfacht mitgeteilt werden: Leibniz, der Autor des Satzes vom Grund: »Nihil est sine ratione, nichts ist ohne Grund«, macht damit das Wissenschaftalter sich seiner selber bewußt. Wenn er den Satz auch noch anders gehört haben mag, da er ja als prima causa noch Gott weiß, so leitet der Satz, der eben nun in der Welt ist, ja, sich anschickt, den Thron dieser Welt zu besteigen, eine totale Herrschaft der Gründe, der Berechnung und der Bemessung der Folgen, der Zwecke, der Forschung, der Wissenschaft ein: der Naturwissenschaft, der Gesellschaftswissenschaft und der Technik. So kam Herrschaft, dann Allein-, dann Zwingherrschaft der Gründe. Zu der Umhör, die Heidegger jetzt diesem epochalen Satze zudenkt, verhilft eine bloß geringe Verrückung, ein Tonartwechsel, welcher sich mehr auf des *ist* und den *Grund* als auf das *nichts* und das *ohne* verläßt, oder mit anderen Worten: in dem *ist* die Botschaft des *Seins* hört und dafür aufhört, in *Grund* bloß Kausales, bloß das Erklärte und das abhandengekommene Geheimnis zu se-

hen, vielmehr im Grunde *den Grund* hört. (Wenn man behelfsweis für Grund das gesteigerte *Urgrund* einsetzt, kann der Doppelklang leichter abgehört werden. Oder noch etwas anderes: da es Heideggers Begriffe auszeichnet, daß sie auf ihrem Grunde gern etwas von Schwarzwaldrauch haben, »Lichtung des Seins«, »Holzwege«, »Kehre«, »Hirt und Nachbar des Seins«; – so auch dieses umzuhörende »Grund«, worein etwas von Talgrund und Wiesengrund und Mühlengrund schwingt.)
Man bemerkt jetzt vielleicht, wie gesagt werden konnte, diese Umhör komme einer Krampflösung gleich und sie bedeute eine heitere, große Befreiung. Steht doch nicht weniger als der gedachte und also schon existente Umschlag der Diktatur der Gründe, der vergötzten Kausalitäten zu hoffen, ein Ende des Wissenschaftalters. Wer die Gedankenfolge zum ersten Mal mitdenkt, mag sich anschaun, ob er an sich nicht was von dieser Befreiung bemerkt. Vielleicht läßt sich nicht immer Einigkeit darüber erzielen, bei welchem der abgemessenen Satzscheiter, die Heidegger wie gewohnt seinem Feuer zulegt, es beim Einzelnen aufflammt. Oft mögen es Nebensätze sein, wie die Stelle, wo es von Leibniz' reddendis causis, den zuzustellenden Gründen, beiläufig heißt, man müsse das »so wie die Post zustellt« verstehn. Also jeder Grund an seine Adresse. Die Adressaten wohnten aber auch vorher schon dort, auch *vor* allen Gründen.
Oder die Bekränzung jener zwei Angelus-Silesius-Verse. Mir ist deutlich, daß die Vorlesung, die sich damit beschäftigt, die fröhlichste und die eigentlich befreiende ist. Eine ganze Stunde ist der Auslegung des Doppelverses, daß die Rose »ohn Warum« sei und sie blühe, weil sie blühe, gewidmet, und auch die Auslegung blüht, da nach und nach aufscheint, daß dieses Verspaar der große Gegen-Satz des Satzes vom Grund ist. Die Strophen des Angelus Silesius sind zwar ungefähr gleichzeitig mit Leibniz, doch so, daß mit dem Aufstieg des Satzes vom Grund jenes »Ohn

Warum« der Rose in den Unter-Grund geht. Dort wird es während der Diktatur jenes Satzes auch bleiben, eben um jetzt, bei der Umhör des *Grundes* und im neugewonnenen Morgenglanze des *Seins* auftauchen zu können – und das tut es, zu Vieler Freude befreit. Denn für Viele, Viele ist die Rose immer ohn das Warum, immer und immer die Rose des Angelus Silesius, also des Dichters geblieben und wird es auch fernerhin bleiben.

So wird vielen diese Vorlesungsstunde das Herzstück der gesamten Reihe bedeuten, in der Komposition des Gesamten etwa der langsame Satz: eindringlich, unvergeßlich, ein Zentrum der Ruhe. Die Art, wie Heidegger dieses »sie blühet, weil sie blühet« aus der Nähe einer möglichen Banalität nimmt, im Fluge weit davon wegträgt und den Vers zum Schlüsselwort dessen macht, was jetzt, nach der Umhör, *der Grund* ist: das wird für Viele der Augenblick jener verheißenen heiteren Überraschung sein. Da wird auch klar, daß das nicht eine Auseinandersetzung innerhalb der Philosophie ist, vielmehr etwas, was an uns Allen geschieht.

Vielleicht wäre es gut, aus Heideggers Schriften einmal jene einzelnen, oft genannten, nur wortgetreu zu bewahrenden Sätze zu lösen und zu »Lichtstrahlen aus Werken«, wie man das in früheren, beherzigungsfreudigeren Zeiten genannt hat, zu Fragmenten also, zusammenzustellen. Ich denke im Augenblick an die beglückend-erheiternde Stelle, an welcher gefragt wird, wo denn dieses »Nihil est sine ratione«, dieser für uns so selbstverständliche, uns so regierende Satz, jene zwei Jahrtausende bis Leibniz geschlafen und das in ihm Vorgedachte vorausgeträumt habe? Man sieht leicht, das sind Sätze, welche das Licht und den Rang und die Art von Verszeilen haben, wenn man darunter eine Wirkung begreift, die nicht von dem ausgeht, was *auf* Zeilen, *in* Worten steht, vielmehr in ihrem Dazwischen, ihrem Sich-mit-einander-Vertragen. Doch da hätte man ja auch fürs Sagen den Bezirk der Gründe und Zwecke verlassen

und träte ins Reich der Verwandlung und der Verzauberung ein. In das eigentliche und rechte Reich der Sprache also, der Dichtung, da Wort immer Zauberwort, Wunderwort, Weckwort und Wirkwort einer schon möglichen, schon gespannten, nun eben bewirkten Verwandlung sein muß.
Die Anmut solcher Verwandlung, solcher Umhör liegt also darin, daß mit so überraschender Leichtigkeit etwas von solchem Gewichte bewegt wird. Es werden Massen beiseite geschafft, die uns zu verschütten drohten. Heidegger legt eher frei, als daß er Neues und Festes, Fremdes auflegte; seine Hilfe liegt im Eröffnen. Auch darin ähnelt seine Wirkung dem des Gedichts, auf welches der Angesprochene, Betroffene ja seit Urzeiten die Antwort bereit hat: daß er gerade das und genau dasselbe eigentlich selber hätte ausdrücken wollen.
Wie überhaupt soll man Heidegger hören und lesen? Wie will er, daß man ihn höre? Wenn jemand über diesen »Satz vom Grund« meint, daß der am Schlusse wiedergegebene Vortrag doch eigentlich alles enthalte und es sei nicht recht einzusehen, warum die Sache auf zehn Vorlesungsstunden habe ausgedehnt werden müssen –: so ganz ohne Verstand ist das nicht. Freilich, läse man Heidegger so, wie die Wissenschaft spricht, schreibt, und wie sie es auch von der anderen Seite erwartet, so daß jede Zeile nur über das, was auf ihr steht, befragt wird und mehr weiß sie auch nicht – ja, dann hätte man recht. Aber das wäre dann eben jene gott- und weltverlassene Wissenschaftsprosa, in der alles ausgedrückt wird, wie man einen Schwamm oder ein Wäschestück ausdrückt: es bleibt nichts mehr drin. Es wäre eben die Sprache, die nun, nach vielhundertjähriger Herrschaft der »Gründe«, die unsere ist: entleibt und entseelt und versteppt und verwüstet, wie sie es vorher wohl niemals und nirgendwo war.
Ob aber Heidegger solche Leser und Hörer im Aug hat? Um das zu erfahren, müßte freilich erst festgestellt werden, was

Heideggers Schriften eigentlich sind. Das Moment der Zurede bei ihnen ist keinesfalls zu verkennen, die Frage ist bloß, ob Zurede nicht sogar das Eigentliche dieser Übungen ist. In diesem Fall wären es eher Traktate, verdeckte Traktate, und sogar Konfessionen, eher und besser in der Art zu hören und lesen, wie sich so was und nicht wie man Universitätsvorlesungen aufnimmt. Ist das so, so läge Heidegger eher an Hörern und Lesern, die weniger Wissensdrang als *Leidenschaft* haben. Anders als das, was auf Universitäten gemeinhin statt hat, ist offensichtlich das Seine gemeint: nicht erasmisch, eher lutherisch. Nicht als Ergebnis, eher als Übung. Daß seine Zurede so oft immer wieder dasselbe umkreist, ist dafür ein Zeichen. Nicht unähnlich der Art mag es wünschen aufgenommen zu werden, wie man Verse aufnimmt oder die Prosa einer Gleichnisrede, etwa die Prosa jener summierten Bildreden Altchinas: ein schmaler Band die Frucht eines Lebens. Also eben wie wirklich Prosa, wie Dichtung, da ja der Dichter, wenn wirklich schon einmal einer daherkommt, ohnehin immer ganz anders aussieht, als der, auf den alle Welt wartet, so daß der althergebrachte und wohl gehörige Platz des Dichters schon dort ist, wo ihm die Rücken und Seiten zugewandt werden, während der Aufblick der Vielen dem gilt, der irgendeiner aus Gestrigem gewonnenen, schon nicht mehr wahren Vorstellung entspricht.

Prosa der Art wird immer einen gewissen Grad von Unbegreiflichkeit haben. Sie wird liebbar sein, sie wird als eine Immerandere erscheinen, immer dunkler und immer merkwürdiger, je weiter man eindringt, unerschöpflich und grundlos: wird immer das Unergründliche haben, nie Gründe. Scheint es doch überhaupt, als bestehe ein gegenseitiger Ausschluß von Begreifen und Lieben. Was leidenschaftlich bedacht wird, wird keineswegs leichter, wird vielmehr immer schwerer begreiflich, wird rätsel- und rätselhafter, je weiter man eindringt, und zuletzt ganz unfaßbar. Je weiter man mit ihm kommt, um so weniger wird

man verstehen, wie man sich überhaupt jemals einbilden konnte, man werde es eines Tages verstehen.
Ja, Kenntnisnahme, die hat freilich ein Ende. Zum Begreifen eignet sich alles, wozu man lieblos Distanz hat: das verrufene Objektive, das man zum Zweck der Unterjochung erforscht. Doch sind das ja Scheinsiege; das ergibt jene Jagden, bei welchen die Hasen am Ende die Jäger jagen und fesseln, das ergibt jene Landnahmen, nach welchen der freudlose Sieger vom Unterworfenen besiegt wird.
Denn auch im Reich der Sprache, dem Reich aller Reiche, gilt ja, daß immerwährender Anfang ist, solange geliebt wird. Das ist wie ein Garten: je weiter man eindringt, so wunderbarer. Wenn es dann später immer noch wunderbar und überraschend und neu ist: kann man es weiter je bringen? Solche Blicke besitzen ja Prägkraft. Daß wir das Passende, daß wir die Hohlform schon lang in uns trugen: wir wußten es nicht und wir wußten es insgeheim immer.

Wer ist der beste Leser?

In den Sprüchen des Konfuzius heißt es: »An den Kreuzwegen deines Lebens laß dir zwei Menschen begegnen: einen, den du gestärkt, und einen, den du gekränkt hast.« Wunderbar; der Satz hängt sich an wie eine Klette und läßt sich anwenden. Für einen Schreiber müßte er lauten: An den Kreuzwegen deines Schreiblebens, also wenn du nicht weiterweißt oder einen Mißerfolg hattest oder, gefährlicher, wenn du einen Erfolg hattest, laß dir zwei Menschen begegnen: deinen besten und deinen schlechtesten Leser.
Ein bester Leser, wie müßte er aussehen? Ein bester Lober? Aber wer wäre der beste Lober zu nennen? Sicherlich einer, der mehr hergibt als Beifall; fast könnte man sagen, das wäre ein schlechtester Leser. Ein bester Leser, das müßte

ein kritischer sein; das griechische Wort für Kritik bedeutet ohnehin Lese: Lese während des Lesens. Es waren glückliche Schriftstellerzeiten als es Kritiker gab, die so zu loben vermochten wie Kerr, der ebenso glänzend zu höhnen verstand und der auch musterhaft irrte. An ihm, dessen kritisches Werk nach einem halben Jahrhundert immer noch Auflagen hat, kann man lernen, daß der beste Leser der gefährlichste ist: die Hand voller Blitze.

Glatte Zustimmung interessiert den Schreiber viel weniger als man wohl annimmt. Glatter Beifall setzte voraus, daß Einer beim Schreiben (oder beim Malen oder beim Musizieren) den Leser und Hörer einrechnet; aber wenn das ist, ist jeder Künstler verloren. So könnte er dem Publikum ja bloß bringen, was es schon selber und ohne ihn hat; es wäre ein Vorgang, der allenfalls schnellen Erfolg, dann aber den fadesten Nachgeschmack hat. Von jeher wurde Kunst widerstrebend entgegengenommen; die Verstärkung des Lebens, die jedes neue Kunstwerk darstellt, liegt nicht in der Bequemlichkeitswiege, im Schmeichelversprechen unseres Jahrhunderts.

Es wäre uralt und doch neu, klänge einfältig, wäre auch leicht zu mißbrauchen, und dennoch, man sollte es einmal wieder für eine Weile versuchen: Kunst auf die Waage des Lebensdienstes zu legen. Denn jedes Jahrhundert, jede gesellschaftliche Umordnung, jede Neuzeit veranlaßt, daß sich neue Aufgaben für die Künste ergeben. Mit der Weltarmut, mit der Neuverteilung der Weltgüter, mit dem rechtlichen Ausgleich der Weltteile, mit der Weltplanung, mit den neuen Welträumen so oder so einigermaßen fertig zu werden, das möchte man den aufgetretenen Kräften schon zutrauen. Was aber die Führung deines und meines Lebens angeht, so scheinen unabsehbare Verluste eingetreten zu sein, und mehr sind noch zu erwarten. In der Kunst zu leben ist niemals mehr gestümpert, bankerottiert, aufgegeben, verzweifelt, getappt und gepfuscht worden. Kein Zweifel, daß unsere Vorväter, mächtige und ohnmächtige, große und kleine, an unseren Stümpereien gemessen sich als Meister der Lebensplanung erwiesen. Also sollte irgend jemand bekennen, er habe, im Sinn des Konfuziusworts, aus irgend einer Dichtung eine Lebensstärkung gewonnen: ich wüßte keinen besseren Leser zu nennen.

Bücher und Bibliotheken

Fassungslos

Über die Bibliothek zu Wolfenbüttel

Besucher der Bibliothek führe ich gerne, nachdem ihnen eine Anzahl der kostbaren Bilderhandschriften gezeigt worden ist, durch die weitläufigen Magazine unserer Bibliothek. Dann ergötze ich mich daran, wie verschieden sie reagieren. Im allgemeinen läßt sich sagen: je vertrauter einer mit der Bücherwelt ist, je mehr er also selbst liest, desto größer wird sein Erstaunen angesichts einer großen Ansammlung von Büchern sein. Ich denke auch gern an den neunjährigen Sohn eines Freundes, den ich in der Absicht, ihn zu verwirren, im Geschwindschritt über Wendeltreppen, durch Gassen und verschlungene Gänge des Magazins führte, wobei er seine Fassungslosigkeit in unaufhörlichen Staunensrufen kundtat, während er mir im halben Laufschritt durch alle vier Stockwerke nacheilte. Er erklärte zuletzt mit hochroten Wangen, er habe nun alle Hoffnung verloren, jemals in seinem Leben klug werden zu können. Oft bleibt eine derartige Wirkung bei Erwachsenen aus. In unserem Massenzeitalter ist der Sinn abgestumpft gegen das Übermaß von Bemühung, das in einer großen Büchersammlung zum Ausdruck kommt.

Restaurierungswerkstatt

Es war und ist gar nicht leicht, Handwerker für diese Sache zu finden; die großen Bibliotheken, knochenunmusisch wie sie allermeist sind, haben da viel zu lange geschlafen. Wer in Betracht kommt, muß ein Meister des Bucheinbands sein, denn das alte Buch, die mittelalterliche Handschrift wird meist vom Einband her krank. Er sollte außerdem Chemiker sein, Chemie des Papiers und der zahlreichen, lang mit viel Geheimnistuerei verhohlenen Restaurierungskniffe; außerdem Papierhistoriker; außerdem erfahren in den grafischen Künsten, da jede alte Bibliothek auch eine grafische Sammlung hat und da man grafische Blätter schwerlich behandeln kann, wenn man nicht selber an der Lithographen- und Radierpresse gestanden hat. Dies alles also sollte schon sein. Zudem muß, so meine ich, der Restaurator einer Bibliothek ein schöpferischer Handwerker der Einbandkunst sein, in der Lage, einen meisterhaften Bucheinband originellen Gepräges zu machen; er muß also Fantasie haben, eine seltene Ware. Denn mit dem Ausflicken schadhaft gewordener mittelalterlicher Einbände ist es so eine Sache, Leder ausschärfen, Stücke einsetzen, das sieht dann leicht wie Flickschusterei aus. Zuweilen muß es sein. Aber warum soll man nicht einer Handschrift des 13. Jahrhunderts, zum Beispiel einer berühmten Handschrift frühester Musik, Nôtre dâme-Chöre, einen neuen Einband aus rotem Niger-Ziegenleder mit vorzüglicher Goldschrift geben, der sich seiner Herkunft aus der Mitte des zwanzigsten Jahrhunderts nicht schämt, wenn man den alten, nicht mehr intakten, der nicht mehr schützen kann, in einer Schatulle daneben stellt, um sich übler Nachrede in fünfzig oder hundert Jahren zu erwehren, man habe barbarisch gehandelt? Oder man steckt einen invaliden Band in eine neue Lederschatulle, so ist das Ganze geschützt und kann invalid bleiben; wenn das Werk im Lesesaal vorgelegt werden oder in die Fotowerkstatt gebracht werden muß, kann ihm nichts passieren. Zudem spürt man die Hand unserer Tage, die neue Zutat. Das muß sein. Man präsentiert dergleichen ja auch in Vitrinen, die ein Architekt *unserer* Tage entwarf.

Nun gibt es ein altes Öltunk-Verfahren, das man wiederaufnehmen und kultivieren kann. Es wird da eine gewisse Dosis von Farbe, oder mehrere Farben, auf einen Wasserspiegel in einer Wanne gegeben, dann ein Treibmittel, wie Benzin, zugesetzt, das je nach der Menge der Farbe, die auf der Oberfläche des Wassers schwimmt, zu groß- oder kleinmusterigen Figuren zwingt. Dann wird mit einem auf den Wasserspiegel gelegten Papier oder Kunststoff Farbe und Muster abgenommen. Das Verfahren ist gar nicht so weit weg von den Decalcomanien Max Ernsts; man läßt das Ding machen, was es selber will und freut sich.
Je nach Farbe, Menge und Treibstoff kann man kleine Originale erzeugen, die unter sich ähnlich, aber nicht selb sind; dann, mit anderen Farben und Mitteln, ergibt sich eine andere Serie. Es beschreibt sich härter und umständlicher als es sich zeigen ließe. Jedenfalls, wenn man zusammengehörige Stimmbücher eines Musikales in einer ebenso eingefärbten Schatulle verwahrt, und der Nachbar ganz anders aussieht, es gibt tausend Varianten, kann nichts durcheinanderkommen. Und das Durcheinanderkommen ist ja, was Bibliotheken fürchten müssen, bekanntlich; in einem Millionenbestand ist ein verstelltes Buch eben für eine ganze Weile, Jahre, Jahrzehnte verloren. Oft, wenn ich Ärger hatte und das Verwaltungselend, das unvorstellbare, leid war, bin ich hinüber in die Werkstatt gegangen. Dort war immer Gleichmaß und Glück, ich kann es nicht anders sagen. Dorthin war noch nicht die Entfremdung durch Arbeitsteilung, das Elend der Herstellung noch nicht gedrungen, dem wir ja doch nie mehr entkommen werden, auch gar nicht wollen, wenngleich Viele, in einer Art Religionsstreit, den man später gar nicht mehr wird verstehen können, die eine Wirtschaftsform für alleinschuldig und die andere für erlösend halten.

Es hat mir in den letzten Tagen besonders leid getan, daß mein alter Plan noch immer nicht das harte und enge Gehör der Verwaltung gefunden hat, in dem Wohnhaus Lessings, das Sie vor diesen Fenstern sehen, neben einigen musealen Räumen (nicht zu vielen), unsere Restaurierungswerkstatt für unsere Handschriften und alten Bände unterzubringen, sodann aber auch einige bequeme Gästezimmer für auswärtige Besucher der Bibliothek einzurichten; es wären ja zumeist Handschriftenbesucher. Das würde bloß eine alte Tradition wiederbeleben, denn Lessing hat, nach den schlimmen Lebensschlägen seiner hiesigen Jahre, in seiner Einsamkeit gern Bibliotheksbesucher beherbergt und es wäre schön und sinnvoll und eine Geste, die man gewiß weithin verstünde, Bibliotheksgäste aus aller Welt eine Weile unter Lessings Dach wohnen zu lassen.

Ich sage das, weil es sich wohl so gehört, der Geister dieses Platzes, an den Sie gekommen sind, zunächst zu gedenken. Zudem liegt es nahe, denn Lessing war Handschriftenbibliothekar. [...] Bereits wenige Tage nach seinem Amtsantritt (endlich erfährt man, womit sich ein Bibliothekschef in den ersten Tagen seiner Amtsübernahme beschäftigt), bereits wenige Tage nach seiner Ankunft also sah Lessing die älteste Handschriftengruppe, die frühmittelalterlichen Weißenburger, Stück für Stück durch und bemerkte einen Text, von dem er, wie er berichtet, sich nicht habe erinnern können, jemals gehört zu haben, daß es ihn gebe. Es war der Berengarius-Text aus dem 11. Jahrhundert, Berengar von Tours, Abendmahl und Verwandlungsdogma. Alsbald veröffentlichte er den Fund, in einem Meisterwerk aggressiver Prosa, blitzend vor Geist und Gelehrsamkeit, in souveräner Beherrschung der alten Autoren und (was für uns vielleicht am fernsten gerückt ist) in leidenschaftlicher Parteinahme, persönlicher Einlassung, denn Lessing sympathisierte offensichtlich mit dem stolzen Häretiker, der über die Wandlung in der Messe eine, wie es Lessing vorkam, moderne Auffassung hatte.

[...]

Von der ungeheuerlichsten Wirkung aber ist eine andere Handschriftengeschichte aus jenen elf Wolfenbütteler Jahren Lessings, den letzten seines Lebens, also jenen Jahren von seinem einundvierzigsten bis zu seinem zweiundfünfzigsten Lebensjahr: das ist jene berühmte Veröffentlichung der sogenannten Wolfenbütteler Fragmente, der Handschrift eines Zeitgenossen, des Hamburger Orientalisten Hermann Samuel Reimarus, der still gelebt hatte und das zweitausend Seiten lange Manuskript einer kritischen Durchforschung des Bibeltexts hinterließ, von dem Lessing Bruchstücke veröffentlichte, wobei er aus Zensurgründen so tat, als handle es sich um eine Handschrift der Bibliothek. Mit diesem Dynamit geriet in Bewegung, was wir unter der modernen Bibelkritik, von Reimarus bis Albert Schweitzer und Bultmann, verstehen: eine Sache von der ungeheuerlichsten Bedeutung, die an die Fundamente ging; es leben Viele unter der Wirkung dieser Erschütterung, ohne es zu wissen, und es ist gewiß die leidenschaftlichste, folgenreichste Handschriftengeschichte der Neuzeit, die von dem Zimmer, dessen Fenster Sie von diesen Fenstern aus sehen, ausging.

Zellwert

Noch etwas. Wenn wir hier unter den Augen Lessings stehen, so mag es einer seiner Charakterzüge sein, den wir vor allem bemerken wollen: daß er der Redlichste unter allen Redlichen war. Hofmannsthal hat von Lessing gesagt, daß er der einzige geborene Charakter unter so vielen gemachten war. Diese Klarheit menschlicher Beziehungen möge anwesend sein, solange ich hier verantwortlich bin. Ich

möchte bemerken, daß ich mich als einen starken Verehrer der Kardinaltugend der Gerechtigkeit bekenne. Wir haben die weltbewegende Macht dieser Tugend und die erschütternden Folgen ihrer Abwesenheit in den vorvergangenen Jahren zur Genüge erfahren.
Und wir haben in ebendiesen Jahren erfahren, daß uns im Wirbelsturm der Ereignisse nichts retten kann, es sei denn, daß wir versuchen, die Zellen gesund zu erhalten. Das Ganze, wohin es treibt, wohin es gerissen wird, ob es dauert, ob es wankt, ob es stürzt – wir wissen es nicht und unsere tägliche, nächtliche Sorge gilt dieser Frage. Wir wissen nur eins: es gilt, die stillen Feuer zu unterhalten, den Geist, der sich in den einzelnen Gehäusen, in den gefüllten Kammern, in den noch kraftvollen Zellen erhält. Gelänge dies nicht – es hülfe auch nichts, wenn sich das Ganze erhielte.
Wolfenbüttel ist eine solche Zelle – Wolfenbüttel als Stadt, als Gebilde, und diese berühmte hier gewachsene Bibliothek auch. Sie zu erhalten, nicht sie zu konservieren, sondern ihre Keimkraft, ihren Zellwert lebendig und jung zu erhalten: das muß die Aufgabe sein.

Frei durch Kurzwaren

Von jeher war ich der Meinung, daß es gut sei, wenn ein Schriftsteller einen Beruf habe, der weit von seiner Schreiberei abliege. Eine Weinstube führen. Eine Boutique, eine Arztpraxis. Eine Teehandlung für Kenner. Einen Reiseandenkenladen am Seeufer mit Stocknägeln. Oder ehrliche Kurzwaren wie Herr Klages in Königslutter, der zwar kein Schriftsteller ist, als Modell in diesem Zusammenhang jedoch dienen darf. Nach der Straße zu geht sein Laden mit Weißwaren, banal, wie ein solcher Laden nur sein kann, in den Hinterstuben aber tut sich eine unvergleichliche Pracht. Herr Klages ist Inhaber einer paläontologischen

Sammlung, die er mit Leidenschaft während eines ganzen Lebens zusammengesucht hat, an unzähligen Sonntagen, auf Ausflügen und Reisen, die auf keinen anderen Hinblick geplant waren, die gesamte Familie mit seiner Leidenschaft ansteckend und besonders erfolgreich, nachdem er im Elm eine einzigartige Fundgrube versteinerter Seelilien entdeckte, die ihn in die Lage versetzte, bis nach Sibirien, Ceylon, Australien, in die Anden mit ebensolchen petrefaktischen Narren zu tauschen, wie er ist. Wenn man ihn besucht, kommt man ohne vier, fünf Stunden nicht fort, er glüht, wirft mit Jahrmillionen, zeigt die herrlichsten Sachen, bietet den Anblick eines glücklichen Menschen, sagt selber, er habe in seinem Leben alles andere vergessen, eine Geliebte, eine Scheidung, eine Krankheit, das Trinken, das Bauen, das Geldsammeln. Jetzt steht er zum Doktor honoris causa an und wird von Autoritäten aus allen Ländern besucht; es liegt aber am Tag, daß kein Professor sich mit ihm an Leidenschaft, Stolz und Glück messen kann. Er hat sich selber zu dem gemacht was er ist. Er ist frei, das ist es. Frei durch Kurzwaren.

Er muß nicht, er will. Man kann viel von ihm lernen, auch dieses: Es sollte wohl immer etwas im Spiel sein, das zwingt, einen intimen Verkehr mit den Dingen zu haben. Dinglich sein. Ohne die Nähe zu Dingen, so meine ich und fürchte ich, ist Gefahr, ins Windige zu geraten, unzuständig zu werden, weltlos, belanglos. In Literatur abzukommen, wobei ich nicht bloß an die sogenannte schöne denke, noch mehr an die sogenannte wissenschaftliche Literatur, diesen Albdruck unseres Jahrhunderts, die in einem Maß, das noch niemals da war, ins Schattenhafte und Weltlose, Bildlose, Dinglose absank, eine säkulare Vorhölle, sodaß die Vermutung nahliegt, daß der Krebs, der verrückte Zellwucher, die Todeskrankheit des Zeitalters, nicht von ungefähr das Land und den Erdteil und den gesamten Ball überzieht, nicht eine Sache des Körpers. Mir scheint das tiefer zu liegen.

Lessings Bibliothek

Die Wolfenbütteler Bibliothek, diese alte herzogliche Sammlung, die Bibliothek des alten Braunschweiger Landes: zuweilen will es so aussehn, als sei dies Juwel außerhalb der engeren Heimat mehr gerühmt, mehr gefragt, mehr bedacht als auf der eigenen Scholle. Der Prophet gilt nichts im eigenen Land; das evangelische Wort kann auf dieses großartige Schatzhaus des Geistes umgesagt werden. Jedenfalls, soviel steht fest, ein Juwel unter den Bibliotheken Deutschlands, Europas, der Welt ist diese Sammlung. Der Kern, die Substanz einer Bibliothek stellt immer ihr Besitz an mittelalterlichen Handschriften dar: der ist in Wolfenbüttel berühmt und bedeutend und wird auf deutschem Sprachgebiet nur von München (dem unvergleichbar prachtvollsten Handschriftenbesitz der Welt), von Wien und von dem Berliner Besitz übertroffen; was vergleichsweise die sonst doch so wichtige Göttinger Universitätsbibliothek an Handschriften hat, ist um ein Mehrfaches geringer. Aber auch der Frühdruck, dann die so schwer übersehbare Literatur des Jahrhunderts der Reformation, der Barock, die alte Musik, frühe Karten: was auch immer zum Ruhm einer alten Büchersammlung gehört, ist in Wolfenbüttel in reicher Menge vorhanden. Der Vorrat an Seltenheiten und Kostbarkeiten ist so stupend, daß diejenigen, die sich von Beruf und Verwaltung wegen Jahr um Jahr mit diesem Besitze zu beschäftigen haben, immer noch, immer wieder, Jahr um Jahr täglich Entdeckungen und Wiederentdeckungen machen.

Vielleicht ist es dem getriebenen und zerstreuten Bürger dieses arbeits- und konsumwütigen Jahrhunderts gar nicht so ohne weiteres verständlich, wozu das noch gut sein soll: alte Handschriften, Texte des Mittelalters, Kirchenväter, Klosterliteratur, Schrifttum längst vergangener Tage. In einer Zeit, die eher nach vorn stürzt oder doch glaubt, daß es vorn sei, wohin sie jedenfalls stürzt, ist dieser Zweifel ver-

ständlich. Im allgemeinen muß ein Jahrhundert, das sich vor so unfaßbares Neues gestellt sieht, der Ansicht zuneigen, das überlieferte Weisheitsgut passe nicht mehr und es gelte, neue Normen und neues Wahres zu finden. Indessen, nach einer revolutionären Welle, sei es der Gesellschaft, der Wirtschaft, der Technik, sei es der Malkunst und Dichtung, kommt der Geist immer wieder erstaunlich auf die alten Sprünge zurück. Das radikal Neue unserer Epoche wird ganz gewiß überschätzt; es ist nicht das erste Mal in der Geschichte, daß es so aussieht, als sei das Ende der Zeiten gekommen, und dann – bleibt vieles beim alten. Aber die großen Neuerer, die großen Modernen einer jeden Epoche haben die Überlieferung ja immer zu schätzen gewußt. Um nur im Vorbeigehn ein oder zwei Beispiele sprechen zu lassen: Picasso, der doch alle Begriffe des Malens und Sehens um und um gedreht hat, greift recht deutlich auf die neuentdeckte kretisch-minoische Topfkunst zurück, steht dem um 150 Jahre älteren Goya überhaupt sehr viel näher als der gesamten französischen Kunst seines eigenen Jahrhunderts; auch muß es auffallen, wie er die alten Meister, Cranach, Ingres und Manet, umgemalt hat. Der große Moderne hält viel mehr von dem Alten, als seine Fans glauben. Denn es gibt zwar das Modische, aber es gibt durchaus keine echte Modernität, die das Uralte verachtet.
[...]
Die Klagen, daß das Land seine berühmte Sammlung allzu engherzig bedenke und so einer bequemen Mumifizierung preisgab, sind alt; man kann sie schon ziemlich wörtlich in den Eingaben der großen Wolfenbütteler Bibliothekare Leibniz und Lessing nachlesen. Der Name des großen Leibniz als eines Wolfenbütteler Bibliothekars wird übrigens zu selten genannt; dabei hat gerade er in praktischer Tatkraft, wohl auch mit dem Gewicht seines Ansehens, viel für Wolfenbüttel getan. Am Ende wird man ja einen Museums- oder Bibliotheksleiter immer danach beurteilen, was und wieviel er zur Vermehrung seiner Sammlung erreicht hat.

Da ist von dem viel berühmteren Wolfenbütteler Bibliothekar, von Lessing, wenig Gutes zu melden. Sein Ruhm ist, daß er einer der besten Kenner der Bibliothek und Entdecker vieler nachmals berühmter Handschriften war. Im übrigen sind es für ihn ja trübe elf Jahre gewesen, die er, bloß festgehalten von dem europäischen Ruhm dieser Sammlung, in Wolfenbüttel verbracht hat; das ehrende Gedenken, das ihm jetzt, einem bequemen Toten, die »Lessingstadt« Wolfenbüttel gewährt, darf nicht darüber hinweggehn, daß man ihm damals das Leben nicht eben leichtgemacht hat, und wahrscheinlich würde man es heutzutage nicht viel anders halten mit ihm, der natürlich nicht gerade ein bequemer Mann war; fade Schönreden dürfen darüber nicht täuschen. Es bleibt ja für immer bestehen, daß der Aufenthalt Lessings mit dem »Nathan«, mit der »Erziehung des Menschengeschlechts«, mit den bis auf den heutigen Tag so folgenreichen »Wolfenbütteler Fragmenten« und der rätselhaften Spinozageschichte der stärkste Moment in der Geistesgeschichte der Stadt, ja wohl des ganzen Landes war, so daß sich von fern her der Name Wolfenbüttel unlösbar mit dem Namen Lessings verknüpft.

Brief an Rolf Schneider

[Wolfenbüttel, 27. 5. 1968]

Sehr verehrter Herr Ministerialdirigent,
vom 11. Juni an wird in Bern bei Kornfeld und Klipstein die alljährliche große mehrtägige Auktion stattfinden. Ein Nachmittag ist einer Sammlung von MALERBÜCHERN gewidmet. Die Sammlung ist so bedeutend, wie seit Jahren nichts auf dem Markt war.
Ich wünschte mir, ich könnte noch einige Lücken unserer Sammlung schließen. Ungefähr neun Zehntel dessen, was Kornfeld anbietet, besitzen wir schon. Ich könnte, nach

Schließung von Lücken, die GIACOMETTI, MAX ERNST, MIRÓ und HANS ARP betreffen, das Gefühl haben, die Sammlung abgerundet zu haben. Denn die heroische Zeit dieses Genres ist vorbei; sie ging von 1920 bis 1960. Es ist das Zeitalter PICASSOS. Ich sollte 30 000 DM zur Verfügung haben. Ist diese Summe zu ermöglichen?
Ich habe nunmehr das Gefühl abzuschließen. Der Umbau des Direktorhauses zwingt uns, spätestens um den 10. September, zum Auszug. Ich habe unserem Architekten in Staufen mitgeteilt, daß wir dann einziehen *müssen*.
Ich werde 5 Dinge, die anderswo nicht sind, in Wolfenbüttel zu Stande gebracht haben:
1) die SCHAUBARKEIT EINER ALTBERÜHMTEN BIBLIOTHEK
2) die RESTAURIERUNGSWERKSTATT
3) die NEUE FOLGE UNSERER KATALOGE
4) die SACHE LESSINGHAUS
5) und die MALERBÜCHER.
Ich brauche nicht zu sagen, daß ich alle fünf Vorhaben ohne Sie nicht hätte ausführen können.
Wir freuen uns sehr auf den Besuch in Ruhe, den Sie mir angekündigt haben.
Ihr dankbarer

Erhart Kästner

Brief an Rolf Schneider

Staufen im Breisgau
am 25. August 1970

Sehr verehrter Herr Ministerialdirigent,
wie sich vorstellen läßt, haben meine Frau und ich in den letzten Wochen und Monaten viel an Sie gedacht. Es könnte sein, daß Sie jetzt größere Sorgen haben als die, welche ich Ihnen im Folgenden vortrage.
Die 100 000 DM von VW für MALERBÜCHER *sind alle*. Sie sind nicht nur bis zur letzten Mark verbraucht, der Betrag

ist sogar überzogen; Beträchtliches ist bei Kunsthändlern zurückgelegt.

Bevor ich, in einem zweiten Teil dieses Briefes, einzelne Titel aufführe, um Sie zu überzeugen, daß *in diesem vergangenen Jahr so unumgängliche neue Meisterwerke anfielen,* daß sich Enthaltung ausschloß, darf ich ein paar allgemeine Sätze vorbringen.

Es ließ sich, vor jetzt 18 Jahren, nicht voraussehen, welchen Umfang und welchen Rang das Gebiet der MALERBÜCHER annehmen werde. Niemand überblickte das Vorhandene, niemand konnte wissen, daß die Größten unserer Epoche sich in dem Maß literarisch einlassen würden, daß also das illustrierte große Buch ein so goldenes Zeitalter haben werde. Für uns in Deutschland war ohnehin alles neu. Dann aber, um 1960, vollzog sich in den Köpfen, erst Weniger, dann Mehrerer ein Prozeß. Das so neue, so unvergleichliche Genre der MALERBÜCHER (wie ich es nannte und wie man jetzt allgemein sagt) *wurde klassisch.* Man sah ein, daß seit DÜRER, CRANACH, BALDUNG-GRIEN und HOLBEIN etwas dergleichen nicht mehr dagewesen war.

Es ist, was mich betrifft, weniger Verdienst als Glücksache, daß ich seit 1952 oder 53 zugriff. Es war doch so, daß ich vor der fast unlösbaren Aufgabe stand (Das HERZOG ANTON-ULRICH-MUSEUM in Braunschweig, unsere Schwesteranstalt, steht heute noch ratlos davor), eine langlang vernachlässigte, stehengebliebene, unterernährte Bibliothek zu neuem Leben zu bringen. Das konnte durch wissenschaftliche Literatur, wie sie jede Universitätsbibliothek ja doch reichlicher hat und Wolfenbüttel natürlich auch haben muß, nicht geschehen. Es mußten also außergewöhnliche Wege sein; der faszinierende Umbau war später das stärkste Moment auf dieser Linie, die Restaurierung ein anderes. Ich mußte mir überlegen, was dem Geist, in welchem vor Zeiten gesammelt worden war, heute entspräche.

Noch interessierte sich im Kultusministerium kaum je-

mand tatkräftig für Wolfenbüttel. Da ich über nur beschämend kleine Mittel verfügte, die nicht einmal für das, was eine Bibliothek halt so haben muß, ausreichten, nutzte ich die Dubletten im Keller, die meine Vorgänger ausgesondert hatten und die dort verkamen, weil es feucht war.
Nie im Traum konnte ich mir ausmalen, daß man eines Tages einen ganzen Saal für die MALERBÜCHER nehmen könne. Es war ja auch nicht so, daß ich dem Sammeln dieser Werke viel Zeit und Aufmerksamkeit hätte widmen können; es machte gewiß nur den hundertsten Teil meiner täglichen Arbeit aus und geschah mit der linkesten meiner Hände. Ich konnte auch nicht wissen, daß keine andere deutsche Bibliothek mit im Rennen liege. Ich dachte nichts weniger als daß ich es erleben werde, daß gerade diese Sondersammlung in ganz Deutschland und darüber hinaus Ruhm haben werde. Das kam erst, als unsere Sammlung auf der II. documenta ausgestellt wurde und größte Publizität über Nacht kam. (Damals besaßen wir im Vergleich zu heute nur wenig.)
Das konnte auch nur so kommen, weil es die berühmte *alte* Wolfenbütteler Bibliothek war, in der man *so Hochmodernes* nicht vermutet, sodaß, bis heute, ein gewisses Überraschungsmoment im Besucher am Werk ist. Dabei ist es das Natürlichste von der Welt: eine Spannung von exzellentem Altem und ebenso exzellentem Neuem. Beides sind eben gloriose Bücher. Was heißt da alt, was modern.
Ich weiß, *Sie wissen das alles.* Sie haben ja von dem Augenblick Ihrer Amt-Übernahme im Kultusministerium an den stärksten persönlichen Anteil an dieser Sondersammlung genommen und so viel Hilfe in allen Initiativen, in allen Extravaganzen, die es zuweilen wohl waren, auf die Beine gebracht, daß das Schicksal der Wolfenbütteler Bibliothek mit Ihrer Person identifiziert werden muß; Jedermann weiß das. (So wie Jedermann weiß, daß der drängende, fast stürmische Wille des Herrn DONNDORF seit Jahren das Stuttgarter Kunstleben befeuert.) Dieser Ruhm wird Ihnen

auch bleiben; das Kind ist schwierig, aber nicht undankbar.
Sie wissen auch, daß im Gegensatz zu wissenschaftlicher Literatur, deren Wert schnell verfällt, *der Wert der Quellen*, wie sie Wolfenbüttel mit Vorliebe sammelt (ich erinnere an den Ankauf der Sammlung alter Musik aus der Kirche Sankt Stefan in Helmstedt und an die Musikalien aus Polen, die sich dann als ehemaliger Elbinger Besitz herausstellten, Beides mit Ihrer Hilfe, aber das sind nur zwei Beispiele, die mir gerade in den Kopf kommen) – *steigt*, und die MALERBÜCHER sind natürlich ORIGINALE und QUELLEN. Die Wertsteigerung der MALERBÜCHER ist schon heute enorm und geht weiter, rapid – Sie wissen es.
[...]
Ich hoffe, die Überzeugung geschaffen zu haben, daß es sich um außerordentliche Erwerbungen handelt, die in diesem Jahr anfielen: Preziosen innerhalb der Sammlung. Zögern und Weglassen wäre fehlerhaft gewesen. Jeder Erwerbung gingen sorgfältige Erwägungen voraus.
Die MALERBUCH-Sammlung in Wolfenbüttel ist halt nunmehr in die Lage gekommen, ihren Ruf verteidigen zu müssen.
Die Addition der oben aufgeführten Werke ergibt bereits die Summe von 118 200 DM.
Es bleibt mir also nichts übrig, als im Namen von Herrn RAABE um weitere Hilfen für die MALERBÜCHER in Wolfenbüttel zu bitten.
Ich grüße Sie, verehrter Herr Ministerialdirigent, und zugleich Ihre verehrte Frau, auf das Herzlichste, als Ihr Ihnen immer dankbarer

Erhart Kästner

Sorge und Glück

Viel Glück

In einem Blatt, das vor Kurzem fertig wurde und nachträglich »Hoher Mittag, August« benannt wurde, wohnt Glück. Es wohnt nichts anderes als Glück in dem Blatt, es besteht pur aus Glück. Große Leuchtkraft. Kaum erträgliche Helle.

Während man entzückt auf ein Bild wie dieses starrt, kann es sein, daß man es verortet, ich meine an einem bestimmten Ort der eigenen Erinnerung anpflanzt. So sah ich mich augenblicklich ins oberste Engadin versetzt, Gegend von Isola und Maloja, noch bevor ich den Nietzsche-Titel gelesen hatte, der rückseits vermerkt ist. Dazu trug wohl auch das schmale und langgestreckte Format bei. Andere mögen sich an Strände versetzt sehn.

Das sind Bilder, die später in der Erinnerung noch aufgehen; vielleicht sah man sie gar nicht lang an. Der lange Höhenzug rennt, rot, wie besessen. Die obere Zone, Luft, Himmel, ist bräunlich, rauchig, achaten. August. Das Licht staut sich so, daß es sich selber im Weg ist. Der Höhenzug ist mit einzelnen Bäumen besetzt; der eine kann eine Zypresse sein, der ein Bergahorn und ein dritter, der die Form eines Weinglases oder eines Schirms hat, der gegen den Himmel gestülpt ist, denn er will soviel Licht wie möglich auffangen, eine betrunkene Pinie.

Vorn zwei Figuren, nackt, hingelagert, etwas entfernt voneinander. Bei so viel Sommerglück bedarf es nicht der Umarmung. Die Figuren sind leicht zu entziffern. Ihre Umrißlinien sind faserig, mehrdeutig; das ist es, weswegen wir jetzt auf dieses Blatt kommen. Erst nach Momenten erkennt man die Überschlanke, die Nymphe, die da im Gras liegt; ist sie fischschwänzig? Sie hat die Hand in die Hüfte gestützt, eine lässige und zugleich hochgezierte Bewegung. Der Junge bückt sich, ein Bein scheint vorgestreckt; pflückt er? Doch kommt es weniger auf das Paar als auf sein Glück an.

Schicksale

Man sollte auf Erden nichts hoffen, als das Schicksal zu finden, das zu einem gehört. Wahrscheinlich kommt vieles Mißlingen, viel Fehlgehen davon, daß unser Trachten danach geht, ein möglichst günstiges Schicksal zu haben, während man suchen sollte, im Wust der vielen Schicksale, die herrenlos daliegen, das seine zu finden.

Getaufte Hellenen

Die Entdeckung, daß die Liebe Zeit zu schmelzen vermag, gehört der Antike. Die Sappho war es; sie, eine große Verzichtende, hat es entdeckt, daß Liebe ein Ausstieg aus Zeit ist. Sie hat sich als erste den Wetterschlägen gestellt. Freilich, unter solchen Blitzen schmilzt alles.

Das Alte Testament scheint Ähnliches gar nicht zu kennen. Es spricht mehr von Zeugung; dort ist Liebe geschlechtlicher Art. Es schwelgt ja geradezu in dem Worte Geschlecht, welches in seinem Sprachgebrauch eine Waagrechte und eine Senkrechte hat: das andere Geschlecht und dann Ursprung und Nachkommenschaft. Hier herrscht die Geschlechtsliebe. Hier wird frei zugestanden, daß die Liebe zum Kind sexuell, daß sie Geschlechtsliebe ist. Der freilich ist Dauer beschieden; sie muß ja auf Zeit, auf immer wiederholte Lebenszeit drängen. Im Alten Testament ist die Zeugung das Wesentliche der Liebe. Das Erlebnis der daseinsfrohen Antike ist, sehr paradox, eine Liebe, die Zeugung verschmäht.

Erst die Sehnsucht der christlichen Epoche ist es gewesen, die Liebe, die Zeit löscht *und* die, welche neue Lebenszeit zeugt – die Liebe, die außer sich ist *und* die Wurzeln treibt in die Welt – die Liebe, die irdische Leidenschaft ist *und*, was Beatrice und Margarete geleistet haben für alle, *und* die den Himmel aufzuschließen vermag – all das zusammenzu-

schmelzen in einem glühenden Guß. Eine theologische Kühnheit, die unser Leben verändert hat. Ein Hauptanliegen, das zu denken und dichten erst nach einem Jahrtausend gelang. Gelang – zu einem höchst seltsamen Preis: daß nämlich die berühmtesten Liebespaare, die großen Leitsterne, nun doch wieder Entsagende waren, Heloise und Abailard, Dante und Beatrice, Hatem und Suleika, Hölderlin und Diotima. Dante verhält sich zu Beatrice doch so, wie Sokrates im Gastmahl zu Alkibiades war. Es ist wie eine dunkle Erinnerungsfracht, die in der Tiefe des Schiffsleibs mitgeführt werden muß.
So sind wir getaufte Hellenen. Dort, damals war eine Tür aufgetan, die sich nie wieder schloß.

Glücksquell

Hängt nicht Glück allein von der Fähigkeit ab, etwas als Geschenk entgegenzunehmen? Wird man unser Jahrhundert eines Tages als eines beschreiben, das nichts mehr geschenkt haben wollte? Ein Jahrhundert, das für Geschenke zu stolz war? Ein Jahrhundert, das in einem unvorstellbaren Maß Geschenke verlernt hat? Ein Jahrhundert, das alles selbst machte? alles herstellte? so daß selbst der Gläubige nicht mehr zurecht kommt, wofür er danken solle und nicht? Denn was berechnet, geliefert, gesteuert, gelenkt und bezahlt ist, muß kühl lassen. Alles bezahlt, aber teuer.
Glück ist, was Geschenk ist: war das denn zu vergessen? Hinter Allem und Allem Schenker zu sehen: welcher Glücksquell. Welcher Zuwachs, aus der Erfahrung gewonnen, daß nichts stärker bindet als Abgabe. Die Vorfahren, die Größeren, majores. Welche Kunst, reich und doch von Geschenken zu leben. Welche Kunst, es so weit zu treiben, auch noch das Unglück als ein Geschenk, das man nicht zurückweisen kann, als Schickung entgegenzunehmen.

Die Sonne jeden Tag jung

Pausanias, ein Tourist großen Namens, sonst eher kleiner Person, fand, daß die Insel zu seiner Zeit unbewohnt war. Das war unter den römischen Kaisern, in den Jahren des Marcus Aurelius etwa, des Philosophen auf dem Thron der Cäsaren, der tätig und siegreich war und dennoch ein Leben lang sich die Erschütterung bewahrte, die der Gedanke hervorrufen kann: *die Welt ein Vorbeizug*. Tätig und siegreich und immer von diesem Gedanken besessen: das gibt wohl das Zeug für eine Lieblingsgestalt.
Dieser Pausanias also, auch stoisch gesonnen, ließ sich beim Anblick der leeren Insel von dem Gedanken ergreifen, alles was er so fleißig bereise und sehe und aufzuschreiben versuche, sei bloß ein Moment des Vorbeizugs. Denn ich weiß schon, so schrieb er, der Fürst dieser Welt liebt zu wälzen und immer was Neues auf die obere Seite zu bringen. Geschichte will immer alles auftrennen. Mykenai, einst Griechenlands Schwert, ist verödet. Theben, einst führend, ist eine Burgruine, sonst nichts, und von Babylon, das eine Weltstadt war, stehen noch zwecklose Mauern. Aber Alexandria, das sie erst gestern gegründet haben oder war es vorgestern, ist zu Volk und zu Begabung und Leben gekommen, so daß man dort das Gefühl hat, mitten im Wirbel zu sein: Augenzeuge, Zuschauer bei Ruhm, Gast eines Frühlings und Sommers. Wie da die Stunden sich längen und die Sonne scheint voller Jugend. Aber Delos, noch eben der große gemeinsame Markt aller griechischen Länder, überladen mit heiligem Gold wie eine Schüssel mit Früchten, ist so arm geworden, daß es bloß noch so viel wie ein Privatmann besitzt, den man nicht einmal reich nennen könnte, und wenn man den Wachzug nicht rechnet, den die Athener Anstands halber noch hinschicken, weil halt die Heiligtümer noch stehen, so wäre die Gnadeninsel ausgestorben zu nennen, sogar die Klage darüber in weißen Gassen verhallt.

Keinerlei Klage also. Klage, warum auch. Die Welt ein Vorbeizug. Wie eine Kühle am Jochbein, am Schlaf und rückseits im Ohrenschatten den immerfort rieselnden Fortzug verrät. Wie alles Hinfall zuwinkt und zunickt und ausschwätzt und gar verspricht wie eine spätere Erfüllung. Ist es so traurig, daß alles sich wieder verbirgt? Verbergen ist bergen. Darüber zu klagen hätte auch nicht dem großen Herakleitos gefallen, den die Stoiker wie ihren Vater liebten und der doch gesagt hat: »Die Sonne jeden Tag jung.« Wem freilich die Sonne bloß ein Feuerball wäre, der abbrennt und den man erforschen kann, fotografieren, ermessen, unter Aufsicht stellen, in Dienst stellen was ihm an Triebkraft einwohnt, damit hergestellt werde, also stellen, stellen und stellen –: wem aber die Sonne das Licht ist, dem ist sie das Neue und Junge. Gestern noch nicht dagewesen: das eben ist Jugend und Licht.

Kranich-Tanz

Archäologie leidet darunter, daß sie nur ausgraben kann, was handgreiflich real ist. Das Köstliche ist abgeflogen. Man muß glücklich sein, wenn man Spur und Stelle des Abflugs, den Abdruck noch sehen kann.

So fiel mir in Delos auf, daß von dem, was in den großen, archaischen Zeiten die Mitte des Fests, und also die zärtliche Mitte von allem war, was wir mit dem Hochnamen Delos verbinden, nichts mehr zu sehen ist. Ich meine den Altar Apollons.

Nicht einmal mehr die Stelle, wo er stand, ist ganz sicher, so daß viele Führungen, auch gelehrte und stundenlange, an dem Quadrat von Grundmauern vorbeigehen, über dem sich der Raum erhoben haben kann, in welchem dieser Altar stand. Er war aus dem Gehörn von wilden Ziegen geflochten, ein Kubus. Später konnte man es sich nicht mehr erklären, wie es möglich gewesen war, die gewundenen

Hörner so ineinander zu verflechten, daß ein Kubus daraus entstand. Er galt als unauflöslich und war eines von den Weltwundern. Noch zu römischen Zeiten, als der Geschmack sich vom hirtenmäßig Einfachen und Uralten weit abgewandt hatte, pflegte man diesen Altar, hielt das Horn mit Öl glänzend, so daß sein Wuchs aufschien.
Gehörn der Wild-Ziege. Da muß man archäologischen Aufschluß vom frischen Quell holen. Die wilde Ziege, das Agrimi, hat sich auf der Insel Kreta in den Weißen Bergen, hoch droben am Wolakias und Prinias, in wenigen Exemplaren erhalten. Wer diese scheuen, springfrohen Tiere, die voller Anmut sind, gesehen hat, kann verstehen, daß sie so viel Appell an die Burschen der Südküste haben, daß sie ganz närrisch darauf sind, sie zu jagen. Das hat zur Folge, daß die Tier-Art auf dem Punkt ist, ausgerottet zu werden. Noch aber läßt sich anschauen und vorstellen, daß ein solches Anmut-Geschöpf einem Hirtenvolk gottnah schien.
Auch von einer anderen Seite her kommt archäologischer Aufschluß. Um diesen Apollon-Altar aus geflochtenen Hörnern der Wild-Ziege wurde im Frühjahr, bei den delischen Festen, getanzt. So wie der Altar das geliebte und gehütete Zentrum der heiligen Insel war, so war dieser Tanz hochberühmt und das Zentrum des Festes. Er hieß Kranich-Tanz und wurde von jungen Männern getanzt. Kranich-Tanz, das ist ein Wort und ein Name; wenigen wird es viel sagen. Vielleicht, daß er die vage Vorstellung von Storchenschritten und langen Hälsen hervorruft. Auch ich hörte über das Wort hinweg, bis ich später das Wanderglück hatte, Kraniche tanzen zu sehen. Von großer Uferhöhe an der Finger-Wurzel der Chalkidike nämlich konnte ich auf eine Lagune hinabschauen und sah Kraniche tanzen. Ihr Verneigen und Stolzieren, ihr Flügelschlagen und Drehen, ihre schwärmerischen Kreisflüge, ihre Sprünge, die hoch in die Luft gehen, ohne daß sie ihre Schwingen dabei entfalten, ihre Verneigung vor dem Kollegen, das ganze Gemache bezaubert. Es gibt da auch Humor, denn es kommt vor, daß so ein

gefiederter Tänzer ein Stück Treibholz oder was es gewesen sein mag, ich konnte es so genau nicht erkennen, in die Luft warf und wieder auffing, also scherzte.
Kommt dazu, daß die Tierkunde den Kranich-Tanz nicht als bloßen Balz-Tanz ausweist, denn auch außer der Balz-Zeit, so höre ich, finde er statt, und es tanzen auch beide Geschlechter. Er ist also nicht, wie man meinen könnte, in die List der Leben-Weitergabe verflochten, vielmehr zwecklos. Er ist Glück, Spiel, Körper-Lust, Anmut, Gelenk-Freude, Selbstgenuß der Bewegung, Tanz eben. Der Kranich ist ja auch der Gefährte des Orpheus.
Wir wissen nicht mehr, wie der berühmte Geranos, der Kranich-Tanz um den Altar des Apollon vor sich ging. Aber das können wir sagen: voller Glück, voller Anmut und voller Einfälle war er. Vielleicht war jeder Tänzer in sich selber versunken, so wie Mädchen, ich hörte es, für sich allein tanzen, nach ihren Lieblingsmusiken, die sie sich vom Band spielen lassen, ohne Zuschauer.
Was weiß eine Zeit von der anderen. Wenig; das meiste ist vergessen und von dem, was dann noch bleibt, ist wiederum das meiste bloß Täuschung. Aus der Welt, die wir uns geschaffen haben in einer zweiten Schöpfung, wie jetzt sogar Theologen, dem Zeitgeist hinterherhechelnd, behaupten, einer Welt, die von Gegenständen, die wir erforschen, gefüllt ist, aber nicht mehr von Dingen, läßt sich schwerlich hinüberblicken in eine andere, vorige, in der alles noch Zeichen, Götterwink, Glück und Geschenk war.

Früher

Mach nicht den Fehler und leb zu lang. Oder du müßtest ertragen, daß die Welt, die du liebst, mein Kind, sich von dir abdreht, wegrutscht, eingeht wie zu heiß gewaschene Wolle. Oder wie das Rund einer Tunnel-Einfahrt, während der Zug durchs Dunkele fährt, du stehst im letzten Wagen, am Zugende. Das runde Stück Welt wird alsdann kleiner und kleiner, wirft sich fort, und je länger die Fahrt geht, um so strenger schnürt sichs. So die Welt, wenn du länger lebst. Welt ist, was sich wegzieht. Welt ist, was schon von allem Anfang an abkommt und fremder wird. Welt weggezogen, verschleppt, irgendwohin versteckt, nicht mehr findbar. Mundus abstrusus.

Machst du den Fehler und lebst lang, so wird dir das aufgehn. Solang du jung bist, kannst du das nicht erkennen; du täuschst dich, glücklicher Weise. Du glaubst, die Welt habe Zukunft. Wohl, aber diese Zukunft ist Abkunft. Welt ist, was sich fortwirft. Abtrift; Welt und Schwund sind dasselbe. Jede Beobachtung braucht Zeit. Erfahrung ist mit Zeit eingerührt, innig verrührt, wie die Apotheker sagen, also untrennbar verbunden. Erkenntnis muß mit Zeit bezahlt werden; Geduld ist die einzige Währung, für die Einsicht zu haben ist. Daß Weltwesen immer ins Fremde abtreibt, lehren nur die Jahrzehnte; um einen geringeren Preis als es Jahrzehnte sind, ist diese Wissenschaft nicht zu haben.

Freilich, ich zweifle, ob ich dir, mein Kind, wünschen muß, daß du diesen Preis zahlest. Muß ich ihn nicht zu hoch finden? dir vom Erwerb abraten? Es ist ja nicht so, daß jedes Wissen gewußt, jeder Fortschritt an Wissenschaft getan werden müßte; Wissen auch meiden zu können, ist eine Sache der Weisheit –, der Weisheit, die man früher, es ist lange her, Wissenschaft nannte; jetzt ist Wissenschaft bloß eine Klugheit, wenns hoch kommt. So zweifle ich, ob ich dir wünschen muß, diese Erfahrung zu machen.

Ars moriendi

Wir Bewohner der Neuzeit sind wie von etwas, das gar nicht anders sein könnte, davon durchdrungen, daß Zeit, unsere Lebenszeit also, den Charakter eines Kapitals habe, das wir gut oder schlecht anlegen können, mit dem wir gut oder weniger gut wirtschaften und das wir, wenn's geht, angehäuft hinterlassen. Hauptsache ist das Anlegen, und der Gewinn nennt sich: Werke, Aufstieg, Laufbahn, Erfolg, Ruhm, und sei es Ruhm im allervulgärsten Sinne der Ausschreiung, der Lust, sich in recht vielen Mündern zu wälzen, auf recht vieler Rücken zu stehen, recht viele Untergebene, Anhänger, Umgestimmte, Hörige, Neider als Untertanen der gleichgemachten Gesellschaft zu haben. Ob der Erfolg im plattesten Sinne angesammelten Geldes und gezeigten Aufwandes oder im edleren Sinne ärztlichen Tuns oder des Kunstwerks gedacht wird, macht gewiß einen folgenreichen Unterschied, der aber hier nicht gemeint ist. Einen wesentlichen Unterschied macht es nicht. Gute fromme oder gute gesammelte Werke: nur kein Stolz: Werke sind Werke.

Wie aber, wenn Zeit, Lebenszeit gar kein Kapital wäre, nichts dergleichen? Wenn es gar nicht darauf ankäme, recht weit nach oben zu kommen? Wenn es verfehlt wäre, recht viel herauszuholen, recht viele solcher Gewinne zu machen? Eine recht große Lebens-Rendite? Wenn dieses Schema von Anlegen und Gewinnmachen falsch wäre?

Wenn die Kunst aller Künste darin bestünde, Lebenszeit zu verlieren? Zeit aufzulösen, Lebenszeit durchscheinend zu machen, durchschimmernd? Lebenszeit zu entzeiten?

Die *alte* Kunst aller Künste, müßte ich sagen. Denn früheren Zeiten, dem Osten und was von dort herüber zu uns schlug, galt es für gewiß, daß es gut sei, sich von der Zeit immer wieder, wie auf Probe, zu lösen, aus der Zeit auszusteigen. Das Kapital leicht und gern wegzugeben wie einen verdächtigen Geldschein.

Und was hieße das: Die Kunst, Zeit zu verlieren? Ars moriendi, ars perdendi? Was wäre das?
Indem man darüber nachdenkt, ist man wohl schon am Anfang des Pfads, die alte Kunst zu erlernen.

Glanz der ersten Blicke

Merkwürdig, man betritt die Weltszene immer in einem besten Moment. Wie man einen Platz vorfand, wie man ihn lieben lernte, so erscheint er später kaum wieder. Länger leben heißt zusehen, wie das Meiste herunterkommt, ausbleicht: Vieles wird glanzlos und sprachlos, Vieles verliert den Verstand, den es vorher doch offenbar hatte, Vieles könnte beweisen, daß es so nicht gemeint war. Wo sind mir die Städte geblieben? Dresden, Prag, Rom? Wie Apfelduft umgab sie eine Glücksaura.
Wie sie verlieren, die Städte. Wenn man ältere Bilder von ihnen sieht, also wie sie vor hundert und hundertfünfzig Jahren aussahen, so hatten sie schon unglaublich verloren zu der Zeit, als man sie selbst kennenlernte und schön fand. Offenbar geht es schon lang, daß sie ausrinnen. Aber denen, die jetzt neu dazustoßen, scheinen sie gleichwohl passabel. Immer ist etwas am besten im Anfang.

Zeit und Raum

Wenn »Zeit« der modernen Physik dasselbe wie »Raum« ist: wie nah rückt dann die augustinische Einsicht herbei, daß Raum, Zeit und das darin befangene Ich nur verschiedene Begriffe für ein und dasselbe sind: für eine Trennung von der Kraft und der Herrlichkeit und der Fülle. Ohne zu wissen, wir seien auf dem Millionenstäubchen einer platzenden Granate zuhaus, wie Einstein nun lehrte, also ohne den zweifelhaften Aufwand der modernen Physik, haben alte Zeiten die Wendung gefunden: Ruhen in Gott. Meerstille, glanzvolle Stille. Eherner Himmel darüber. Nun, da sich das Zeitliche auch physikalisch als die Unruhe aller Unruhen erweist, kommt die Wissenschaft darauf zurück. Viel Neues wars also eigentlich nicht, was sie in vierhundertjähriger Anstrengung sich vorzutragen anschickte. Auch wurde es früher schöner gesagt.

Geduld

Das Übrigbleiben ist ein langwieriger Tod. Ich mußte nun zusehen, allein weiterzukommen. Dabei hatte ich, als ich das Manuskript schloß, das Gefühl, daß ich jetzt erst anfange, Griechenland kennenzulernen; was vorausging, war nichts als ein erstes Umarmen, das meistens ungenau ist. Dies Land erfordert Zeit und Geduld. Die beides nicht haben, speist es mit ein paar Allerweltsplätzen ab: sie sind ja mit dem geringsten Bißchen zufrieden. Zeit und Geduld muß man haben: Zeit ist der natürliche Reichtum des Menschen und Geduld ist der Ausweis, daß man das Geburtsrecht auf diesen Reichtum besitzt. Durchzudringen wird einem nicht an jedem beliebigen Tage geschenkt.

Niemals wieder

Unsere Sehnsucht geht aber auf das Unwiederholbare hin, das nur einmal geschieht. Das wahre Ereignis kehrt niemals wieder, es geschieht unterm Prägdruck der Erstmaligkeit, wie der Tod, wie die Liebe. Ein Widerfahrnis kann immer nur einmal, solang die Sterne kreisen, geschehen; dann verzeichnen wir: erstes Mal, niemals wieder. Nur wenn wir solcher Ereignisse teilhaftig werden, stehen wir außer der Zeit.

Wiederherstellung

Wiederherstellung, Wiederherstellung. Wer möchte ihr Ur-Recht bezweifeln. Die Grund-Berufe, der Arzt, der Richter, der Priester: Wiederhersteller. Wiederhersteller der verletzten Gesundheit, des verletzten Rechts und auch die Absolution ist nur ein anderes Wort für Wiederherstellung. Der nächtliche Schlaf: Wiederherstellung. Sogar die gesäuberte Wohnung, der gejätete Garten, das frisch bezogene Bett, die gewaschene Wäsche: Wir leben, unter anderem, auf Wiederherstellung.

Und doch empfiehlt es sich, einzusehen: Jede Wiederherstellung ein Halbgelingen. Wiederhergestellt, das schaut dich an wie dein Hund, der, ausgerissen, zu lange im Wald war, zurückfiel in Wolfs-Art. Er ist ein Anderer geworden.

Die Insel-Lerchen

Nie wird mich jemand davon überzeugen, daß Kunst etwas anderes sei als überwundenes Leben. Das Wort Wunde, das anklingt, muß mitgehört werden. Überwunden wird eine Krankheit; daß Leben etwas in dieser Richtung Liegendes ist, wird man auch ohne besonderen Schwachsinn nicht leugnen. Würde man jedoch folgern, man solle deswegen der Langenweile in ihren verschiedenen Masken künstlerisch Raum geben, sich also dem Vulgären, dem Haß, dem Ekel, dem höhnischen Zorn oder der kurzen Ekstase verschreiben oder sich und die Anderen durch ein Hantieren mit Scheinproblemen aufhalten, die niemanden wahrhaft bedrücken, mit scheinbarem Tiefsinn, der dumpfige Bewunderung schafft, so wäre das eine Art Kurzschluß, der ohne Widerstand, ohne Nutzen verläuft: denn Leere läßt sich ja nicht mit Leere auffüllen. Kunst, eine Überwindung der Krankheit des Lebens. Des-

wegen die Insel-Lerchen, die in fantastischen Schmettersängen aufsteigen. Es ist keine Neuigkeit, wenn man feststellt, daß Melancholie nichts mit Trübsinn, Unlust und Langerweile zu tun hat. Melancholie, deren Verwandtschaft zur Musik offenbar ist, ist nicht im Schema von Optimismus und Pessimismus zu denken. An den Malern vermag ich diese Strukturen fast reiner zu sehen als an den Schriftstellern. Großmeister der Melancholie, wie es Werner Heldt, Bissier, Oelze, Tapies sind und wie viele Andere, stellen dar, was damit gemeint ist. Denn es grenzt an Erpressung: Ist erst die mindeste Hinderung erreicht, Neumond, so muß, muß es umschlagen. Die Insel-Lerchen: ihr Singen über Ruinen, über der Steppeninsel im Meer unserer Sehnsucht, soll eine Oberstimme sein, ihre immer wiederholte Anstrengung, zu loben.
Ich höre, die Lerchen seien, wie die Schmetterlinge, Käfer und andere Beuten unserer stummen Frühlinge, verölten Wässer und Qualme, im Rückzug. Wird schon so sein. Die aber noch da sind: werden sie deswegen aufgeben?

Brief an Nikoline

Istanbul, am 23. Mai 1970

Allerliebste Nikolin,
heute will ich Dir ganz allein einen Brief schreiben, denn Du hast mir ja auch eine ganze Menge Briefe geschrieben.
Heute war ich draußen in der schmutzigsten Vorstadt, weil ich den alten Kaiserpalast und die große Mauer noch einmal sehen wollte. Es ist aber alles Müllplatz, oder richtiger gesagt, alles ist mit Abfall überdeckt, einen eigentlichen Müllplatz besitzt diese Stadt wohl gar nicht, auch keine Müllabfuhr, es ist wie wenn wir allen unseren Müll einfach drunten am Forstweg hinschmeißen würden und der Wind und das Wasser schaffen es dann auch noch breit. In einer

ärmlichen Straße hörte ich Trommelschlagen und Tamburin-Schellen, und als ich näher kam, sah ich einen Mann (ich glaube es war ein Zigeuner) und der ließ einen kleinen Bären tanzen. Er tanzte aber eigentlich gar nicht richtig, sondern stand auf den Hinterbeinen und trat halt so auf der Stelle. Ich wurde sehr traurig, das arme Tier. Aber die Kinder, die Türkenkinder standen herum, wie alle Kinder auf der ganzen Welt um so etwas herumstehen und freuten sich. Ich stand dabei und muß wohl ein trauriges Gesicht gemacht haben, denn als ich dann wegging, lief mir ein besser aussehender jüngerer Türke nach und sagte: »You are American? English? Understand you english? It is a crime, we don't like that, you know!«
Ich mußte auch an Dein armes Murmeltier denken, Du weißt, das Lied, das so traurig ist und das ich so liebe.
Ich habe jetzt viele Verabredungen, da kommt immer eine aus der anderen. Morgen, am Sonntag, fahre ich mit dem Lehrer Herrn OHRTMANN und einer Kollegin von ihm an den Bosporus, morgen soll ich mit dem deutschen Arzt vom Deutschen Krankenhaus und seiner Frau essen, am Mittwoch fahre ich zu den Prinzeninseln im Marmara-Meer, dort haben mich Griechen eingeladen. Es ist dort eine griechische Akademie für Theologen, aber der Leiter hat in Berlin studiert und eine deutsche Frau mitgebracht. Ich freue mich sehr. Es ist der Jahrestag der Eroberung von Konstantinopel durch die Türken, vor fünfhundert Jahren.
Unsere Mammi schickt mir so schöne Zeitungsausschnitte, der Besuch vom HOCHHUT beim alten WILHELM VON SCHOLZ hat mich sehr gerührt und es ist meisterhaft erzählt.
Ich soll am Freitag, dem 29. Mai spät abends von hier abfliegen. Spät abends heißt um 9 oder 10 Uhr vom Hotel aufbrechen und gegen 24 Uhr fliegen. Dann kämen wir um 2 Uhr morgens am Samstag in Böblingen oder wie der Flughafen heißt, an, ich würde ins Turmhotel gehen und am Samstag

in aller Frühe in Stuttgart zum Friseur gehen und dann den nächsten Zug nach Freiburg nehmen.
So würde ich also um die Mittagszeit, am Samstag, dem 30. Mai wieder bei Euch sein.
Wie ich mich darauf freue.
Seid umarmt und geküßt von Euerem

Dagi

Anhang

Arnold Stadler
Also reist man

Assoziationen zum Fahren, Unterwegssein und Bleibenwollen Erhart Kästners

Das Zeltbuch von Tumilad ist auch der Ortungsversuch eines Überlebenden. Daher stelle ich es an den Anfang.
Dazu kamen: die Bücher und die Bibliotheken, die Menschen und Maler. Die Reisegefährten, das Unterwegssein, die Reisen; darunter auch solche, die nur im Kopf stattfanden.
Das Bauen, das Weiterbauen an der Bibliothek. Und am Ende der Hausbau – das erste und letzte Haus, das er sich baute ganz für sich und die Seinen: der »Alterssitz Staufen«. Und schon war es Abend.

*

Vom sogenannten Weltraum mit der sogenannten Erde in diesem Raum kann man sich ein Modell machen: Die Erde als Sandkorn, in einer Entfernung von 14 Zentimetern die Sonne, stecknadelkopfgroß. Und der nächste sogenannte Fixstern ist in diesem Modell 43 Kilometer entfernt. Dazwischen nichts. Wäre ich ein Landart-Künstler oder ein Plastiker, so wollte ich dieses Modell als Großraumplastik in die Wüste stellen. In einer begehbaren schwarzen Glocke. Das Sandkorn wäre ultramarin, der Stecknadelkopf golden. Und der nächste Fixstern auch. Mit der Nacht dazwischen. Die Betrachter könnten hin und her gehen und sich darin verirren.
Das schöne Modell, das mich zum Staunen bringt, und nicht zum Begreifen, fand ich in einem Inseltaschenbuch: *Unser Sternenhimmel* – und ist eine kleine Geschichte des Weltraums. Kästner hätte auch gestaunt.
Und ich las weiter: *Sie* (die Fixsterne) *schienen den Astronomen des Altertums und des Mittelalters an der äußersten Himmelssphäre angebracht zu sein mit dem Zweck, dort die Sternkon-*

stellationen zu bilden zur Orientierung und zur Freude des Menschen.
Ist das nicht mehr so?
Die Empfindung einer Verlorenheit stellt sich ein. Unser Platz auf einem sogenannten Planeten, am Rande von irgendwo, zudem verwüstet: Und doch ist dies der Ort, von dem aus Sehen möglich ist. Und auch das Staunen, das Denken und das Empfinden, der Glaube und der Unglaube, die Skepsis und der Zweifel, sowie der Fortschrittsglaube bis hin zur sogenannten Weltraumfahrt. Aber soweit sind wir im Wüstenzeltbuch von Tumilad noch nicht.
Vielleicht erfüllen diese *Fixsterne* genannten Erscheinungen am Himmel immer noch diesen Zweck. Es gibt gewiß noch Menschen, die unterwegs sind, vielleicht in der Wüste, die sich am Sternenhimmel orientieren. Und für mich, der ich kein Navigator bin und sein muß, gehört der Sternenhimmel immer noch zum Schönsten, was es gibt.
Kästner (in der Wüste, in der Nacht, als Kriegsgefangenem) dürfte es genauso gegangen sein.
Und so ging es wohl allen, die für diesen Himmel ansprechbar waren.
Heute ist der nächtliche Himmel kaum mehr zu sehen. In der Wüste aber war es anders. Über dem *Zeltbuch von Tumilad* ist ein großer Nachthimmel zu denken. (Und alles, was damit zusammenhängt und was es nicht mehr gibt. Es gibt ja auch keinen Abschied im Morgengrauen mehr wie in den Romanen vergangener Jahrhunderte. Und die Sehnsucht, die *conditio sine qua non* der Liebe, nach dem Geliebten, der für immer nach Amerika gegangen ist, gibt es auch nicht mehr. Und auch kein Heimweh mehr, wo alles gleich nah und gleich weit und jederzeit erreichbar ist per SMS, Satellit und *Weltempfänger*.) Und auch das Hinterherreisen und auch die Rückkehr sind jederzeit möglich, *weekend*-weise, in unseren Weltgegenden jedenfalls, darf ich *Breiten* sagen? Für Kästner war dieser Nachthimmel damals wohl

mehr ein Trost als eine Freude, die ihn mit dem, was nicht mehr war, und mit jenem, was fern war, verband.

Die Sterne. Denn
Die Sterne werden bleiben

heißt es in einem Gedicht. Und der Mensch, ein Wüstenmensch, wäre verloren ohne die Sterne, solange es Nacht ist.

Die Sterne waren das große Ereignis der Nacht. So beginnt ein ganzes Sternenkapitel im *Zeltbuch von Tumilad.*

Nach wie vor dienen sie zur Orientierung, für Wüstenmenschen, und vielleicht auch für Gefangene wie Erhart Kästner, 1945.

Denn auf Erden war ja nicht mehr viel da.

Aber es war in einer Welt mit Menschen drauf, die noch kein Auto hatten und doch unterwegs waren, vielleicht sogar mehr als heute in der Welt des künstlichen Tag- und Nachtlichts. Man soll ja auch bei Tag mit Licht fahren. Das mindere die Unfallgefahr.

Nach der Verblendung
In einer Welt des künstlichen Lichts.

Also reist man herum. Das ist nun die Weise, auf welche der auf der Welt Verlorene unterwegs ist. Das sind nicht die sogenannten Touristen, die auf Delos einfallen oder Ägina, über die sich Kästner in seinen Briefen so aufregte.

Es soll an Sichtbarem fast nichts dem Wüsten-Sternenhimmel Vergleichbares geben auf dieser Welt. Augenblicksweise verbindet er mich mit diesen Sternen, auch wenn deren Entfernung von mir nach Lichtjahren zu berechnen ist.

Und der aus dem Weltraum eine einzige Gegenwart macht.

Wenigstens für einen, der darüber nicht nachdenken muß.

Denn *muß einer denken, wird er nicht vermißt,* sagt Ingeborg Bachmann.

Der Himmel war eine große Gegenwart im Wüstenleben des Zeltbuchs von Tumilad.

*

Das, was mit den Augen zu sehen ist, oder mit dem Makroskop zu sehen wäre, ist schon staunenswert oder erschreckend genug. Wie erst das zu Ferne und zu Große. – Und nach innen ist es genauso erschreckend, ja vielleicht noch wunderbarer, wenn ich bedenken könnte, was alles im Menschen vorgeht und von ihm umschlossen ist:
Und wenn wir erst nach innen blicken könnten: die Mikroskopie, das, was wir nicht sehen, weil es zu klein und zu nah ist: die 200-500 Millionen Spermata, die jeweils unterwegs sind. Und nur einer davon schafft es. Wenn das kein *struggle for life* ist.
Nie habe ich den Anblick von Tieren in zoologischen Gärten gemocht.
Das war vielleicht nicht nur wegen des Rilke-Gedichts. Sondern wegen der Gewalt, die hier zum Vorschein kommt. Kästner war ja auch eingesperrt, als er dies schrieb.
Was Kästner aber im Zwischenbereich gesehen hatte und sah, bedurfte einer Deutung. Das erste Beispiel ist Paul Klee.
Meist sprach Paul, ein Mitgefangener in der Wüste, befreit vom Zweiten Weltkrieg, über Kunst, aber nicht über irgendeine, sondern über solche, die etwas sagte, das heißt vergegenwärtigte.
Die Kunst Klees wurde zur Deutung und Lebenshilfe in der Wüste. Wüste ist hier durchaus auch metaphorisch vorzustellen, nach dem Zweiten Weltkrieg.
Das *Zeltbuch von Tumilad*. Begegnung mit Klee in der Wüste. Kästner nennt Klee-Bilder, die da in einer Fotosammlung zu sehen sind und schon das Ganze im Fragment enthalten: *Der Hauptweg und die Nebenwege, Gelehrter im Umgang mit Sternen* und *Wer ist schuld* stand da in Klees Handschrift zu lesen.

Anders ließ sich von Sprachverschlagendem nicht sprechen.
Von 1945 Juni an: ägyptische Wüste, Gefangenschaft bis Februar 47.
Nach dem Ersten Weltkrieg waren noch Bücher geschrieben worden, Versuche wie der *Römerbrief* von Karl Barth und *Sein und Zeit* – die noch nach Hilfen oder wenigstens nach Antworten Ausschau halten in der Hoffnung, daß es hier immer noch weitergehe. Sie waren noch Reflexe einer Sinnkrise. Selige Zeiten, als man noch glaubte, es könne wieder bergauf gehen. Und man könne noch weiterbauen.
1949 erschien dieses Zeltbuch ... Es ist etwas anderes. – Die Katastrophe einerseits zu groß und auch das Glück, doch noch mit dem Leben davongekommen zu sein, um bald zu merken, wie viele und wie vieles nicht davongekommen war.
Das Zeltbuch von Tumilad ist nur scheinbar ganz leicht geschrieben, wie der Spaziergang nach Syrakus – oder noch leichter. Aber das war kein Spaziergang. Und auch Seumes Spaziergang war ja gar kein Spaziergang, höchstens vielleicht verglichen mit seiner unfreiwilligen Reise nach Amerika, als zum Verkauf stehender gefangener Soldat des hessischen Menschenhändlers.
Da gibt es die Bilder der Zerstörung im Kopf, und die Abbildungen von Klee, des wegen seiner Kunst der Vergegenwärtigung von Staunen und Schrecken verfolgten und im Exil gestorbenen Paul Klee. Als könnten diese Bilder ein Trost sein.
Aber das Überleben ist traurig.
Trauriger als nach dem Ersten Weltkrieg.
Der Mensch in der Wüste liest immer noch. Auch Hofmannsthal. Man hilft sich in Tumilad mit Lesen weiter! Aber nicht mit im voraus gefertigten Trostbüchern, und wäre es der *Römerbrief, Sein und Zeit* oder gar die *Bibel.* Die Autoren sind Grimmelshausen, Büchner und Heinse.

Also Katastrophenvergegenwärtiger. Mitten drin sitzt Hiob.

Daß wir noch leben! Ein Wunder, das uns andererseits ermöglicht, niedergeschlagen zu sein.
In girum imus nocte et consumimur igni

*

An den Anfang der Erinnerung das Staunen.
An den Anfang des Lebens aber den Schmerz: ich schrie und war da. War da und schrie und lebte.
Es gab in der Wüstennacht nicht nur die Sterne, sondern auch die Erde. Mit Menschen wie Klee, zum Beispiel. Einige von ihnen sind immer noch zum Staunen. Und das hat, scheint mir, Erhart Kästner ein Leben lang am meisten getan. Und er hat es aufs schönste zur Sprache bringen können, auch für mich. Er war ein Virtuose des Staunens, und auch der Ortlosigkeit und des Unterwegsseins, weniger des Reisens, das ja nach Bloch auf dem Prinzip der Freiwilligkeit und eines Zieles beruht. Das fand ich beim Lesen. Und auch die Fragen, die sich aufgrund des Erscheinungsbildes von Welt und Mensch einstellten, die Skepsis, die oftmals in einer Unsicherheit und diese wiederum in einer Schwermut endete, waren entsprechend bei Erhart Kästner. Seine Freunde fand er unter Gleichgesinnten, die auch unterwegs waren und staunten und die ihr Staunen in etwas verwandelten, in eine Philosophie, in Sätze und Bilder vom Leben, und auf die er unterwegs stieß. Manche waren schon tot. Paul Klee zum Beispiel. Dessen Bilder waren wie Wegweiser auf einer Strecke ohne Ziel, höchst seltsame Orientierungshilfen. Als wollte er mit seinen Wegweisern sagen, daß es keine Wegweiser gibt.
Auf andere, ähnliche Fälle stieß er später: den Nomaden Tobey, zum Beispiel, dessen Bilder so klein waren, daß sie in einem Koffer Platz hatten und die auf dem Schreibtisch entstanden, eigentlich geschrieben wurden, auf Papier,

lange vor Twombly. Oder Heidegger und Max Ernst und Chillida und Bissier und all die anderen, die ihr Leben als Reise verstanden, mit oder ohne Ziel. Und wäre es eine Winterreise.

*

Kästner war kein Theoretiker. Er war praktisch ausgerichtet und hat das Staunen in ein Erzählen und Bauen verwandelt oder konkretisiert.

Man reist, um die Welt bewohnbar zu finden. Das läßt sich auch lesen als Satz eines Getriebenen und Heimatlosen, nicht nur eines Pioniers, der irgendwo schließlich Wurzeln schlagen möchte, und wäre es an einem Ort, den es vorerst noch gar nicht gibt. Anscheinend hat das einer gesagt in einer Zeit, in der die Welt, in der er lebte, nicht mehr bewohnbar war – oder schien. Kurz darauf sollte Kästner auf Heidegger stoßen mit seinem Geviert, seinen schon in den Titeln programmatischen Schritten wie *Bauen Wohnen Denken*. Doch: *Dichterisch wohnet der Mensch*: So war Kästner auf Heidegger gestoßen. War das die Lösung des Wohnungsproblems auf Erden, das Kästner hatte? Überhaupt mit seinem *Unterwegs*, schon in den Titeln. Heidegger hat weniger gebaut und ist weniger gereist, wenn man von seinem Kopf absieht.

Es war in einer Zeit, die Brecht in seinem autobiographischen Gedicht als *finster* bezeichnete.

Ähnlich sah es Kästner auch, seit seinem 7. Lebensjahr ebenfalls in Augsburg lebend, nur wenige Schulklassen nach Brecht, und aus denselben Gründen. Auch wenn er es anders formulierte. Das Unterwegssein und Unbehaustsein verband Kästner mit dem Alten aus Brechts Laotse-Gedicht, mit BB selbst und mit dem modernen Menschen, weniger mit Heideggers konkreter Situation, der ja nach außen hin eine *stabilitas loci* vorlebte. Aber seinen Aufenthalt neu definieren mußte. Nicht ohne Grund werden die Wege bei Heidegger nach 1945 zentral.

Heideggers Unterwegs und seine Denkwege waren aber vor allem im Kopf. Mit der Sprache als *Haus*. Kästner, der kein Philosoph war, hat sich aber vieles vergegenwärtigt wie andere Nichtphilosophen. Heidegger war ein Philosoph, der auch, oder vielleicht sogar: vor allem Nichtphilosophen faszinierte. Anders als seine Kollegen, die Heidegger oft elitär und unverständlich schalten.

Kästner lernte Heidegger relativ spät auf seinem Weg kennen: in Wolfenbüttel als Bibliothekar Nachfolger von Leibniz und Lessing.
Auch er gehörte der Aufklärung an. Aber der Aufklärung nach der Aufklärung. Er hat klar gesagt, daß er sich in der meßbaren und kontrollierbaren Welt nicht zurechtfindet: daß diese Welt nicht seine ganze Welt sei. Und er hat, wie alle scheuen und unsicheren Menschen, keinen Ort gefunden und keine Lösung.

Man reist, um die Welt bewohnbar zu finden.
Was ist das für eine Welt?
Es ist eine Welt, in der in einem *Satz die IG METALL und der Tod vorkommen konnten.*
Am Anfang stand die Unbehaustheit im Wüstenzelt mit einem Moskitonetz. Und doch ging es ihm gleich wieder um das Bauen. Und das war zunächst einmal, in einen Nomadenstatus zurückversetzt, bzw. als Oase einer Besinnung, ein Fragen. Vorerst reduziert auf ein Zelt. Nach den Bedingungen der Möglichkeit dieses Bauens. War also konstruktiv.
Man reist, um die Welt bewohnbar zu finden.
Das ist andererseits eher kein Heideggersatz.
Oder?
Heißt das, daß sie, die Welt, eigentlich unbewohnbar ist oder geworden ist?
Von Heimat ist hier schon gar nicht die Rede. Bewohnbar finden, das ist bescheiden. Das ist so wenig. Und ist doch so

viel. Von Heimat zu reden hatte nach allem wenig Sinn. Kästner hat sich dann in seinem folgenden Leben auf diesen Satz eingerichtet. Auch nach Staufen kam er so. Um Gottes willen, nicht Heimat, aber ein schöner Ort, um seine späten Tage zu verbringen.

Der Glaube, die Welt sei berechenbar, ist auch nur ein Glaube. Der aber so tut, er beschränke sich nur auf das Meß- und Beweisbare. Tatsächlich hat er einen universalen Hoheitsanspruch bis zum Ende der Welt wie früher das Jüngste Gericht und bis zum Urknall zurück, wo früher die über die Definitionshoheit verfügenden Theologen die Schöpfung orteten. Und ihr und dem Menschen, je nach Temperament, wütend oder kaltblütig ihren Platz zuwiesen.

Ich bin nicht hier, um Preise zu verteilen, finde aber die Schöpfungsgeschichte in der Version der Bibel schöner, und das, was die Bibel zum Ende des Menschen und der Welt sagt, tröstlicher als die Verlorenheit in der Unendlichkeit und dabei Oberflächlichkeit und Vorläufigkeit der Welt des Meßbaren.

Nur noch ein Gott kann uns retten – so Heidegger in seinem berühmten Spiegel-Gespräch, an dessen Zustandekommen Erhart Kästner ja auch seinen Anteil hat. Und so vielleicht auch der Glaube Kästners.

Der Wissenschaftsglaube, die Welt wäre berechenbar, auch wenn sie nun so groß berechnet ist von den Wissenschaftlern, den Protagonisten und zugleich Vermittlern an Laien wie mich, dem nichts anderes übrigbleibt, dies zu glauben, daß die Erde nun weniger als ein Aufenthaltsort von Zwergen und anderen Mikrolebewesen ist.

An den großen Rest müssen wir glauben. Wir müssen glauben, daß die Zahlen stimmen. Es ist der neue Glaube wie ein alter, ob Urknall oder Schöpfung, ob Sich-Verlieren in einem unendlichen Universum oder Pantokrator am Jüngsten Gericht. Der einzige Unterschied, vielleicht auch für Kästner, war nur, daß der alte Glaube nicht so trostlos war.

Das vermutet ein aufgeklärter Mensch. Wir sind ja aufgeklärt bis zur Trostlosigkeit. Das sagt ein aufgeklärter Mensch, der über die Medien täglich weiterhin aufgeklärt wird bis zur Verzweiflung über die dunkle Welt.
An Kästners Zweifeln und Befindlichkeit sowie deren Beschreibung: seinem Befund, hat sich bis heute nichts geändert. Oder eher so, daß sich die Lage noch zugespitzt hat durch eine Reihe weiterer Irritationen, wie sie einen wie Kästner ereilt hätten, wäre ihm nicht der Tod zuvorgekommen und hätte ihm diese und jene Meldung der Tagesschau seither erspart.
Die Welt hat sich noch einmal seit Kästners Tod gewaltig geändert. Das letzte Viertel des vergangenen Jahrhunderts brachte die Entdeckung ferner Galaxien, hier auf der Erde Aids, das Ozonloch, den Rinderwahnsinn und andere Formen des Wahnsinns, Bürgerkriege. Die Mondlandung hat Kästner noch erlebt, wenn vielleicht auch nur im Fernsehen.

Aber sie hat sich doch immer schon geändert. Auf die Schöpfung folgte die Vertreibung aus dem Paradies. Auf das Paradies der erste Mord. Und dann die Geschichte, bis zu uns hin.
Und die Menschen feiern nun Halloween – keineswegs als Protest gegen die Kirche, sondern vielleicht eher, um die aufgeklärte Gesellschaft zu provozieren. Oder aus einer atavistischen Freude.

*

Ich bin menschenscheu, auch wenn ich es mir nicht so anmerken lasse, schreibt er an Heinrich Wiegand Petzet am 14. Mai 1961.
Mit diesem Hinweis will er die Begegnung in Bremen, auch mit Heidegger, absagen.
Außerdem las ich die eingeklammerten Sätze: *Eigentlich sollte ich diese ganze Woche nach München, wo die Bibliothekare*

tagen und Geld der Forschungsgemeinschaft verhandelt wird. Mein Gewissen, dort wieder einmal zu fehlen, ist nicht gut.

*

Vielfach ausgezeichnet, mit Literaturpreisen, Orden und Mitgliedschaften in Wissenschaflichen Akademien, all seine Bücher, die ich gelesen habe, erschienen bei Insel und Suhrkamp, Siegfried Unseld hat Kästner die Totenrede gehalten. Die Bücher hatten hohe Auflagen bei einem anspruchsvollen Leserpublikum vor allem aus einer Schicht, dem einst so genannten Bildungsbürgertum, das mittlerweile und ganz leise, wie es sich für so etwas Feines gehört, verschwunden ist, fast auf die Weise des Schnees.
Aber seine Bücher werden nach wie vor gekauft. Und nicht nur gekauft.

*

Die Geschichte verlief ja nicht geradlinig, sondern monströs. Geradlinig allenfalls *von der Steinschleuder zu Megabombe*. Und endete auf der Höhe des 20. Jahrhunderts vorerst als etwas Rabenschwarzes.
Diese Welt hier, der abendländische Westen, ist eine Welt voller faustischer Orte und Menschen, denen Kästner einen anderen Weg entgegenstellt: nicht einen des Antagonismus der Taten und der Tatenlosigkeit, sondern der Besinnung, wie er sie auf dem Athos, dem *antifaustischen Ort,* den ich noch streifen werde, und überhaupt im Osten, der vom Indischen bis zum Chinesischen reicht, in seinen Schriften und auch in der Malerei und im Gedicht, gefunden zu haben glaubte. Wenn auch nicht für sich. Er war, wie dies auch Tobey nach jahrelangem Herumreisen im Osten für sich entdeckte, und blieb ein Mann des Westens.

*

Kurt Wolff äußerte sich am 11. Mai 1953 zum damals meistgelesenen Kästner-Buch *Ölberge Weinberge* dem Verleger gegenüber: *ein herrliches Buch, das schönste deutsche Buch, das ich in Jahren las. Das Genie des Autors, in einer Sprache, die schon fast die Ebene der Prosa verläßt und etwas unendlich anmutig Musicierendes hat, Dinge zu sagen, die gewichtig sind, weise, bildhaft und ideenreich, ist bewundernswert. Ein Buch, das bleiben wird und für lange Jahre viele Leser entzücken sollte.*
Und so war es.
Bei den schon damals beliebten Rankings erscheint es in der *Abendzeitung* 1955 unter den *Evergreens auf dem Buchmarkt* auf Platz 6 als einziges deutschsprachiges Buch außer *Narziß und Goldmund.*

Der hundertste Geburtstag gibt mir die schöne Gelegenheit, mir diesen Schriftsteller, auf den ich das erste Mal stieß, als er schon gestorben war, zu vergegenwärtigen.
Es war auf dem Athos. Nachdem ich seine Stundentrommel gelesen hatte, dachte ich, daß er zu jenen gehören würde, die ich gern kennengelernt hätte. Dabei ist das nicht ein Spiel mit fernen Namen.
Es wäre ja möglich gewesen über meinen Freiburger Freund Heinrich Wiegand Petzet, der ja den Briefwechsel Heidegger-Kästner herausgegeben hat und selbst der Empfänger vieler Briefe von Heidegger und Kästner war.
Doch darf sich ein Schriftsteller da immer noch sagen: *non omnis moriar – ich sterbe nicht ganz* (Horaz)? Bleibt noch etwas? – Es bleiben noch Bücher von einem Menschen, der Schriftsteller war. Es bleiben noch Menschen, die Bücher lesen.
Und lesen werden. Einiges wird bleiben, wie bei anderen auch.
Mit seinem großen Thema Griechenland hat er sich nicht nur in die Geschichte der Reiseliteratur des 20. Jahrhunderts hineingeschrieben, von dem mir erst allmählich dämmert, daß es vorbei ist wie die Deutsche Mark.

Zeitlebens war er, wie ich gelesen und gehört habe, trotz des *eigentlich bin ich menschenscheu,* unterhaltsam und ansprechbar, unternehmungslustig und tatkräftig, und oftmals munter. Es gibt Photos von ihm, die zeigen ihn lachend. Es scheint, daß er gerne hier unter den Lebenden war.

Er nahm am Leben mit Freude teil. Er nahm Anteil auch am öffentlichen Leben und gestaltete mit: Das ist das, was er vor allem getan hat in den 50er und 60er Jahren. In den Akademien und Gremien. Als Berater verschiedener Institutionen und als Direktor einer berühmten Bibliothek. Als wäre er den Gesetzen der Expansion verpflichtet. Als wäre er ein Vertreter jener Ideologie, die sagt, daß Stillstand ein Rückschritt sei, leitete er eine große und prominente Bibliothek und baute sie auch noch aus, und zwar innen und außen. Als hätte er zu jenen gehört, die damals immer noch an Zukunft glaubten. Als wäre er ein Optimist gewesen.

Dazu kamen noch die Termine: Er war unterwegs. Zeitlebens war er ein Mensch, der einen vollen Terminkalender hat. Zu diesen Menschen gehörte er auch. Aber er stöhnte vielleicht nicht, keine Zeit zu haben, obwohl er dazu nach landäufiger Vorstellung allen Grund gehabt hätte, sondern kehrte ein und besann sich, indem er schrieb. Er wollte schreiben, daß es noch etwas anderes gab als dieses Treiben. Also schrieb er. Auch vom Verweilen.

Und, nicht als etwas Zusätzliches: das Schreiben, die eigenen Bücher, die vielleicht für jeden, der schreibt, die Mitte eines Lebens sind. Vielleicht ist dies aber auch nur die Einbildung eines Schriftstellers. Denn vielleicht mehr noch als ein Schreiber ist der Schriftsteller lebenslänglich ein Leser. Und alles hat mit dem Lesen angefangen.

Ja, Kästner hat zeitlebens gebaut. An etwas. Ganz konkret und im eigentlichen Sinn hat er weitergebaut: lange in Wolfenbüttel, als Nachfahr und Nachbar von Leibniz und Lessing. An der Bibliothek weitergebaut, innen und außen.

Vor allem jedoch an seinem schriftstellerischen Werk.

Obwohl er zeitlebens in kleineren und größeren Städten lebte, war Kästner weder ein Stadt- noch ein Landmensch, und ganz ohne *stabilitas loci*, wenn er auch davon geträumt haben mag.
Im Gegensatz zu Heidegger, der sie ja geradezu vorlebte.
Schon seine Familie, Beamten eines fast wie Preußen straff organisierten Zentralstaats, Bayerns, war ständig unterwegs. Und er mit ihr.
Viele dieser Ortswechsel waren verfügt. Von den sogenannten Umständen. Er stammte aus einer bayerischen Beamtenfamilie des 19. Jahrhunderts. Die Ortswechsel der Beamtenschaft, auch dazu gut, die Unterschiede Neubayerns mit den dazugekommenen Gebieten aus Schwaben und Franken zu verwischen.
Kästner war tatsächlich zeitlebens unterwegs.
Freilich mit Wegmarken und Vororten der Einkehr. Mit privilegierten Karavansereien. Lieblingsorte seiner Topologie waren Griechenland. Und vielleicht die Wege selbst. So sind seine Bücher und Texte.
Schon wenige Jahre nach Tumilad ist es ausgerechnet Heidegger, dem Kästner sein Griechenland zeigen möchte. Mit dem Denker, der die Hütte kaum zu verlassen scheint, irgendwo zwischen Delphi und Delos herumreisen möchte.

Kästner sagte: *Man reist, um die Welt bewohnbar zu finden.* Aber es gab auch eine *stabilitas loci*, konkret waren das seine Hauptstationen auf dem Itinerar, seinem Timetable, Wolfenbüttel etwa. Und dann fand dieses Reisen auch bei Kästner oftmals im Kopf statt: Doch Kästner war einer von jenen Gelehrten, die ihr Gelehrtentum mit Weltläufigkeit verbinden, mit Zugewandtheit und Ansprechbarkeit; und dazu war er ein in Deutschland eher seltener *homme de lettres*, der die höchst private Aufgabe des Lesens mit einem öffentlichen Dienst zu verbinden wußte: er leitete eine der großen Bibliotheken und war darüber hinaus mit Gott und

der Welt in Verbindung. Ja, er machte aus der berühmten Bibliothek, die etwas verschlafen gewesen sein soll, wieder eine öffentliche Angelegenheit, er baute und lud ein, so daß – mit ihm als Auslöser – Wolfenbüttel nun wieder über die eigenartige Welt der Leser hinaus ein Begriff ist, pars pro toto für eine Stadt, so daß die Firma *Jägermeister* auf den zweiten Platz gerückt ist, wenn einer, der nicht gerade ein Jägermeistertrinker ist, an Wolfenbüttel denkt. Derartige weltläufige *hommes de lettres*, wie Kästner einer war, gab und gibt es auch immer noch in den romanischen, speziell frankophonen Ländern. In Deutschland gab es sie seltener. Mittlerweile sind sie beinahe ausgestorben. Erhart Kästner war noch so einer. Er war Bibliotheksdirektor, Kunstkritiker, Schriftsteller, Verehrer, Debattenteilnehmer, Streiter, Macher und Wanderer pp. Er hätte auch Botschafter sein können, wie Octavio Paz. Oder Kultusminister wie André Malraux.
Er war Sekretär von Gerhart Hauptmann, selbst Schriftsteller, als solcher wurde er Direktor von Wolfenbüttel. Danach war er noch Hausbauer oberhalb von Staufen, mit dem Blick auf die Ruine und nach Frankreich hinüber. Ein Freund war er lebenslang. Auch von Dichtern. Uwe Johnson, Celan, Huchel. Von Malern und Philosophen, Chillida, Max Ernst, Bissier. Förderer und Anreger, ja Anstifter, war er auch. Beinahe hätte er Heidegger, der schon im biblischen Alter war, dessen Gelobtes Land zeigen können, das Land Pindars von Theben, und den Archipelagos, den Hölderlin in zwei Verszeilen durchmaß, eine Landschaft, die mit der Flugmaschine in zwei Stunden erreicht werden kann, wie Heidegger in einem Brief an Heinrich Wiegand Petzet schreibt. Aber wie kam Kästner überhaupt nach Griechenland?
Es gibt eine Vorstufe in der Zeit bei Gerhart Hauptmann, auf einer dalmatinischen Insel, Kortschula, das sei eine Abwandlung des griechischen Kerkyra – wie im Zeltbuch zu lesen ist: *Was aber war das gegen das andere Mal, drei oder vier*

Jahre danach, als ich wirklich aus Griechenland kam! ... Er fragte mich aus, wie man einen Boten ausfragt.
Jedoch: *Richtig nach Griechenland* kam er erst im Krieg.
Es war im Krieg; und er selbst gibt uns, nein: mir eine mögliche Antwort in seinem Kapitel *Auf den ersten Blick* in *Ölberge, Weinberge*. Als einfacher Soldat. Der wegwollte. Aus Mitteldeutschland, von einem trostlosen Flugplatz in einer trostlosen Baukompanie.
Da hat er sich als Dolmetscher beworben für Griechenland.
Ohne neugriechisch zu können. Weg wollte er. Aber nicht irgendwohin. Es mußte Griechenland sein. Wie ich ihn verstehe!

Allerdings war es nicht das homerische, hölderlinisch-selige Griechenland, sondern ein von deutschen Truppen besetztes: Und er selbst war einer dieser Soldaten.
Wenn auch ganz unsoldatisch, als wäre er in einer anderen Welt unterwegs gewesen als der tatsächlichen.
Es war ein Griechenland, ein schwaches, besetztes, kleines, junges, armes Land, das zudem noch die Flüchtlinge aus Kleinasien und der Türkei zu tragen hatte, pontische Griechen zum Beispiel, Nachfahren von Kolonisatoren, die im 7. Jahrhundert vor Christus und vielleicht noch früher bis an die Grenzen der damaligen Welt gegangen waren und deren Nachfahren nun umgesiedelt oder geflüchtet waren, auf Suche nach einem bewohnbaren Ort.
Es war auch eine Welt, in der er herumreiste, die, da er herumreiste und schrieb, brannte; oftmals war es auch nur ein kleiner Ort wie Distomo. Ganz in der Nähe von Delphi, in dem nun deutsche Truppen aufgrund der Vertragsverpflichtungen als sogenannte Achsenmacht, also von Nazideutschland mit dem faschistischen Italien agierten und in fürchterliche Verbrechen (Distomo, unweit von Delphi, eine Tageswanderung weit entfernt, im vergangenen Sommer habe ich beide Orte nacheinander besucht) verwickelt

waren. In der Neufassung seines Griechenlandbuches von 1942, nun heißt es *Ölberge, Weinberge,* erinnert sich Kästner nach dem Krieg:
Deutschland war ein trüber Kerker geworden und wir waren ihm auf irgendeine Weise entflohen. Ein kurzer Krieg war zu Ende gegangen, die Straßen voll Jugend, die nicht in Uniform war. Die Hungerkatastrophe des kommenden Winters, die schreckliche Zukunft des ganzen Erdteils war noch keinem bewußt; in südlicher Sorglosigkeit aß man die Vorräte auf. Noch hatte der Krieg mit Rußland noch nicht einmal begonnen; die meisten ahnten ihn kaum und gaben sich dem Vorgefühl eines baldigen Kriegsendes hin.
Nach dem Krieg meldet sich Kästner mit einem Buch aus der Wüste zu Wort.

***

Am 26. Januar 1958, der Feier von Rudolf Alexander Schröders 80. Geburtstag, wurde Paul Celan der Bremer Literaturpreis verliehen. Das mußte von Kästner durchgesetzt werden. In seiner Preisrede für den »jungen Dichter« (Celan war immerhin fast 38) ist freilich von diesem Durchsetzenmüssen nicht die Rede: Sehr charmant wirbt Kästner um die Gunst – und bringt ein großes, aber sehr angebrachtes Beispiel, was uns Kästner als einen Menschen von Weitblick und Qualität und Avantgarde zeigt.
Kästner bemüht sich, den alten Schröder, der 365 Gedichte auf die Sixtinische Madonna geschrieben hat, *für jeden Tag eines,* hörte ich einst Ernst Zinn in Marbach sagen, für Celan zu gewinnen. Und macht dies als ein Angehöriger der Moderne, zieht die Argonauten von Beckmann, die Bilder von Braque und Klee heran, fast Celan entschuldigend, daß er nicht einfach zu verstehen sei, wie das Große nie.
In seiner darauf folgenden Dankrede geht Celan eigentlich auf nichts anderes ein: *die Landschaft aus der ich zu Ihnen komme … überflogen von Sternen, die Menschenwerk sind.*

Ich bin kein Kästner-Experte, nur ein Leser, der *Die Stundentrommel vom Berg Athos* im Gepäck hatte und las. Das war 1979.

Die autonome Mönchsrepublik Athos ist gar nicht so alt, wie es ihrem Ruhm entspräche. Das lateinische Monte Cassino ist jedenfalls um über ein halbes Jahrtausend älter.

Aber es gab, anders als in den Klöstern des Westens schon im 12. Jahrhundert, und später noch einmal, keine Aufklärung. Der Nachfolger von Lessing auf dem Athos wandernd – sehend und schreibend: eine reizvolle Vorstellung ist das.

Auch ich wanderte mehrfach auf dem Athos. Kästner würde den heiligen Berg nicht wiedererkennen – oder vielleicht nur seine Umrisse, sich von Ouranopolis, Himmelstadt, her mit dem Boot nähernd.

Ich wahrscheinlich auch nicht. Denn ich hörte und las, daß eine neue Mönchsgeneration herangewachsen ist, die nun das Sagen hat und sich wie in guten alten byzantinischen Zeiten streitet:

Da gibt es ein Kloster (Esphigmenou), auf dem ein fundamentalistisches Transparent *orthódoxos ou thánatos* – orthodox oder tot – zu lesen ist. Und die anderen fahren nun im Geländewagen auf gut ausgebauten Pisten am wandernden Pilger vorbei. Ohne je von der Aufklärung berührt worden zu sein, fast wie in fundamentalistischen Weltgegenden wie Saudi-Arabien etwa, einer Welt voller Satellitenschüsseln, Handys und Geländewagen. Aber die Frauen dürfen nicht Autofahren. Vielleicht nicht einmal ein eigenes Handy haben.

Und so fort.

*

Eine Reise, die niemals zustande kam.

Mit Heidegger war Kästner seit seiner Reaktion auf den Heidegger-Aufsatz *Dichterisch wohnet der Mensch* von 1953 verbunden. Der Philosoph war in jener Zeit besonders angewiesen auf Zuspruch, auch von Menschen, nicht nur des Feldwegs.
Im nächsten erhaltenen Brief vom 1. Januar 1954 ist schon von einer gemeinsamen Griechenlandfahrt der beiden die Rede. Diese Hoffnung zerschlug sich zwar; sie bildete jedoch einen roten Faden dieser Freundschaft: Vorbereitungen und Gespräch zu einer Reise, die nie stattfand. *Der Verzicht nimmt nicht. Der Verzicht gibt.* Vielleicht gilt dieser merkwürdige Satz aus dem *Feldweg* auch hier.

*

Zeitlebens unterwegs, waren seine Freundschaften eigentlich auch Reisefreundschaften. Und Freundschaften von unterwegs.
Kästner war ein moderner Mensch, der ganz im 20. Jahrhundert lebte, und immer noch Homo Viator: der Mensch ist ein Pilger, unterwegs, auch wenn er kein Ziel mehr haben oder das solche nicht mehr kennen sollte.
Es ist wie auf einem Bild Mark Tobeys mit seinen Linien und seinem *white writing,* mit seinen unzweifelbaren Spuren, auch wenn wir sie nicht deuten können, und Wegen, die da sind, auch wenn wir nicht wissen, wohin. Ein solches Bild hängte sich Kästner an die Wand, als wäre dies das von einem Maler aufgezeichnete imaginäre Portrait seines Lebens.
Seine Freundschaften waren eigentlich Reisefreundschaften.
Auch Heidegger kannte er von unterwegs. Es war eine Reisefreundschaft.
Genau besehen sind alle unsere Freundschaften Reisefreundschaften.

Während Heidegger etwas Schweres hatte, hatte Kästner etwas Leichtes. Und so reiste er auch, mit leichtem Gepäck. Ein Jahr nach der Rückkehr aus Griechenland, am 16. 4. 1963, schreibt Heidegger an Heinrich Wiegand Petzet:
Zum Seltsamen und Unaufklärbaren der heutigen Welt gehört auch, daß wir mit dem Instrument einer Flugmaschine uns die Vorbedingung besorgen, in die Ortschaft von Aeschylus, Pindar, Empedokles und Platon einzukehren. Auch dies ist Gewährtes oder Versagtes. Hölderlin hat diese Ortschaft mit zwei Verszeilen durchmessen:

Groß ist seine Gottheit
Und der Geopferte groß

(Der Tod des Empedokles, I. Fassung)[1]

Die die ganzen Fünfzigerjahre über geplante, zweimal jeweils von Frau Heidegger abgesagte Griechenlandreise von Heidegger und Kästner kam nie zustande, es sei denn, man zählte die Vorbereitung dazu, als wäre dies schon alles gewesen.
Unter nicht ganz geklärten Umständen ist Griechenland nach ausgiebiger Vorbereitung ins Wasser gefallen, zweimal. Zum ersten Mal war Heidegger dann mit den Helmkens und Ingeborg Krummer in Griechenland, mit einem Kreuzfahrtschiff von Venedig aus, was sehr bequem sein sollte, aber eine Enttäuschung war, die man noch auf Photos von Heideggers Gesicht ablesen kann – angeblich war Kästner Frau Heidegger zu ungestüm; und sie wollte daher ihren Mann nicht alleine mit Kästner reisen lassen, selbst aber auch nicht mitfahren.
Ihr Mann war dann schon über 70, als er zum ersten Mal bei Pindar einkehrte, einer Landschaft, die, wie Heidegger an Heinrich W. Petzet schreibt, heute per Fluggerät in zwei

1 Zitiert nach: Heinrich Wiegand Petzet: *Auf einen Stern zugehen*, Frankfurt am Main: Societätsverlag 1983

Flugstunden erreicht werden könne, die Hölderlin in zwei Verszeilen durchmessen habe.
Aber Kästner war auch schon bald 60.
Kästners Griechenlandliebe war auch etwas anders akzentuiert. Sie umfaßte das ganze Griechenland, und nicht nur das in Heideggers Sinn klassische mit den Vorsokratikern als Höhepunkten.
Auch Kästners Griechenland ging zunächst vom 5. Jahrhundert vor Christus, dem Goldenen Zeitalter Athens aus. Es blieb hingegen nicht nur das alte Griechenland; seine Liebe wuchs und wurde immer größer, gerade vor Ort. Sie umfaßte auch das byzantinische, und vor allem: das gegenwärtige Griechenland. Das Griechenland zu seinen Lebzeiten. War also schon etwas anders als bei Heidegger, dessen Höhepunkt ein Ausflug nach Delos war, wo er mit seiner Hand über die Steine fuhr. Davon gibt es eine Filmaufnahme von seinem Reisebegleiter Ludwig Helmken.
Kästners Griechenland reichte auch bis zum Athos: Über das hat sich Heidegger gewiß keine Gedanken gemacht hat, oder eben seine Gedanken.
Auch der Athos, zum Beispiel, mußte in den Augen Heideggers eine üble Entartung des Griechischen sein; eine jeden Gräcophilen wehmütig oder ärgerlich stimmende (je nach Temperament) Einsicht, daß etwas vorbei war, und unwiderruflich.

Griechenland lag beiden am Herzen. Der Unterschied der Anhänglichkeit der beiden zeigt sich jedoch gerade hier. Während Kästner (zumindest der spätere Kästner der Fünfzigerjahre und der Begegnung mit Heidegger) das ganze Griechenland meinte (von: *minnte*, d. h. liebte), das freilich auch das klassische enthielt, ging es Heidegger lebenslänglich bei *Griechenland* um etwas, das zweiundeinhalbtausend Jahre entfernt war und nicht nur 2500 Kilometer, und das von ihm vergegenwärtigt wurde. Also nur um das klassische, nein: um das archaische, vorsokratische, auf das, von Heidegger aus gesehen, seit Aristoteles eine Zeit des Abfalls folgte.

*

Heidegger gedachte im Sinne Hofmannsthals zu reisen, nach dem *Reise nach Griechenland von allen Reisen, die wir unternehmen, die geistigste ist, eine »Lektion des Lichts für den denkenden Betrachter«.*

Gottfried Benn, einer, der die schärfsten Verdikte gegen das Reisen poetisch formulierte, hat von Heideggers Griechenlandreise im Frühjahr 1962 mit den Bremern, einer Stadt, zur der eine freundschaftliche Bindung über die Familie Petzet seit 1930 bestand, nicht mehr erfahren. Benn genügte schon, von seinem Brieffreund zu erfahren, daß Heidegger zu einem Vortrag in Bremen sei, um sich in seinem nächsten Brief an Oelze darüber lustig zu machen: *Jetzt reist er auch noch herum!* Heidegger hingegen nahm Benn ernst.

Ins Gästebuch der Familie Helmken hatte Heidegger einen Bennvers geschrieben: *Die Himmel wechseln ihre Sterne, geh!* – um ihn durch eine Variante, die schon eine Antithese ist, zu ergänzen: *die Erde wandelt ihren Himmel – komm, entsprich und bleib!*

Heidegger hat überhaupt die schönsten Einträge in Gästebücher geschrieben. Und wenn ich Zeit hätte, würde ich darüber gerne noch eine Doktorarbeit schreiben. So schrieb er ins Gästebuch von Hans Herman Rief im nahe liegenden Worpswede, wohin er wegen des Grabes von Paula Modersohn-Becker gefahren war: *Der Schmerz ist der Grundriß des Seins.* Und in das Petzet-Gästebuch schrieb er oftmals. Der schönste Eintrag ist der letzte. Heidegger war mit Alberto Wagner de Reyna gekommen. Der hatte zuerst hineingeschrieben: *Mir fällt heute leider gar nichts ein!* – Heidegger schrieb darunter: *Mir auch nicht.*

Gut, auch Heidegger und Benn reisten also herum. Benn kam dabei, im Gegensatz zu Heidegger, bis nach New York,

was der Dichter, der sich wie keiner sonst, außer Laotse vielleicht, in Gedichten gegen das Reisen aussprach, gerne unterschlagen hätte. Dabei waren beide, und auch noch andere wie Bertolt Brecht, eigentlich Bewunderer von Laotse, der gesagt hatte, man solle niemals auf die andere Seite des Flusses gehen wollen, auch wenn man ein Leben lang jeden Morgen von den Hähnen der anderen Seite geweckt werde.
Sie träumten ihren Traum vom Bleiben, geträumt in einem Jahrhundert der Exile und des Getriebenseins.

Heidegger reiste vielleicht nicht soviel. Aber er war zeitlebens unterwegs.
Daß wir jene Wesen sind, die unterwegs sind, hat Kästner nicht erst über Heidegger erfahren, dem die Wegmetapher die vorzügliche und ausgezeichnete war, nicht nur als Buchtitel (*Unterwegs zur Sprache, Holzwege, Der Feldweg, Wege zur Aussprache, Wegmarken*), sondern auch noch durch Voranstellen seines lebenslänglichen Programms, das er seiner über hundertbändigen Gesamtausgabe mit auf den Weg gab: *Wege, nicht Werke.*
So hat auch Kästner gelebt und geschrieben.
Seine Bücher leben aus der Bewegung, aus einem Vorgang, in den der ganze Mensch einbezogen ist. Dieses Unterwegs schließt die Augen und das Hirn ein, aber auch den Körper, der Mensch als Wanderer, der Schriftsteller, der etwas von unterwegs mitbringt und schreibend unterwegs ist.
Also auch mit dem Kopf, *der das Zentrum meines Unglücks barg, den Gedanken, daß ich sterblich bin, über den ich nie hinauskam,* wie ich einmal schrieb.
Schon das Zeltbuch von Tumilad beschreibt diese Figur, von einem Ort aus, der – nach dem Zweiten Weltkrieg – ein Ort der Gefangenschaft ist, bezeichnenderweise. Und dies auch noch in der Wüste.
Allerdings nicht irgendeine Wüste, sondern eine königliche Wüste, Königin aller Wüsten, Mutter aller Wüsten:

die ägyptische. Also da, wo in der flaumenleichten Zeit der Frühe der Mensch am Rande des Lebens lebte und dachte und schuf. Und auch der heilige Antonius ist nicht weit und viele gebildete Einsiedler – oder waren es eingebildete Siedler? – die hier gelebt und geschrieben haben.

Kästner hat bei Heidegger eine Bestätigung gefunden dafür, daß wir unterwegs sind, in mehrfachem Sinn. Heidegger war auch eine Art Eremit, der, seinen eigenen Aussagen vom Gespräch zum Trotz, doch eher das Leben eines Einsiedlers mit sich selbst führte, und das Gespräch war womöglich ein Selbstgespräch, vielleicht deswegen, weil es zu seiner Zeit an seinem Ort niemanden gab. Er muß sehr einsam gewesen sein oben auf der Hütte, wenn er seine Gespräche mit Hölderlin, den Griechen und anderen großen Toten führte, weil es zu Lebzeiten keinen wirklichen Gesprächspartner gab, wie sehnsüchtig gewünscht auch immer. Es gab zwar Hörer, die alles aufnahmen und wiederholten, und Hüttenpilger. Vielleicht sogar Menschen, die ihn verstanden, und Freunde, aber niemand, der ihm weiterhalf im Gespräch, und also mußte er es mit Toten führen – und im nachhinein, zeit- und ortsversetzt: die Hütte war eine Art Eremitage und die bewaldeten Hügel des Schwarzwalds, über die er hinwegsehen konnte, seine fruchtbare Wüste.
Und es gab auch kein Korrektiv. Denn Hölderlin, zum Beispiel, konnte Heidegger nicht mehr sagen, wie er über Heideggers Hölderlininterpretation dachte.
Denkbar weit von der Stadt.
Kästner war im Gegensatz zu Heidegger jedoch eher ein Stadtmensch, einer also, der sich über sie definierte.
Kästner *war*, im Gegensatz zu Heidegger, der von einer kleinen Hütte aus dieses Unterwegssein bedachte und beschrieb, tatsächlich viel unterwegs, von Ort zu Ort, mit Leib und Seele.
Und dann ein Leben lang unterwegs.

Ganz anders als Heidegger, der von einem Ort her dachte und lebte.

Und auf diese Weise unterwegs war. Auf jene Weise wie Hölderlin, der selbstverständlich auch in Griechenland war; und zwar anders als ein Tourist von heute, der, wie Heidegger an Petzet schreibt, *innerhalb von zwei Stunden in der Landschaft von Pindar, Sophokles Heraklit pp einkehren könne. – Hölderlin habe sie jedoch in zwei Verszeilen durchmessen*. Da mag Heidegger auch an sich selbst und seinen Denkweg, der eine einzige Zwiesprache mit Hölderlin und den Griechen ist, gedacht haben. Das ist nämlich für Menschen, die von Büchern leben, auch von Gedichten, denn *dichterisch wohnet der Mensch*, das besonders Schöne an Heidegger, daß er seine Philosophie (sein Denken) anhand der Dichter und über das Gespräch mit ihnen zur Sprache bringt, ganz im Gegensatz zu anderen Philosophen, die schreiben, als hätte es die Dichtung nie gegeben. Das mag auch Kästner an Heidegger so gefallen haben: sein Angewiesensein auf das Gespräch mit den Dichtern, um zu sich selbst zu kommen. – Was auch immer dabei herauskam, wie auch immer die Dichter verbogen worden sein dürften.

Und vielleicht resultiert der Wunsch einer gemeinsamen Griechenlandfahrt aus diesem Zusammenhang, daß sie ein Stück weit gemeinsam gehen könnten auf einem Weg unterwegs.

Heidegger war später tatsächlich in Griechenland, anders als Hölderlin, der immerhin auf seiner Wanderung nach Bordeaux durch Südfrankreich die griechische Welt gestreift haben mag.

Aber nicht mit Kästner, dessen schriftstellerisches Werk Griechenland vergegenwärtigt. Und zwar, vom klassischen, antiken Griechenland ausgehend, das eine deutsche Erfindung des ausgehenden 18. Jahrhunderts sein mag, bis hin zur letzten neuzeitlichen griechischen Königin (Offener Brief). Auch Kästners Griechenland war zunächst jenes zwischen Delphi und Delos, vom humanistischen Gymna-

sium her definiert. Später kam das konkrete Land hinzu, die lebendigen Menschen vor Ort und ihre Geschichte, die ja längst eine andere Richtung genommen hatte, spätestens seit Paulus mit dem Griechisch des Neuen Testaments, dem von den Klassikern verachteten Koiné-Griechisch seiner Briefe an die Thessalonicher, womit das älteste Dokument des Neuen Testaments genannt wäre, bis hin zu den Korinthern und den Athenern und ihrem *Unbekannten Gott.*
Dazu kam das Byzantinische, das orthodoxe Griechenland, der heilige Berg Athos – und alle griechischen Landschaften und Inseln, auf denen Kästner mit eigenen Augen herumschweifte und wanderte.
Also Kästners Griechenland ist ein ganz anderes, seine Wege sind ein gutes Stück weit auch Reisen. Und seine Griechenlandbücher sind in gewisser Weise auch Reisebücher. Selbst das Athosbuch. Aber nicht so, als könnte man damit in der Hand herumgehen. Ganz im Gegenteil: sie sind eine Einladung dazu, selbst zu sehen und wahrzunehmen. Zu vergegenwärtigen, was ein anderer gesehen und wahrgenommen hat. Und nicht, um eine Sehenswürdigkeit abzuhaken.

*

Schon am 18. Dezember 1955 schrieb Kästner an Heinrich Wiegand Petzet, und man liest eine gewisse Verstimmung seitens Kästners heraus:
Heidegger hat recht, sehr recht, wenn er sich vorstellt, einige Woche irgendwo festzusitzen in Griechenland. Ich bin ja auch gar nicht so fürs Herumflitzen und suche mir immer engere Reiseziele aus. Bloß, gerade Aigina ist eine nicht so ganz klare Sache. Ich hörte, der Tempelbezirk sei jetzt, in den letzten Jahren der Vandalenzuwanderung reisender Deutscher eingezäunt, die Griechen bevorzugen dann Stacheldraht, und nicht so säuberlich, und Limonadenbüdchen dabei. Und so. Dazu kommt, daß er vom Tempel einen, wenn ich mich recht erinnere, 3 oder 3 ½ stündigen Weg entfernt ist, wenn er nicht mit dem Autobus hinfahren will,

was mir wiederum nicht ganz das Richtige scheint. Da wäre viel besser Delphoi. Delphoi ist einer der wenigen Punkte in Griechenland außer Athen, wo er fast europäisch untergebracht ist, keine Schwierigkeit mit der Kost, hohe Lage, also keine übergroße Hitze, ungeheuere Möglichkeiten zum Meer, zum Gebirg hin. Und da brauchte eigentlich auch kein Begleiter dabei zu sein. Das könnte er gut allein mit Frau Heidegger. So gäbe es auch noch manche Insel, auch Mykonos, auch Thera, auch Naxos, auch Skyros: das alles scheint mir ganz richtig, und ich glaube auch, daß das besser wäre als eine Besichtigungsfahrt. Bloß, Aigina ist ein typisch deutscher Traum, der ganz einfach von den Aigineten herrührt, und für seinen Zweck gar nicht sehr zu empfehlen. Auch Kreta wäre ganz herrlich für ihn. (Da fahre ich wohl im Frühjahr hin.)

Ich tue aber nichts mehr in dieser Sache, wie Sie verstehen werden. Was er will und vorhat, ist leicht und bedarf nur einer ganz schlichten Beratung, die ich, Heideggers wissen es, gern gebe. Auch in der Form, daß ich ihm die Reise nach Delphoi ganz und gar einfädle, bis zu jedem Schiff, jedem Hotel, und dann kann er allein fahren. Aber das alles wissen Heideggers doch.

Seien Sie ganz herzlich gegrüßt von Ihrem Erhart Kästner

Vier Jahre später, zu Weihnachten 1959, scheint es definitiv ernst zu werden mit der gemeinsamen Griechenlandreise. Diesmal scheint Heidegger die treibende Kraft:

Das neue Jahr wird uns viel Veränderung bringen ... Am 1. April werde ich in Berlin anfangen müssen (Kästner sollte die Leitung der Kunstbibliothek in der Jebensstraße übernehmen) ...

Alsdann kommt das griechische Abenteuer. Noch weiß ich nicht, ob der große Freund den großen Mut wirklich haben wird; an mir darf es nicht fehlen. Gewiß, es kommt mir nicht eben zu Paß, ich werde, kaum in Berlin angekommen, gleich Urlaub nehmen müssen ... Nehmen Sie bei dieser Gelegenheit noch einmal meine Versicherung, daß ich mit der Teilnahme Freund Nagels rechne. Aber das müssen Sie mit Heideggers klarbringen, ich denke auch, das wird gar nicht schwer sein. Mir wäre es (abgesehen davon, daß mir Nagel als Reisefreund lieb und wert ist) sehr angelegen,

daß ein Arzt mit dabei ist. Meine Sorgen gehen in die Richtung der wuselnden Reisescharen, die alle Hotels blockieren und alle Stätten widerlich machen, also die Freiheit der einzeln Reisenden hemmen … Schon wenn ich denke, daß eine Dysenterie, also das allereinfachste im Süden, eintreten könnte, so wäre die Gegenwart, die Befragung, die Besorgung eines Arztes und Freundes Gold wert.
Sogleich nach Jahresbeginn müssen wir die Sache betreiben, es muß alles bei Zeiten bestellt werden.
Einen Tag später schickt Kästner einen Brief an Petzet, der ganz anders grundiert ist:
23. Dezember 1959. Heinrich Wiegand Petzet hatte Kästner wohl eine seiner Zeichnungen von Wilhelm von Heideck geschenkt, einem Begleiter des 1. griechischen Königs Otto von Wittelsbach:
Kaum ist der Brief weg, kommt Ihre Sendung, die mich fast beschämt, so kostbar und rühmenswert ist das Blatt. Ich bin natürlich sofort im Bild, der bayerische Oberst ist mir geläufig, sei es aus der bayerischen Kunstgeschichte, sei es aus den hellenisch-ottonischen Jahren … und das Sujet ist mir natürlich auch geläufig, es ist das Inselchen Burzi, das im Golf von Nauplia draußen vor der Stadt liegt und das ich niemals betrat, weil es im Krieg natürlich nicht zu betreten war, die Italiener als Besatzer waren da äußerst komisch, und nach dem Krieg war ich nicht mehr in Nauplia. So romantisch, wie es der Oberst sah, sieht es freilich auch nicht mehr aus; es ist den Weg des Tourismus gegangen, wie so vieles Schöne, und dient jetzt als Hotel, ich fürchte für Hummel-Hummel und so.
Jedenfalls ist es ein allerliebstes Blatt und voller Philhellenismus und Hoffnungen, die schon damals zerrannen. Wie soll ich Ihnen für so ein Blatt danken, dergleichen wächst ja nicht nach und wird immer rarer. Ich habe ein paar Stiche, farbige, von der Akropolis um 1800 und 1820, als noch die Türken dort saßen und das Parthenon eine Moschee war (was auch ganz schön gewesen ist, doch das darf man nur sagen, solang kein Archäolog im Raum ist).

… Ich nehme das kostbare Blatt als gutes Vorzeichen … in Vorschau auf die griechische Frühjahrsreise, die mir zuweilen, wenn ich gegen Morgen aufwache und meine Sorgenzeit habe, auf der Seele liegt.
Dann halte ich mich an dem Gedanken aufrecht, die Reise nicht als großes Abenteuer zu nehmen, eher als Luftsprung, und wenn es dann auch bloß ein paar geglückte Tage und Wege gäbe, so müßte der Ertrag und die Summe eigentlich für den alten Weisen genug sein: er hat halt dann einmal Delphoi und Delos gesehen. Man darf eine Griechenlandreise im Bachofenschen oder im Hofmannsthalschen Sinn gar nicht erst wollen; da käme man eines Teils dem modernen Tourismus in das Gehege, was schrecklich ist, andererseits wäre dabei zu wenig an die siebzig Jahre gedacht.
Aber es wurde wieder nichts. Und dabei blieb es schließlich.
5. August 1960: *Narben bleiben davon kaum. So wenig wie von der abgesagten Griechenlandreise … wir wissen doch alle, daß eine Griechenlandreise von Heidegger nur hätte ein großes Gelingen sein dürfen, sonst wäre der Schaden größer gewesen als aller Nutzen. Aber das hat man ja nie in der Hand, es hätte ja auch bloß soso werden können.*
Die ganzen Jahre hatten Kästner, Heidegger und auch andere ihre Dinge dem aus Bremen stammenden, später nicht zuletzt wegen Heidegger in Freiburg lebenden Heinrich Petzet anvertrauen können.
Sehen sie, so ist der Petzet, sagte Heidegger. Schreibt Kästner sehr schön und zutreffend an Freund Petzet. Und dann:
Ich bitte Sie auch darum, Heidegger bei irgendeiner Gelegenheit zu sagen, daß ich nicht der Auffassung bin, daß ich schlecht behandelt worden wäre von ihm; ich verstehe das alles recht gut. Das erste Mal hat mich die Absage geschockt, aber das ist so lange vorbei und es war ja auch irgendwann einmal überwunden. Das zweite Mal hat es mir dann schon gar nichts mehr ausgemacht. Ich bin reich beschenkt durch die kleine Beziehung, die ich zu ihm habe, das überwiegt alles. Sie wissen das ja. Ich habe immer die-

selbe Vaterzuneigung zu ihm, ich hatte sie vom ersten Abend an. Das überspielt, überwiegt alles.
Heideggers Griechenland war Hölderlins Griechenland, so, wie sich Heidegger Hölderlins Griechenland im postumen Zwiegespräch ausdachte, und war ein Denkereignis. Kästner hingegen schrieb höchst erfolgreiche Bücher über Kreta, den Athos, die Inseln und Byzanz, die gelegentlich als Reiseführer mißverstanden wurden.
Die geplante gemeinsame Reise kam also nie zustande. Aber sie war jahrelang ein Gespräch. Sie schrieben sich Briefe von ihrem Griechenland. Und später, als der alte Herr doch noch dorthin reiste, gab Kästner, Kenner der neugriechischen Verhältnisse, Ratschläge – ohne beleidigt zu sein, nach dieser jahrelangen Vorbereitung. Vielleicht lassen die Briefe Kästners an Petzet sogar eine gewisse Erleichterung vernehmen.

***

Was nicht alles weiß ist! Zum Beispiel das kleine Bild Tobeys, das *white writing* von 1959, die Linien des Bildes, als wäre es geschrieben, ein Bild, das Kästner in der Galerie Beyeler gekauft hat. Das Unterwegssein ist hier zur Gegenwart geworden. Und die Linien nehmen einen Verlauf, als wüßten sie schließlich doch, wohin es geht, als hätten sie ein Ziel.
Es ist ein wenig wie im Leben, auch Kästners.
Das Bild hat Kästner vielleicht als ein Itinerar, wie den Plan eines Lebenslaufs angesehen. Kästner empfand wohl eine Verwandtschaft von sich und diesem Bild.
Als wäre das Leben eine Winterreise.

*

Man reist, um die Welt bewohnbar zu finden, und irgendwann möchte man bleiben. Ergänze ich den Satz.
Kaum später mußte sich einer schon sagen:
Man muß gehen, aber man möchte bleiben.

Am Ende war es der Alterssitz Staufen, ein Ort, wo auch Faust gelebt haben soll. Die Landschaft im sogenannten Dreiländereck ist auch ein Dreiklang aus den blauen Hügeln des Schwarzwalds und den nicht minder blauen Vogesen und aus der Ebene mit dem Rhein, der sich gerade entschlossen hat, von Basel an Richtung Norden zu fließen; alles blau, blauer Himmel, wie eine Erinnerung ans Meer. Mit ihren schwarzblauen Schatten.
Er freute sich auch auf die gute Nachbarschaft. Nicht nur von Huchel und Marie Luise Kaschnitz. Und freilich auch von Heidegger. Auch von Bildern wie dem Isenheimer Altar, dem Elsaß und Basel mit allem, auch mit Tobey, von dem er noch ein schönes Bild besaß: einen Sternenhimmel oder ein an einen Sternenhimmel erinnerndes Etwas, weder abstrakt noch gemalte Programmusik: sondern eine Vergegenwärtigung des Himmels, als wäre es der nächtliche Sternenhimmel über dem Zelt von Tumilad.
Kästner hat vielleicht davon geträumt, auch einmal einen festen Ort zu haben, von dem aus er hinausschauen konnte, und ihn aufgespart für Staufen, damit es bleibt. Und man kann ja sehr weit hinausschauen bis nach Frankreich hinüber, was sage ich: von diesem Haus auch sieht man noch bis zu den blauen Fernen der Provence, über die burgundische Pforte hinweg bis zur Provence, eigentlich bis zum Meer, der äußersten Siedlung der Griechen im Westen.
Und wenn man es nicht sieht, so kann man es ahnen.
Wenigstens im Breisgau, wenigstens als Mann wie Kästner. Der Breisgau ist nämlich die nördlichste Bucht der Mediterranée.
Auch für mich.
Vielleicht mag er gewußt haben, daß es bis dahin nicht mehr allzu weit war, als er sich schließlich auf diesem Ausguck niederließ.
Mit der Ruine, auf die er blickte. Und nicht mehr lange. Es war ein Alterssitz, der keiner war.

Das war der Ort auf der Welt, den er sich ausgesucht hatte.
Weit herumgekommen war er, doch *unruhig ist unser Herz, bis es ruhet in dir,* sagte ein anderer großer Reisender und Schreiber am Ende des Imperium Romanum, Aurelius Augustinus.
Vor ihm die Ruine, über die er hinwegschaute. Und hindurch. Durch die Löcher, die einmal Fenster waren, ist das Land dahinter zu sehen.
Und über ihm *die Milchstraße, die sich mit der Dorfstraße kreuzt,* wie Erika Burkart, die große Dichterin aus dem Aargan sagt.

Es war sein Alterssitz – doch Erhart Kästner wurde nie alt. Nicht nur, daß er mit 69 starb, am 3. Februar 1974. Am 13. März wäre er 70 geworden.
Im Oktober 1968 verabschiedete er sich von Wolfenbüttel, wo er noch wie Faust am Ende die Deichbaumaßnahmen (historisches Vorbild: Elbdeichbauten bei Bleckede, Informant Eckermann) die großen Umbauten und Ausbauten der Bibliothek betreute.
Am 22. Dezember 1965 hatte er an Petzet geschrieben:
Denken Sie, eine Neuigkeit: wir sind im Begriff, uns in Staufen anzukaufen und sind schon heftig in Baupläne verwickelt, die uns von einem ländlichen kleinen Anwesen träumen lassen. Herr Linde, den Sie dem Namen nach sicher kennen, hat uns da manche Tür geöffnet und uns überhaupt darauf gebracht, an den Saum von Rebland und Schwarzwald zu ziehen, so daß man an beidem teilhat. Wer weiß, ob er es richtig macht, wie er es macht. Eine Weile glaubt man es gewöhnlich zu wissen, dann wieder weiß man es nicht so genau. Hinterdrein weiß man es ja wohl. Doch kann ich schon sagen, daß wir uns im großen und ganzen auf diesen neuen Lebensabschnitt mächtig freuen … Wir rechnen sehr auf gute Nachbarschaft.
Und im Brief 8. Januar 1968:
Wir sind öfter bei Ihnen, als Sie ahnen können, denn im Geist

ziehen wir ja schon um. Wir haben bereits ein Dach in Staufen. Der Bau … geht nun gut vorwärts … im August oder doch September müßten wir einziehen können.
Indes habe ich in Wolfenbüttel mein Haus bestellt, die Bibliothek ist prächtig geworden und wird es weiterhin; der Umbau ist noch im Gang …
Zu den vielfachen Wünschen, die wir somit hegen, gehört, daß wir uns oft sehen und sprechen werden.
Schon einige Jahre zuvor hatte Kästner an Petzet geschrieben:
Ihre freundliche Karte ist noch unerwidert und das ist unrecht. Wie selten bekommt man Karten, ja Briefe, in denen wirklich etwas steht. Ihre Zeilen aber: »dort kehrt leise das Alter ein« (gemeint ist, wie aus dem weiteren Zusammenhang verdeutlicht, Heidegger in Zähringen) *zitieren wir zuweilen, denn sie haben mich nachdenklich gemacht. Es gibt Menschen, bei denen man damit nicht rechnet. Als ich dreißig Jahre alt war und zu dem fünfundsiebzigjährigen Gerhart Hauptmann kam, war er für mich ein großer Alter, der halt eben über die Schwelle des Alters gegangen war und der sich nun aber auch weiter nicht mehr änderte, auch später nicht, als ich im Krieg in jedem Urlaub nach Agnetendorf kam. Es war immer noch ungeheuer viel Zukunft da. Oft muß ich denken, noch mehr als ich jetzt für mich sehe: so viel war da. Uns geht es gut, unser Kind macht uns unendlich viel Freude … und wenn Sie die Gelegenheit haben, in Zähringen von uns allerherzlichst zu grüßen, so bitte ich darum.*
Wie immer, Ihr Erhart Kästner
Ein Altersruhesitz sollte es sein. Es war aber wie ein Beweis, daß wir auf dieser Welt keine bleibende Stätte haben, und nichts, was bleibt. Auch da, gerade da, wo es am schönsten ist, nicht. Das wußte Kästner schon. Und bald sollte er es erfahren oder nicht mehr erfahren. Denn der Tod entzieht sich ja der eigenen Erfahrbarkeit. Es sei denn, das ganze Leben wäre etwas wie eine Erfahrung auf den Tod hin gewesen.

Zeittafel zu Erhart Kästners Leben und Werk

1904 Am 13. März wird Erhart Kästner in Schweinfurt als drittes Kind des Gymnasialprofessors Heinrich Friedrich Kästner und seiner Frau Elisabeth, geb. Seidl, geboren.

1911 Umzug der Familie nach Augsburg.

1922 Abitur am Humanistischen Gymnasium bei St. Anna in Augsburg.

1922-1924 Volontariat im Antiquariat F. Koehler in Leipzig. Besuch von Vorlesungen und Seminaren an der Universität.

1924-1927 Studium der Germanistik, Geschichte und Philosophie in Freiburg im Breisgau, Kiel und Leipzig.

1927 November Promotion mit einer Dissertation zum Thema »Wahn und Wirklichkeit im Drama der Goethezeit« bei Professor H. A. Korff in Leipzig.

1927-1929 Volontär an der Sächsischen Landesbibliothek Dresden und an der Universitätsbibliothek Leipzig.

1929 Staatsexamen für den höheren Bibliotheksdienst.

1929-1940 Bibliothekar an der Sächsischen Landesbibliothek Dresden.

1934 Ernennung zum Leiter der Handschriften-Abteilung der Bibliothek in den neugestalteten Räumen des Japanischen Palais. Erste Verbindung mit Gerhart Hauptmann.

1935 Einrichtung eines Buchmuseums der Landesbibliothek mit vier Sälen für Sonderausstellungen. Zum Dresdner Freundeskreis gehören Fritz Löffler, Martin Raschke und Lotte Wege.

1936-1937 Sekretär bei Gerhart Hauptmann in Agnetendorf, Rapallo und Hiddensee.

1938 Wiederaufnahme der Tätigkeit in der Sächsischen Landesbibliothek in Dresden. Vorbereitung einer Ausstellung: *Dichter der Gegenwart als Maler, Zeichner und Bildhauer.* Im Juni Abordnung nach Leipzig zur Vorbereitung der *Gutenberg-Reichsausstellung* mit Erhard Göpel.

1940 Im April Einberufung zum Militärdienst nach Liegnitz.

1941 Im Juni Abkommandierung an das Luftgaukommando Südost II nach Athen.

1942 Im Dezember erscheint *Griechenland. Ein Buch aus dem Kriege* bei Gebr. Mann, Berlin, das im Auftrag des Luftwaffenkommandos verfaßt und von Helmut Kaulbach illustriert wurde.

1943 Auftrag zu einem weiteren Buch über die griechischen Inseln. Besuch von Chios, Samos, Lesbos und schließlich Kreta.

1944 Im April Rückkehr nach Athen mit dem fertigen Kreta-Manuskript. Im Mai nach Rhodos und anderen Inseln der Dodekanes; ab Oktober dann als Sanitäter auf Rhodos eingesetzt.

1945 Gerät in englische Gefangenschaft. Von Mai 1945 bis Dezember 1946 in der ägyptischen Wüste stationiert. Unterrichtet in der Lagerschule Deutsche Literatur.

1946 Das Kreta-Buch erscheint bei Gebr. Mann in Berlin.

1947 Entlassung aus der Gefangenschaft und Rückkehr über England nach Augsburg. Arbeitet als freier Schriftsteller; ab 1949 Redaktion des Literaturblatts der *Augsburger Allgemeinen Zeitung*, die er bis 1963 fortführt. Reise in das zerstörte Dresden.

1949 Im November erscheint *Das Zeltbuch aus Tumilad* im Insel Verlag.

1950 Im März Ernennung zum Direktor der Herzog August Bibliothek in Wolfenbüttel.

1950 Im Dezember Algerien-Reise mit Gerhard Nebel. Zum Freundeskreis der Wolfenbütteler Zeit gehören Julius Bissier, Herbert von Buttlar, Günter Eich, Werner Gilles, Werner Haftmann, Ursula von Kardorff, Leopold Reidemeister, Benno von Wiese.

1952 April bis Juni Griechenlandreise mit Roderich Graf Thun und Nikolaos Louvaris.

1953 Im Oktober mit den gleichen erste Athos-Reise. *Ölberge, Weinberge. Ein Griechenlandbuch* erscheint im Insel Verlag. Wahl ins PEN-Zentrum.

1954 Literaturpreis des Kulturkreises im Bundesverband der Deutschen Industrie. *Aristide Maillol. Hirtenleben* erscheint in der Insel-Bücherei.

1955 Förderpreis der Stadt Düsseldorf für Literatur an Erhart Kästner und Ernst Penzoldt. Verleihung des Georg-Ordens durch König Pavlos für die Griechenlandbücher.

1956 *Die Stundentrommel vom heiligen Berg Athos* erscheint im Insel

Verlag. Ernennung zum ordentlichen Mitglied der Berliner Akademie der Künste und zum Mitglied der Bayerischen Akademie der Schönen Künste. Kreta-Reise. Daraufhin erscheint *Offener Brief an Ihre Majestät die Königin von Griechenland* in der *Frankfurter Allgemeinen Zeitung* vom 18. 8. 1956. Aufbau der Malerbuchsammlung in Wolfenbüttel, von zeitgenössischen Künstlern illustrierte Bücher.

1957 4. Dezember Eheschließung mit der Graphik-Restauratorin Anita Vogel. Verleihung des Kulturpreises der Stadt Köln.

1958 Preisrede für Paul Celan anläßlich des Bremer Literaturpreises.

1959 14. November Geburt der Tochter Nikoline.

1960 Rede auf Uwe Johnson bei der Verleihung des Fontane-Preises.

1961 Beginn des Umbaus der Herzog August Bibliothek, gemeinsam mit dem Architekten F. W. Kraemer, gefördert durch Rolf Schneider im Kultusministerium Hannover. Ausbau der Restaurierwerkstatt zu einer Modellwerkstatt für Bibliotheken.

1962 Tagung der Handschriften-Bibliothekare in Wolfenbüttel. Delos-Aufenthalt. *Auf dem Berg Athos* erscheint in der Insel-Bücherei.

1964 *Die Lerchenschule* erscheint im Insel Verlag.

1967 Mitarbeit im Beirat für *ars multiplicata*, im Januar 1968 im Kölner Wallraf Richartz-Museum eröffnete Ausstellung vervielfältigter Kunst seit 1945.

1968 Vortrag zur Eröffnung der Ausstellung im Kasseler Kunstverein *Maler machen Bücher*. Im Oktober Übersiedlung nach Staufen im Breisgau. Zum Freundeskreis der Staufener Zeit gehören Gerhard Altenbourg, Martin Heidegger und Peter Huchel.

1969 Rede anläßlich des Buches von Martin Heidegger und Eduardo Chillida *Die Kunst und der Raum* in der Galerie im Erker in St. Gallen. Essay *Für Altenbourg*.

1970 Erste Reise nach Istanbul.

1971 Zweite Reise nach Istanbul.

1972 Vortrag *Aufstand der Dinge* vor der Bayerischen Akademie der Schönen Künste.

1973 *Aufstand der Dinge. Byzantinische Aufzeichnungen* erscheint im Insel Verlag.

1974 Am 3. Februar stirbt Erhart Kästner in seinem Haus in Staufen i. Br. Zur Beerdigung am 7. Februar spricht Siegfried Unseld für die Freunde.

Nachweise

Kurztitel:

Zeltbuch von Tumilad
: Zeltbuch von Tumilad. Wiesbaden: Insel Verlag 1949; zitiert nach der Ausgabe 1958

Ölberge, Weinberge
: Ölberge, Weinberge. Ein Griechenlandbuch. Mit Federzeichnungen von Helmut Kaulbach. Wiesbaden: Insel Verlag 1953

Stundentrommel
: Die Stundentrommel vom heiligen Berg Athos. Wiesbaden: Insel Verlag 1956

Lerchenschule
: Die Lerchenschule. Frankfurt am Main: Insel Verlag 1964.

Aufstand der Dinge
: Aufstand der Dinge. Byzantinische Aufzeichnungen. Frankfurt am Main: Insel Verlag 1973

EKA Erhart Kästner Archiv. Herzog August Bibliothek Wolfenbüttel

Einzelnachweise:[1]

Warum reist man eigentlich?: *Aufstand der Dinge*, S. 139 f.
Auf einem anderen Stern*: *Zeltbuch von Tumilad*, S. 25 f.
Geburtstag: *Lerchenschule*, S. 205
Im Stande des Wissens. Heimatgefühl*: *Stundentrommel*, S. 89 f.
Wahrschein. Eine nachträgliche Erfahrung beim Schreiben, in: *Jahresring* 58/59 (1958), S. 54-61
Zwei Briefe an Hermann Mörchen*: *EKA* 6.51/50 Nr. 1.1 und *EKA* 6.51/50 Nr. 2.1
Quirlwasser: *Aufstand der Dinge*, S. 59-62
Aus der Zeit*: *Ölberge, Weinberge*, S. 25
Zauber der Ferne*: *Zeltbuch von Tumilad*, S. 90
Holzhäuser: *Aufstand der Dinge*, S. 66 f. und 70
Moskitonetz*: *Zeltbuch von Tumilad*, S. 27
Napoléon: *Ölberge, Weinberge*, S. 59-61
Auf Delos*: *Aufstand der Dinge*, S. 150 f.

1 Mit einem Sternchen * versehene Titelformulierungen stammen vom Herausgeber.

Man lebt dort leichter: *Aufstand der Dinge*, S. 103-105

Delos im April*: *Lerchenschule*, S. 7-10

Wanderung im Ida-Gebirge*, in: *Archaisches Kreta. Mal richtig Ferien machen* 18 (1969) [ohne Seitenzählung] [= *EKA* 7.1/26]

Nachfahren der Dorer*, in: *Archaisches Kreta. Mal richtig Ferien machen* 18 (1969) [ohne Seitenzählung] [= *EKA* 7.1/26]

Auf dem Berg Athos, aus: *Zu Fuß*, in: *Jahresring* 70/71 (1970), S. 127-163, hier S. 146-148.

Eremitei: *Stundentrommel*, S. 203 f.

Tibet ist nicht mehr*, aus dem Nachwort zu: *Auf dem Berg Athos*. 26 Abbildungen nach Fotos von Jacques Lacarrière, Frankfurt am Main: Insel Verlag 1962, S. 35-40, hier S. 40

Im Abzug ist Gewinn. Die Lebensgeschichte des Königsohnes Siddhartha*, aus dem Nachwort zu: *Auf dem Berg Athos*. 26 Abbildungen nach Fotos von Jacques Lacarrière, Frankfurt am Main: Insel Verlag 1962, S. 35-40, hier S. 36-39

Die Schlinge: *Lerchenschule*, S. 185

Auf den zweiten Blick: *Aufstand der Dinge*, S. 115-117

Schöpfung als Zeichen*: *Ölberge, Weinberge*, S. 216-218

Das Bild als Fenster: *Aufstand der Dinge*, S. 289 f.

Nur noch das Rätsel: *Aufstand der Dinge*, S. 191

Künstlerleben*, Typoskript für eine Rundfunksendung, Januar 1970, *EKA* 3.1/41, Bl. 13

Brief an Julius Bissier*: *EKA* 6.51/87, Nr. 12

Mühsamer Tag. Über Julius Bissier: *Lerchenschule*, S. 87 f.

Tobey: *Aufstand der Dinge*, S. 187

Wunschreich der Fische, in: *Westermanns Monatshefte* (1969), Heft 11, S. 36-39, hier S. 36 f.

Paul Klees Aquarelle*: *Zeltbuch von Tumilad*, S. 50-53 und 61 f.

Das Malerbuch des zwanzigsten Jahrhunderts, in: *Antiquariat* 18 (1968), Heft 1/2, hier S. 1-4, 13-17, 21-26 und 28-31

Auf eine Plastik von Arp, in: *Hans Arp – Max Ernst. Ausstellung in der Galerie Der Spiegel*. Köln: Galerie Der Spiegel 1960 [= *Geh durch den Spiegel*, Folge 24/1960], unpaginiert

Unmoderne Kunst: *Lerchenschule* (1964), S. 172 f.

Moderne Kunst: *Aufstand der Dinge*, S. 173 f.

Martin Heidegger/Eduardo Chillida. Die Kunst und der Raum, Rede am 12. Oktober 1969 in der Galerie im Erker, St. Gallen: Erker [*EKA* 3.1/43]

Über Altenbourg, in: *Das dritte Auge. Ein Dialog der Freunde Gerhard Altenbourg und Erhart Kästner,* Frankfurt am Main und Leipzig: Insel Verlag 1992, S. 90-103, hier S. 90-94

Bedichtete Dinge*: *Stundentrommel,* S. 237

Die Welt als Vexierschloß. Rede auf Uwe Johnson zur Verleihung des Fontanepreises in Berlin, in: *Frankfurter Allgemeine Zeitung* vom 19. 3. 1960

Brief an Uwe Johnson*, in: Erhart Kästner, *Briefe,* hg. von Paul Raabe, Frankfurt am Main: Insel Verlag 1984, Nr. 92 [= *EKA* 6.51/31 Nr. 1]

Auf Günter Eich, in: *Günter Eich zum Gedächtnis,* hg. von Siegfried Unseld, Frankfurt am Main: Suhrkamp Verlag 1973, S. 78-81

Brief an Ernst Jünger*: Erhart Kästner, *Briefe,* hg. von Paul Raabe, Frankfurt am Main: Insel Verlag 1984, Nr. 56 [= *EKA* 6.51/32 Nr. 4]

Über Paul Celan, im besonderen über den Rückzug der modernen Kunst ins Rätsel. Rede zum Bremer Literatur-Preis 1958, in: *Die neue Rundschau* 69 (1958), Heft 1, S. 110-116

Leseabenteuer. Joseph Conrad, Geschichten vom Hörensagen*, aus dem Nachwort zu: Joseph Conrad, *Geschichten vom Hörensagen,* Frankfurt am Main: S. Fischer Verlag 1959, S. 665-662, hier S. 655-659

Nachricht vom Tod Gerhart Hauptmanns: *Zeltbuch von Tumilad,* S. 143 f.

Carl J. Burckhardt über Hofmannsthal* [1948], in: Erhart Kästner, *Was die Seele braucht. Über Bücher und Autoren,* hg. von Julia Freifrau Hiller von Gaertringen und Katrin Nitzschke, Frankfurt am Main und Leipzig: Insel Verlag 1994, S. 37-41

Anweisung zum Lesen des »Doktor Schiwago«, in: *Schwäbische Landeszeitung* vom 15. 11. 1958

Nachruf auf einen Kritiker. Zum Tode Alfred Kerrs, in: *Schwäbische Landeszeitung* vom 15. 10. 1948

Neues von Heidegger, in: *Merkur* 12 (1958), S. 397-400

Wer ist der beste Leser?, in: *Von den Büchern. Ein Almanach für die Freunde der Buchhandlung Claus Lincke,* Düsseldorf: Buchhandlung Claus Lincke 1971, S. 86-88

Fassungslos. Über die Bibliothek zu Wolfenbüttel*, in: *Schulverwaltungsblatt* 1950, S. 272 f., hier S. 272

Restaurierungswerkstatt*, aus: *In einer Bibliothek,* in: Rudolf de la

Roi (Hg.), Jemand der schreibt. 57 Aussagen, München: Hanser Verlag 1972, S. 143-154, hier S. 152

Unverwechselbar*: aus: *In einer Bibliothek,* in: Rudolf de la Roi (Hg.), Jemand der schreibt. 57 Aussagen, München: Hanser Verlag 1972, S. 143-154, hier S. 153 f.

Handschriftengeschichten*, Rede zur Begrüßung der Tagung der Handschriftenbibliothekare am 10. Januar 1962 in Wolfenbüttel [= *EKA* 3.4/16]

Zellwert*, aus der Antrittsrede vom 1. März 1950 [= *EKA* 3.4/6]

Frei durch Kurzwaren, aus: *In einer Bibliothek,* in: Rudolf de la Roi (Hg.), Jemand der schreibt. 57 Aussagen, München: Hanser Verlag 1972, S. 143-154, hier S. 143

Lessings Bibliothek: *Braunschweig. Berichte aus dem kulturellen Leben* (1958), Heft 1, S. 28 f.

Brief an Rolf Schneider* 27. 5. 1968: *EKA* 6.28/1, Nr. 7

Brief an Rolf Schneider* 25. 8. 1970: *EKA* 6.28/2, Nr. 95

Viel Glück, aus: *Über Altenbourg,* in: *Das dritte Auge. Ein Dialog der Freunde Gerhard Altenbourg und Erhart Kästner,* Frankfurt am Main und Leipzig: Insel Verlag 1992, S. 90-103, hier S. 99 f.

Schicksale*: *Zeltbuch von Tumilad,* S. 37

Getaufte Hellenen*: *Ölberge, Weinberge,* S. 48 f.

Glücksquell*: *Lerchenschule,* S. 78 f.

Die Sonne jeden Tag jung: *Lerchenschule,* S. 13 f.

Kranich-Tanz, in: *Jahresring* 74/75 (1974), S. 24 f.

Früher*: *Aufstand der Dinge,* S. 7 f.

Ars moriendi, in: *Jahresring* 74/75 (1974), S. 25 f.

Glanz der ersten Blicke, aus: Zu Fuß, in: *Jahresring* 70/71 (1970), S. 127-130, hier S. 127

Zeit und Raum*: *Stundentrommel,* S. 235

Geduld*: *Ölberge, Weinberge,* S. 24 f.

Niemals wieder*: *Ölberge, Weinberge,* S. 123

Wiederherstellung*: *Aufstand der Dinge,* S. 262 f.

Die Insel-Lerchen, in: *Der Hund in der Sonne und andere Prosa,* aus dem Nachlaß herausgegeben von Heinrich Gremmels, Frankfurt am Main: Suhrkamp Verlag 1975, S. 135 f.

Brief an Nikoline*: Privatbesitz

Inhalt